344
47

Sección: Clásicos

Lope de Vega:
Peribáñez y Fuente Ovejuna

Edición a cargo de
Alberto Blecua

El Libro de Bolsillo
Alianza Editorial
Madrid

Primera edición en "El Libro de Bolsillo": 1981
Segunda edición en "El Libro de Bolsillo": 1983

Sorprende descubrir que dos personajes tan opuestos como el pintoresco pastor cómico y el sensible pastor idealizado del teatro bucólico del siglo XVI pueden ser ramas de un mismo tronco literario: las *Eglogas* virgilianas. Pero en literatura, los géneros y las especies no se corresponden con las naturales más que en fértiles metáforas positivistas. El pastor idealizado tiene su origen directo en Virgilio; el pastor cómico, en la égloga humanista transpuesta, al modo medieval, en lengua vulgar por el anónimo autor de las *Coplas de Mingo Revulgo*. Los exquisitos pastores virgilianos que desfilan por la escena y por las páginas de las «églogas en prosa» —*i.e.*, novelas pastoriles— son erotómanos incurables. El amor es el único objetivo por el que viven y mueren. Sus conversaciones giran en torno a los dos Eros, con todas sus especies y tópicos intrínsecos y extrínsecos. La *cuestión de amor,* en la que varios pastores discuten con abundancia de argumentos retóricos los distintos puntos de vista, se convierte en un remanso habitual de la acción —o en la acción misma. Estos pastores pueden elevarse a las altas cimas de la especulación filosófica porque, como alega Cervantes para salvar el decoro de *La Galatea,* «muchos de los disfrazados pastores della lo eran sólo en el hábito».

El pastor nacido en *Mingo Revulgo* y en la traducción medieval de las *Bucólicas* está visto a través del prisma deformante de la comicidad. Habla una lengua anómala y artificial, el *sayagués*. Sus pasiones son menos sublimes porque se originan en el loco apetito del ánima sensitiva. Para él el único Eros conocido es el ciego. Gusta de la comida y de la bebida y sus diversiones consisten en juegos competitivos —correr, saltar, lanzar la barra, luchar— y toda su dialéctica se reduce a insultarse, a echarse pullas. Son pastores vitalistas, con toques anárquicos, tipos nacidos al calor de las fiestas saturnales [1].

La teoría dramática del Renacimiento era, claro está, clásica y, sobre todo, clasista. Se había constituido básicamente siguiendo las noticias de los gramáticos antiguos —Diomedes, Servio, Donato—, el *Arte poética* de Horacio y la *Poética* de Aristóteles [2]. Plauto y Terencio serán los modelos dignos de imitación para la comedia; Séneca, para la tragedia. Como petición de principio, esta teoría exigía la radical separación entre tragedia y comedia. Divididas en cinco actos, la tragedia ha de desarrollar una acción que se inicia felizmente y concluye en desdicha. La comedia invertirá el orden de esta acción. Pero esta definición, que atendía tan sólo al cambio de fortuna (felicidad/desdicha; desdicha/felicidad), se complementa con otra que hace referencia a la condición social del protagonista, al decoro. Dioses, emperadores, reyes y alta nobleza serán las personas trágicas; la clase media y el pueblo, las de la acción cómica. En palabras de Badio: «tragedia semper est de altissimis personis et in altisono stilo conscripta; comedia vero de mediocribus et in mediocribi stilo facta» [3]. La tragedia, como corresponde a la calidad social de sus personajes, sólo admitirá el estilo sublime —verso largo, *elocutio* elevada—, y la comedia el estilo medio, el verso humilde y, en general, la prosa. Definición, pues, clasista, que presentaba problemas graves a la hora de hacer corresponder las clases sociales grecorromanas con las europeas de los siglos XVI y XVII. También podían definirse y delimitarse tragedia y comedia por el grado de realidad: la tragedia, como base argumental, partía de un caso histórico; la comedia, de lo verosímil, lo poético, lo inventado por el poeta. Y, en fin, la tragedia atendía, como propósito psicológico, a mover los afectos patéticos del público por medio del terror y de la conmiseración; la comedia, los afectos suaves por medio de la risa. Tanto la tragedia como la comedia se proponían —o decían proponerse—

como fin último de toda obra poética el hacer mejores al individuo y a la sociedad: enseñar deleitando. Estas eran, en líneas generales, las características dramáticas que la crítica humanista elevó a la categoría de preceptos. Preceptos inmutables, pues si la *Poética* era un *ars* sus reglas habían de ser universales y perpetuas.

Felipe II, cuenta Lope, no estaba muy conforme con el trasiego de los reyes por los escenarios teatrales. Pero los motivos eran, sobre todo, políticos («o fuese el ver que el arte contradice/o que la autoridad real no debe/andar fingida entre la humilde plebe», *Arte Nuevo,* vv. 162-164). Los preceptistas aristotélicos, en cambio, se escandalizaban por motivos poéticos (o en apariencia poéticos). Al morir el siglo XVI, la práctica teatral española, en realidad, había perdido el respeto a Aristóteles, o, mejor, al Aristóteles visto por ojos renacentistas, y se atuvo al más auténtico: al retórico, al que intenta descubrir y sistematizar los medios para ganarse la benevolencia del público. Y, sin embargo, hasta los más fervorosos defensores de los modernos frente a los antiguos, que aceptaban con agrado la presencia del rey en la escena cómica, seguían considerando a los pastores y labradores como personajes bajos, incapaces de calzarse coturnos trágicos, y que todo lo más podían llegar a comparsas de una acción sublime. Bien es cierto que en Italia el pastor virgiliano había hecho una incursión en el estilo trágico, *El Pastor Fido,* de Guarino, pero fue piedra de escándalo y la polémica que suscitó es bien conocida. Siendo, como era, pastor idealizado —un pastor cortesano—, sólo se le permitió entrar en la especie híbrida de la «tragicomedia», y esto gracias a que el *Anfitrión* plautino —clásico al fin y al cabo— sirvió como argumento de autoridad.

El teatro español no tuvo grandes dificultades en abandonar la tragedia y la comedia de acuerdo con las definiciones renacentistas: nunca las había practicado. Se produjo un enfrentamiento entre las definiciones que atendían a la acción y a la condición social de los personajes. Existe, y es el más abundante, un tipo de obras, las «comedias» [4], que sólo lo eran por la acción, no por la condición social, pues en ellas, los caballeros y alta nobleza e incluso los reyes son los protagonistas. Hay otro tipo, menos frecuente, que son tragedias por la acción, pero en ellas hacen su aparición personajes cómicos, y, en general, son tragedias mixtas, con doble desenlace ejemplar: el vicio es castigado; la virtud recompensada. Parece claro que el público de los corrales de comedias no era demasiado partidario de experimentar afectos patéticos en el desenlace, aunque a lo largo de la acción gustara de la alternativa de aquéllos y los ridículos en continuo desasosiego anímico. De entre los miles de obras representadas en Europa en aquella época —tiempos teatrales por excelencia— un puñado de obras españolas pertenece a una especie insólita: en ellas el labrador, el villano, contra todo precepto y «decoro», irrumpe como protagonista de la acción trágica. Y para colmo, en una se llegaba a llevar a las tablas una revuelta popular que culminaba con la muerte de un noble tirano, y de solar conocido. *Peribáñez, Fuente Ovejuna* y el anónimo *Alcalde de Zalamea* constituyen la tríada más singular y anómala de la escena europea hasta el siglo XIX. Porque hasta ellas, y después de ellas, el villano, como el pastor, debía permanecer en el rincón cómico del teatro.

Peribáñez y *Fuente Ovejuna* se insertan en un grupo de obras, compuestas en su mayor parte por los alrededores de 1610, en las que los protagonistas son labradores, villanos dignos, con honor, y ricos o, a lo menos, que gozan de una más que dorada medianía. Si el pastor virgiliano era un ente ideal que sólo se hallaba en los libros, el labrador que hace su aparición en el teatro y en la novela al alborear el siglo XVII no tenía una tradición literaria definida, aunque sin ella este personaje hubiera presentado perfiles distintos. Cuando un tipo literario no puede explicarse sólo por la literatura, habrá que sospechar que «refleja» una determinada realidad social. El libro, espléndido, de Noël Salomon [5], monumento del hispanismo, no pretende otro fin. El labrador rico es, en efecto, un tipo social cada vez más numeroso al que una serie de economistas y arbitristas, y tras ellos, los poetas, exaltarán como personaje capaz de fomentar la riqueza nacional. El fisiocratismo parece ser una de las principales corrientes del pensamiento económico del siglo XVII [6]. Recordemos tan sólo la importancia que por aquellos años cobra la figura de San Isidro, y cómo Lope dedica bastantes páginas a su alabanza.

Tanto en *Peribáñez* como en *Fuente Ovejuna* el antagonista del villano ostenta el título imponente de comendador. Por lo general, aunque no siempre, estas piezas de labradores se interfieren y hasta confunden con las llamadas «comedias de comendadores», y que, como aquéllas, se circunscriben en un marco temporal relativamente corto (ca. 1610-1615) [7]. También la presencia de este personaje en escena con la función de desencadenar la justa ira del vasallo deshonrado requiere una explicación que rebasa los límites de la serie literaria, cuanto más conociendo la prohibición de sacar a escena hábitos de las órdenes de caballería[8]. La crítica ha señalado el desprestigio que sufren estas órdenes al principiar el siglo XVII, motivado entre otras razones por el deseo de los *homines novi* por alcanzar un hábito; el interés de la monarquía por limitar su poder jurídico; y, un dato más concreto, el hecho de que en el período en que al parecer se componen las más importantes obras de comendadores, coincide con la temporal caída en desgracia —1612— de don Rodrigo Calderón, muy afecto a coleccionar para él y sus familiares hábitos de distintas órdenes de caballería. Don Rodrigo Calderón fue precisamente desde 1611 comendador de Ocaña[9] y a su vez enemigo reconocido del duque de Sesa, representante de la vieja nobleza y el protector y maníaco admirador de Lope de Vega. La relación entre causa y efecto parece clara —y así la establece Noël Salomon como piedra angular de su tesis sobre la génesis de estas piezas de comendadores—, y sin embargo, como hemos de ver, no es segura.

Por estos años, economistas y políticos vivían obsesionados por hallar un modo de «conservación» de monarquías. El desarrollo del maquiavelismo y de la teoría política basada en la prudencia —la virtud cardinal en la aretología del siglo XVII[10]— no es sino la manifestación más patente del miedo, incluso pavor, que sienten los Estados europeos ante un descontento popular que pueda degenerar en subversiones del orden establecido. De ahí la constante preocupación por la forma de gobierno y sus soluciones históricas. La *Política* de Aristóteles trazaba las líneas generales; la Historia presentaba ejemplos concretos de incalculable valor para el arte de la prudencia, arte de la deliberación por excelencia. La historia del Imperio Romano, por su forma de gobierno individual o monarquía, y por su carácter expansivo, era la que ofrecía mayor parangón con España. La concepción biológica de la historia —nacimiento, juventud, virilidad y vejez— favorecía las similitudes, tan gratas en una edad amiga de enfrentar antiguos y modernos en las conocidas *quaestiones comparativae* de la retórica: España, como el Imperio Romano, comenzaba a caducar. En Tácito, historiador que diseccionaba sin miramientos ni eufemismos el comportamiento humano como individuo y como colectividad, encontraron los hombres del siglo XVII una mina de aforismos políticos[11].

A lo largo de las páginas de los *Anales* y de las *Historias*
los casos de revueltas y motines se suceden sin interrupción.
Las causas: el descontento popular, la ambición individual,
los corrillos de conspiradores y, sobre todo, el mal gobierno
de los emperadores que, de monarcas, habían degenerado en
tiranos. El tránsito no resultaba difícil, porque los límites
entre la virtud y el vicio eran sutiles en exceso. Para mayor
preocupación de los reinos, en abril de 1610 Enrique IV
había muerto víctima de un atentado, al igual que su
antecesor. Para unos fue un crimen atroz, para otros el
justo castigo que merecía un tirano [12]. Y es que la voz
«tirano» comienza a cundir como una plaga por los textos
de la época. Hasta en las *Soledades* gongorinas (I, v. 200)
el río «tiraniza los campos» —aunque «útilmente». También por esos años pululan los libros de aforismos políticos
y traducciones de Tácito, y se publica, bajo el nombre pres-
tigioso de Arias Montano, una colección de sentencias del
historiador romano [13]. En este contexto se explica mejor que
Lope se detuviera en unas determinadas páginas de la *Crónica* de Rades para desarrollar *Fuente Ovejuna* [14].

La obra literaria es un objeto nacido por la conjunción
de múltiples factores, y ninguno de ellos, de por sí, puede
dar explicación cabal de una creación artística. No parece
posible explicar la génesis histórica de estas obras de labradores sin mencionar el trasfondo económico y político en
que nacen. En definitiva, enfrentamiento entre los distintos
estamentos al producirse un trastorno social que parece tener
su origen al resurgir una sociedad urbana y variar el modo
de producción. Ya hemos visto cómo por los años en que
se componen estas obras se dan unas circunstancias históricas
muy concretas que explican la elección de unos temas y la
aparición de unos tipos nuevos en la escena. Pero la literatura vive, en gran medida, de su propia tradición, y de la
crítica, culta o plebeya. Los poetas no son libres y menos
en el caso de un género como el teatral que, de todos, es
el más sujeto a los gustos del público. Las obras dramáticas
de la época se caracterizan por su vida efímera; apenas tres
o cuatro días en cartel. Lope escribe comedias como oficio [15]
—y él se lamenta de ello a pesar del orgullo que manifiesta
por la renovación del arte—, y su inmensa producción cam-
bia, estructuralmente, con gran lentitud. Ha creado —no
de la nada— un sistema dramático que se repite con pocas
variables [16]. En obras ideológicamente conflictivas, como las
que tratamos, el sistema de Lope puede entrar en contradic-

ción con el tema, lo que genera de inmediato soluciones
formales no acostumbradas. De estos aspectos contradictorios
trataré a continuación.

Ya se ha indicado que ni el labrador ni el pastor podían
ser, de acuerdo con la tradición clasicista, personajes de tragedia. Pero los humanistas descubrieron al analizar los textos
clásicos que en una misma obra podían encontrarse conceptos opuestos sobre el arte. Por ejemplo, en la *Poética* de
Aristóteles se habla del deleite que provoca lo conocido, pero
también lo desconocido, la novedad; de la unidad, y también
de la variedad. Desde antiguo circulaba una definición de
comedia que Diomedes atribuía a Cicerón: «Imitatio vitae,
speculum consuetudinis et imago veritatis» (Badio, *op. cit.*,
fol. a vii r.). Entre esta definición y la de la historia —sí
ciceroniana [17]— la diferencia apenas existía y dependía tan
sólo de la interpretación que pudiera darse a la *imitatio
vitae* y a la *imago veritatis*. A ella acudieron como autoridad
todos aquellos partidarios de los modernos que podían justificar así obras como *La Celestina*. ¿O es que en la vida
no ocurrían casos desastrados en personas de condición me-
diocre y humilde? ¿Es que no sucedían muertes, adulterios,
venganzas? La vida era una tragicomedia. Esa misma definición pseudociceroniana dependía en su génesis de la *verosimilitud* aristotélica, que no por azar ha sido uno de los
puntos más debatidos de la teoría artística. En el caso de
Fuente Ovejuna el suceso, además de verosímil, era histórico,
e igualmente lo debió de ser Peribáñez. Y recordemos que
la tragedia, de acuerdo con el grado de realidad, tenía que
basarse en la historia. En este sentido, los dramas de labradores podían adquirir carta de naturaleza artística. El problema teórico de la mimesis y, en general, el de la Poesía
frente a la Historia, tan agudizado desde finales del siglo XVI,
propició la aparición de obras nuevas, puesto que si los
tiempos cambian y mudan las costumbres, la comedia como
imitatio vitae e *imago veritatis* deberá presentar en las tablas
acciones miméticas de una realidad distinta de la greco-latina.
Cuanto más aquellas obras basadas en la historia nacional
relativamente cercana. Es un hecho palpable cómo la literatura del siglo XVII abandona géneros ideales para acercar
sus temas y personajes a la realidad contemporánea e intentar mantener la suspensión y admiración del público salvando
lo verosímil.

Los labradores protagonistas de estas obras históricas ni
podían ser como los pastores cómicos ni como los pastores

ideales. Tampoco como los héroes nobles de las comedias. No era fácil conseguir el «decoro» de esos tipos nuevos que una excesiva sublimación situaría en los límites de lo verosímil y chocaría frontalmente con la preceptiva dramática. Rebajarlos a la categoría cómica iba en contra de la propia acción trágica de los casos históricos en que se inspiraban. Son personajes mixtos, tragicómicos, nacidos del enfrentamiento de la Historia, lo verdadero, lo particular, y la Poesía, lo verosímil, lo universal, y del contraste entre la tradición literaria vulgar y la crítica humanista.

Para crear un ambiente rural verosímil —la imitación de las costumbres— Lope utiliza varios recursos y uno de sus predilectos consiste en la introducción de cancioncillas de origen folklórico que la estética renacentista había elevado a la categoría artística: cantares y bailes de boda, de siega, de bienvenida, de San Juan, etc. La habilidad de Lope para injertar lo culto en lo popular y dignificarlo ha sido unánimemente reconocida por la crítica [18]. Estas cancioncillas y bailes suscitan un ambiente rústico; deleitan al público por medio de la música, por lo general, música conocida; cumplen con la tradición clásica de la «melopeya»; funcionan como anticipaciones y recordatorios; y suelen aparecer inmediatamente antes de un cambio de la acción —de la felicidad a la desdicha—, es decir, oponen los afectos suaves a los patéticos. El villancico y demás cancioncillas que el teatro del siglo XVI incluía como meros aditamentos melódicos y lúdicos adquieren en el teatro de Lope una extraordinaria riqueza de funciones [19].

Devoción popular, descripción detallada de la vestimenta, útiles, usos y costumbres rústicos crean el ambiente campesino que respiran estas obras [20]. Pero rara vez desempeñan sólo esa función. La devoción popular, por ejemplo en *Peribáñez,* es más que una nota de color rústico o que una actitud personal de Lope en materia religiosa: se convierte en móvil imprescindible de la acción dramática [21]. En *Fuente Ovejuna,* por el contrario, apenas aparece y sólo como pinceladas para matizar el carácter de Laurencia, y con tintes cómicos. Prueba de que a Lope no le interesaba ni ideológica ni funcionalmente. La costumbre popular de correr un toro ensogado origina el caso en *Peribáñez,* pero también toda una serie de imágenes sexuales y de alusiones al marido engañado. Más adelante, cuando en Toledo se está gestando la deshonra de Peribáñez, el matrimonio presencia, no por azar, una corrida de bueyes.

De la doble tradición pastoril y de la literatura de deba-
tes y coloquios, como ya se ha indicado, toma Lope la «cuestión de amor», las pullas entre Mengo y Laurencia o los
requiebros —inversión de la pulla— entre Peribáñez y Casilda. De nuevo se observa que formas que en el teatro,
en la novela o en la lírica desempeñaban funciones únicas,
adquieren funciones nuevas. La cuestión de amor, por ejemplo, no es una escena pegadiza: el enfrentamiento entre los
dos tipos de amor, platónico y sensual, es el que Lope ha
escogido como causa desencadenante de la tragedia. Tanto
en *Peribáñez* como en *Fuente Ovejuna,* estas escenas dialéc-
ticas, que, efectivamente, eran gratas a un público habituado
a ellas, funcionan además como un medio eficaz para contrastar el mundo idílico, armónico, natural del pastor-labra-
dor con el mundo artificioso, caótico, ciudadano de los comendadores. Hasta tal punto ocurre esa contraposición, que
Spitzer pudo sostener que la *harmonia mundi* es tema central de *Fuente Ovejuna*[22].

El teatro del Siglo de Oro, como la estética de su época,
parte del principio de la variedad como generadora del deleite. En la frase «que si *per troppo variar Natura é bella,*
mucho más el arte» (*Agudeza,* LX), cifrará Gracián la estética renacentista llevada al límite. Lope acude a la fértil
tradición literaria del Renacimiento en donde confluyen géneros clásicos, medievales y modernos para componer numerosos pasajes y escenas dramáticas. Pero conviene insistir en
que estas escenas que pueden parecer poco económicas para
la unidad y progreso de la acción, están siempre relacionadas,
bien por temas, por imágenes o por funciones al tema o temas de la obra y la acción[23]. La sucesión de escenas lentas
y rápidas, el cambio brusco de efectos, la polimetría son
todos ellos rasgos esenciales de un teatro que busca la unidad
en la variedad y que, sin abandonar el desarrollo de la
«fábula», concede igual atención a las series literarias, o
retórico-literarias, conocidas por el público. Se trata, en definitiva, de un teatro de síntesis de géneros y especies literarias muy variadas. Literatura para conocedores y amantes
de la literatura, que compartían con el autor, en mayor o
menor grado, una cultura popular y erudita bastante uni-
forme.

No se debe olvidar tampoco que el verso del teatro español no viene impuesto por una preceptiva ni por un autor
determinado. Lope no hace más que adaptar las estrofas a
unas situaciones idóneas, pero estas estrofas eran patrimonio

común, bien mostrenco de forma y contenido. Lope les da la
función dramática —y otros autores con anterioridad—,
pero apenas puede variar la peculiar poética de cada estrofa.
En general, en las comedias y tragicomedias con personajes
sublimes, el problema del decoro lingüístico apenas existe.
Los personajes hablan desde el *yo* colectivo y despersonali-
zado de la lírica o de la épica. Al gracioso se le deja en la
tradición de las especies de la poesía cómica. En el caso de
las obras de labradores la situación era considerablemente
distinta y es en ellas donde Lope tiene que introducir alte-
raciones en la serie [24]. Conviene recordar que en estas obras
los labradores se presentan como una variedad tipológica y
social. No todos son iguales. Los Mengos, Llorentes, Brases,
Mendos, y Helipes son producto de un injerto del gracioso
de la comedia con el pastor-bobo del teatro del siglo XVI [25].
Los mismos nombres los identifican con tipos procedentes
de la tradición literaria, aunque a su vez «reflejaran» una
realidad. Sus deturpaciones lingüísticas, a pesar de su carácter atenuado, proceden de una bien conocida lengua de creación literaria y no del sayagués real. Mantienen ciertas formas frecuentes en el pastor cómico del Renacimiento pero
sus funciones son distintas. Entre los pastores de la *Égloga
de Antruejo* de Encina y los segadores de la escena VII del
Acto Segundo de *Peribáñez* se ha producido un cambio notable. Los rasgos del tipo teatral enciniano se mantienen, pero
rebajados de tono para poder acercar a los personajes a una
realidad más verosímil. El problema de la mimesis aristotélica no parece ser ajeno a esta solución. Recordemos, sin
embargo, que Mengo, el pastor cómico de *Fuente Ovejuna*,
es un labrador —y de los jornaleros—; y, no obstante, se
enfrentará al Comendador y a sus criados con una honda,
instrumento característico del pastor. Estas mínimas incoherencias —aunque más marcadas en la tradición estilística
renacentista, seguidora de la «rueda virgiliana» medieval—
ponen al descubierto las raíces literarias de un personaje
que no ha sido transplantado en su totalidad. Las funciones
siguen perviviendo en formas en apariencia diferentes.

En el extremo opuesto pueden surgir los labradores que
acumulan los rasgos más característicos del héroe, galán y
noble, y del pastor idealizado, pero, a su vez, ciertos toques
cómicos, de estilo bajo, que pertenecen al decoro del personaje [26]. Si el pastor cómico atenúa alguno de sus rasgos
privativos al insertarse en el labrador cómico, el pastor idealizado y el héroe de la comedia alternan sus cualidades con

las del pastor como tipo tradicionalmente jocoso. Comenzando por el nombre, Frondoso en *Fuente Ovejuna* es el personaje en que en menor medida se ha producido esa extraña simbiosis. En él, tras la capa del labrador se esconden el pastor refinado contemplativo y el héroe activo de la comedia. Laurencia, al igual que Jacinta, está construida, en cambio, a partir de la serrana montaraz y de la mujer varonil ariostesca —y no en vano se hace referencia explícita al *Orlando furioso* [27]. Indicio claro de que Lope ha creado al personaje en función del Acto Tercero —arenga de Laurencia y capitanía del grupo femenino—, y no en función de delicada pastora tiernamente enamorada de Frondoso. La desigualdad tipológica de la pareja revela que Lope ha forjado a sus personajes con funciones distintas, si bien la trabazón con la acción principal es clara. En otras palabras: en *Fuente Ovejuna* la acción amorosa es subsidiaria de la revuelta popular y de la unión del pueblo en el tormento. La pareja Casilda-Peribáñez presenta, por el contrario, una armonía caracterológica evidente. La tradición del pastor idealizado apenas ha dejado huellas relevantes en ellos. Tampoco el galán y la dama de la comedia. Y era lógico: la obra se abre donde habitualmente se cierra la comedia, en boda. En esta pareja y en los tipos de los villanos alcaldes —Peribáñez lo fue («y truje seis años vara», v. 3.039)— Lope se aleja de la tradición literaria para acercarse al mundo rural contemporáneo. Lope, como Pereda en la novela, crea un teatro idílico. Sublima una realidad estructurando unos nuevos tipos dramáticos, quintaesencia de las virtudes naturales del campesino. En los *abecés* del Acto I de *Peribáñez* puede hallarse la amplia gama de todas esas virtudes. Casilda y Peribáñez apenas utilizan rasgos dialectales y, sin embargo, la sensación de hallarnos ante personajes rurales es evidente. Lope ha conseguido dar categoría poética a lo plebeyo, a lo vulgar, a lo cotidiano. Probablemente, por primera vez en la historia literaria un personaje de tragedia podrá comer aceitunas de postre y podrá decir «que como al señor la rosa, / le güele al villano el vino» (vv. 59-60), sin perder un ápice de su dignidad trágica. En *Peribáñez,* la imaginería petrarquista queda relegada a los parlamentos del Comendador Fadrique; de los labios de Casilda y Peribáñez brota una nueva imaginería poética en la que el oro, el carmín, la ambrosía y aromas orientales han sido sustituidos por el aceite, la camuesa, el vino. Que Peribáñez pueda parecer «camisa nueva» (v. 113) o «en verde prado, / toro bravo y rojo

echado» (vv. 111-112) es una novedad en la imaginería literaria comparable a la gongorina. No por azar la generación
del 27 admiró ambas soluciones poéticas. Pero Lope —ya
lo ha hecho en el romancero— no abandona en ningún
momento la tradición culta. Mezcla ambas sutilmente hasta
el punto de que ciertas imágenes que parecen creaciones
originales nacidas al calor del mundo rústico proceden probablemente de fuentes menos populares. Así ocurre con los
versos «la barba llena de escarcha / y de nieve la camisa»
(vv. 1600-1601). Al incorporar la imagen a un contexto de
romance donde se mencionan las «antiparas», «dediles», «sayuelo», «cofia de pinos», «disantos», etc. Lope hace pasar por
popular o pseudopopular lo que muy probablemente tenía
origen en un ejercicio escolar neolatino consistente en des-
cribir la llegada del invierno [28]. Imágenes, metáforas y com-
paraciones extraídas o relacionadas con el mundo rústico
que sirven para contraponer el mundo idílico, perfecto, del
campo al mundo caótico, imperfecto, de la corte, de la sociedad artificial. Los objetos —los *signa*— del campesino —arado, aceite, trigo, vino, troj, cuadros con imágenes de santos,
capas pardas— adquieren en *Peribáñez* un simbolismo dramático que contrasta con el que sugieren la cruz, la espada,
los reposteros, la capa, del Comendador. No sirven, pues,
sólo para ambientar las obras; sirven, sobre todo, para opo-
ner ambos mundos y generan a lo largo de toda la obra
alusiones a la acción [29]. En *Fuente Ovejuna* esta contraposición es menor porque las imágenes —a excepción de la
cruz de Calatrava— no adquieren la función simbólica que
se da en *Peribáñez*. Y es que en esta obra la acción se
desencadena por el enfrentamiento individual, labrador-co-
mendador, a consecuencia del deseo de posesión de la mujer
amada o deseada [30]. Si, como parece probable, la génesis de
Peribáñez es la cancioncilla «Más quiero yo a Peribáñez, /
con su capa la pardilla, / que no a vos, Comendador, / con
la vuesa guarnecida» (vv. 1925-1928) [31], la oposición de las
capas estimuló la oposición, a través de las imágenes, de dos
mundos contrastados, de dos capas sociales extremas en que
se mueven los personajes.

Frente al mundo idílico de los labradores se alza la figura
antagónica de un comendador. También el desarrollo de estos
personajes es complejo. Parece claro que Lope, desde el momento en que escoge los dos casos para redactar una comedia —y Lope sabe seleccionar el material—, está de parte
de los villanos, como se observa en la gestación literaria de

los personajes. El autor tiene que justificar verosímilmente
que un labrador o un pueblo entero puedan dar muerte a
un comendador. La anónima parodia de *Peribáñez* solucionó
la cuestión por la vía rápida de la desilusión artística:

> COMENDADOR.—   Es fuerza
> que en su casa me tope
> Perico cuando vuelva.
> HERNANDO.—   ¿Para qué?
> COMENDADOR.—   Ha de matarme.
> HERNANDO.—   ¿Matarte y no te ausentas?
> COMENDADOR.—Gran bobo eres, Hernando,
> por no decir gran bestia;
> ¿por qué me he de ausentar
> si es preciso que muera?
> HERNANDO.—   ¿Preciso?
> COMENDADOR.—   Claro está;
> poco sabes de cuentas.
> ¿No es fuerza morir si
> lo dice la comedia?
> HERNANDO.—   Naciste desgraciado.
> COMENDADOR.—Hijo Hernando, paciencia,
> que yo muero con gusto
> por mandarlo el poeta [32].

Sin embargo, me parece difícil que Lope sacara a escena
la muerte de un comendador a manos de un labrador sin
una base histórica o pseudohistórica por muy enemigo que
fuese el duque de Sesa de don Rodrigo Calderón. Y más
difícil que, como sugiere Noël Salomon, la figura de Peribáñez viviese en el folklore local como tipo cómico [33]. La
existencia misma de la parodia ya es indicio de la extrañeza
que provocaba un desenlace de tal condición y, en general,
las obras de labradores honrados. En el caso de *Fuente
Ovejuna* la fidelidad de Lope a la relación de Rades —al
espíritu y a la letra— es considerable [34].

Se ha repetido hasta la saciedad que el teatro español del
Siglo de Oro apenas se detiene en el análisis de los carac-
teres. Y, en efecto, salvo casos excepcionales, no hay en
él individuos sino tipos. No hay que olvidar, sin embargo,
que para una mente clásica, la Poesía era más universal que
la Historia. La Poesía tiende al paradigma, al modelo digno
de imitación o de rechazo. Los personajes se convierten en
funciones literarias o en funciones ideológicas. Puede ocurrir, y es lo más frecuente, que ambas se armonicen, pero
también puede suceder que entren en conflicto. Como todo
lo que dice o hace un personaje en escena le caracteriza,
cuando las dos funciones se hallan en desajuste se suscitan

incoherencias, contradicciones en el desarrollo del personaje; o, por el contrario, mayor complejidad y, por consiguiente, mayor humanización del paradigma, o, si se quiere,
un paradigma problemático. En la sociedad en la que vive
Lope justificar verosímilmente la muerte de un noble en
escena a manos de un villano requería un tacto exquisito
para no herir susceptibilidades. Lope estaba de parte de
los villanos literariamente, pero no parece que tuviera demasiado interés en trastrocar el orden social. Los comendadores, además de serlo, y en primer lugar, son nobles.
Lope, dado el desprestigio de las órdenes de caballería y
por razones políticas claramente expuestas en *Fuente Ovejuna,* puede defender sin peligro alguno la limitación de
su poder. Otra cosa es pintar un protagonista noble como
un paradigma de vicios. Ante un efecto —la muerte de un
comendador a manos de un villano contra la tradición del
derecho civil— Lope debe buscar una causa o causas verosímiles que, a su vez, no entren en conflicto con los valores
de una sociedad aristocrática. En el caso de *Peribáñez* el
efecto tenía una causa bien conocida: el amor. El comendador Fadrique hasta ver a Casilda había sido un joven
ejemplar [35]. No resulta, desde luego, verosímil que alguien,
al abrir los ojos tras un desmayo provocado por una caída
violenta, se enamore de inmediato y que sus primeras palabras sean una sarta de requiebros conceptistas. Pero, como
el propio Lope afirmaba, por boca de «un gran cortesano»,
que «Si Melibea no respondiera entonces [la segunda frase
de *La Celestina*] *¿En qué, Calisto?,* que ni habría libro
de Celestina, ni los amores de los dos pasaran adelante» [36].
Salvo excepciones, el amor en el teatro español de la época
fue el generador del conflicto dramático [37]. Se trata de un
sentimiento violento, amor como pasión, como enfermedad o
«accidente» que acaece de improviso y que, por el deseo
incontenible de poseer el objeto amado, altera —con su
adjunto, los celos— la monotonía del vivir cotidiano. El
fatum clásico ha sido sustituido funcionalmente en la tradición cristiana por el amor. Amor, por cierto, poco platónico,
porque el platonismo puro ni en la lírica ni menos en la
escena dramática tenía posibilidades tan ricas como las otras
especies amorosas [38]. Si suprimiéramos esta piedra angular,
que sostiene el edificio de la acción, y los adornos de los
conceptos procedentes de la lírica petrarquista y octosilábica,
el teatro del Siglo de Oro perdería su razón, literaria, de
existir. El poeta habla al espectador desde una convención:

la lírica. La verosimilitud de estas situaciones no debe ana-
lizarse desde los presupuestos de la realidad —¡adiós teatro
en verso!— sino desde la verosimilitud lírica que el público
admite sin prejuicios. Todo lo que la escena entre Casilda
y el Comendador puede perder en carácter verosímil para
una cabeza tocada con la peluca del neoclasicismo, lo gana
en conceptos sutiles, tan apreciados por los admiradores de
Lope, y en el movimiento de afectos, porque la escena provoca en el espectador un efecto similar al de la anagnórisis,
tan grato a los aristotélicos:

> LUJÁN.—   ¿Qué sientes?
> COMENDADOR.—   Un gran deseo
>   que cuando entré no tenía.
> LUJÁN.—   No lo entiendo.
> COMENDADOR.—   Importa poco.
> LUJÁN.—   Yo hablo de tu caída.
> COMENDADOR.—En peligro está mi vida
>   por un pensamiento loco.
>
> (vv. 378-383)

A partir de este momento, el Comendador es un loco de
amor. El apetito y no la razón rige su conducta moral.
Incluso es capaz de enviar a la guerra a Peribáñez para
poder gozar a Casilda. Conducta sin duda reprobable pero
que tenía un ilustre antecedente bíblico. Y Lope solía disculpar con facilidad los yerros por amores. En otras palabras,
ni los reyes siquiera están libres de esa inexorable enfermedad que padece el Comendador, héroe trágico que no puede
luchar contra su destino y, por consiguiente, como pedía
Aristóteles, el espectador siente conmiseración ante su muerte. Lope habitualmente resolvía estas situaciones con un
desenlace feliz y moralizador en el que la razón triunfaba
sobre la pasión [39]. Aquí, en cambio, desde los versos «en
peligro está mi vida / por un pensamiento loco», la suerte
del Comendador está echada. Y más: que una obra se inicie
con una boda ya preludia —o debería preludiar— el final
funesto. El desenlace no convencional de *Peribáñez* contra
la propia tradición del autor; la precisa mención del lugar
de la encomienda, Ocaña; la constitución conflictiva del personaje del Comendador; la función del amor como única
causa desencadenante de la tragedia son, en mi opinión, in-
dicios claros de que Lope trabajaba sobre unos materiales
histórico-legendarios de una tradición local en la que el desenlace trágico ya existía. Y este desenlace no debió de ser

uno de los menores estímulos para la composición de la obra.

Tipo sustancialmente distinto es el Comendador Fernán Gómez de *Fuente Ovejuna*. En la *Crónica* de Rades halló Lope los rasgos esenciales del carácter del Comendador y a partir de ellos construyó su personaje. Eliminó las causas económicas, aligeró los desmanes de la soldadesca [40] y se atuvo a los ultrajes sufridos por las hijas y esposas de los labradores. El caso de Laurencia-Frondoso es uno más en una larga serie. Si en *Peribáñez* es el amor la causa que enajena al Comendador y le desvía de su recto sentido moral, en *Fuente Ovejuna* el amor lascivo de Fernán Gómez es un efecto de su propio carácter. O mejor, de su mentalidad. Porque Lope, con gran acierto, ha procurado justificar verosímilmente el comportamiento del Comendador al presentarlo como un bloque mental de ideología arcaica. El pasaje siguiente es revelador:

> ¡Que a un capitán cuya espada
> tiemblan Córdoba y Granada,
> un labrador, un mozuelo,
> ponga una ballesta al pecho!
> El mundo se acaba, Flores.
>
> (vv. 1044-1048)

¿Qué mundo se acaba? Pues parece ser el mundo en que cree vivir Fernán Gómez, noble, valiente y firme —recuérdese su «casaca naranjada» (v. 491), símbolo de la firmeza—, cuyo sistema de valores se establece a partir de la convicción en la omnipotencia de su estado social. ¿No son *suyos* sus vasallos (v. 603: «¿Mías no sois?»)? Pues si lo son, puede hacer con ellos lo que su apetito desee. Fernán Gómez, que es la representación vital de la teoría amorosa de Mengo, no comprende lo que ocurre a su alrededor. Ni siquiera cuando todo el pueblo, ofendido y furioso, se alza en su contra imagina que él es el culpable de esa revuelta. También el Comendador Fadrique de *Peribáñez* presenta bastantes rasgos de esa mentalidad, pero aunque no puede dominar su pasión, es consciente de su depravación moral. Fernán Gómez, por el contrario, actúa dentro de los cánones de una moral feudal. *El mundo se acaba...*, frase que Lope había oído repetir, y no sólo como tópico literario, a bastantes representantes de un estamento social que iba perdiendo privilegios y que veía cómo se desintegraba su sistema de valores. Fernán Gómez siente horror ante la igualdad

v. 1027: «¿Estos se igualan conmigo?»). Numerosos españoles debieron de manifestar idéntico sentimiento hacia
una igualdad (con los de abajo, se entiende, porque igua-
arse con los de arriba era otro cantar). Si Luján en *Peribáñez* es la función literaria de tercero, Ortuño en *Fuente
Ovejuna* representa algo más que el confidente. Ortuño,
desde su servidumbre, no puede refrenar el comportamiento
de Fernán Gómez, a pesar de que por su boca suele Lope
hacer hablar a la Prudencia ensartando sentencias y aforismos políticos [41]. En ese evidente enfrentamiento social,
Ortuño, que pertenece, al parecer, a un bajo escalón nobi-
liario, se muestra como un espectador que participa de ciertos valores de Fernán Gómez y que, a su vez, comprende
la actitud de los villanos. Personaje ambiguo debido a la
divergencia de funciones que le imprime Lope: función literaria y función ideológica. De ahí que se nos aparezca como
un personaje en contradicción, con ciertos ribetes cínicos.
Su afán de medro, de ascenso social, le obliga a actuar en
desacuerdo con su conciencia. Y Lope era bien consciente
de ello. Dice el propio Ortuño:

> Quien sirve se obliga a esto.
> Si en algo desea medrar,
> o con paciencia ha de estar,
> o ha de despedirse presto.
>
> (vv. 631-634)

En otras palabras, Ortuño, quizá como el propio Lope,
secretario del caprichoso duque de Sesa, es sólo un eslabón
de un engranaje social que le arrastra inexorablemente a
vivir en contradicción. Ortuño no se despide «presto» porque
—además de vedarlo la función literaria— el bienestar económico, el deseo de medro, de ascensión, o a lo menos de
conservación, son más poderosos que la integridad de la
conciencia. Pero la contradicción puede resolverse con facilidad si en lugar de buscar su génesis donde realmente
reside (en una radical injusticia nacida de un orden social
estamental, cuyo descubrimiento llevaría a un pensamiento
revolucionario, difícilmente imaginable en aquella época en
España), se busca en el individuo, en la innata inclinación
al mal de la naturaleza humana: el *fomes peccati*. Y como
consecuencia se intenta corregir ciertas manifestaciones «acci-
entales» del sistema. Es el caso de los poderes de las encomiendas que en manos de personajes tan indeseables como
Fernán Gómez podrían representar un peligro para la con-

servación de la monarquía. De ahí que la toma de Ciuda
Real en *Fuente Ovejuna,* además de servir como marc
funcional para la introducción del rey en escena de acuerd
con el habitual sistema dramático de Lope, desempeñe un
función ideológica evidente y en modo alguno puede con
siderarse una acción secundaria [42]. Porque *Fuente Ovejun.*
—frente a *Peribáñez*— es una obra de clara intencionalida
política como demuestran la elección del tema, la constitu
ción de los personajes y el desarrollo de la acción. Repre
senta un aviso para la conservación de monarquías y n
sólo un ataque a las encomiendas. La figura de Fernár
Gómez, caso histórico, individual, se eleva a categoría
sirve de prototipo del tirano. Y la tiranía es, sobre todo, l
degeneración de la monarquía. La revuelta de Fuente Obe
juna se presenta, pues, como ejemplo y aviso para curars
en salud, o en el principio de la enfermedad, como parec
diagnosticar el poeta. Lope barrunta que en cualquier mo
mento el caso de Fuente Obejuna podría repetirse y, com
se deduce de la acción de la obra, la culpabilidad recaerí
en el tirano y no en el pueblo. *Fuente Ovejuna* pertenec
al género deliberativo, al arte de la prudencia, y por es
mismo no va dirigida en principio a un público popula
sino a sus gobernantes. Es, paradójicamente, una obra anti
rrevolucionaria en la que se justifica y aplaude moralment
una revuelta popular y se presenta a sus protagonistas com
héroes, personajes ejemplares y, por consiguiente, digno
de imitación. Los gobernantes deberán ver en *Fuente Ove
juna* un ejemplo *ex contrario,* porque se puede llegar a l
tiranía inconscientemente, como le sucede a Fernán Gómez
El mundo se acaba, Flores... Ese es el gran atisbo de Lop
que ha sabido detectar que el comportamiento del Comen
dador no es debido tanto a su carácter individual como
una visión del mundo —o mentalidad, o matriz ideológica
como quiera llamársele— ocasionada por su pertenencia
un determinado estamento social.

El ejemplo *ex contrario* se cierra con la muerte del Co
mendador. De ahí que en las representaciones «revolucio
narias» de *Fuente Ovejuna* [43] se haya suprimido el perdó
real al interpretar la obra como ejemplo imitable. Pero Lop
no podía cerrar el texto en el punto en que los labrado
celebran el triunfo de su cohesión en el tormento. Y n
sólo por razones de justicia poética, sino también por raz
nes ideológicas. Castigar a los sediciosos iba en contra d
la Historia y de la propia intencionalidad de la obra e

la que se justifica una revuelta para alertar a los gobernantes. La figura del rey supone un cambio en la ejemplaridad. El rey aparece como un modelo digno de imitación: el monarca ejemplar, antítesis del tirano. Hay en *Fuente Ovejuna,* en efecto, una apología del monarca —del buen monarca, entiéndase— [44], pero hay también una crítica implícita del sistema social feudal. «Antifeudalismo dentro del feudalismo», como ha definido acertadamente Noël Salomon, es el sentimiento que se desprende de este grupo de obras de tema campesino en las que a través de los espejos siempre deformantes del arte se refleja la realidad intangible de los enfrentamientos sociales.

Sin ninguna duda, es *Fuente Ovejuna* la obra más famosa de Lope desde que los románticos descubrieron en ella un marcado carácter revolucionario. A partir de entonces, la crítica ha interpretado el texto desde las más diversas perspectivas de acuerdo con las distintas corrientes de pensamiento que han recorrido el presente siglo [45]. Tras un período en el que se niega, o se soslaya, su contenido político-social para centrarse en los aspectos literarios —la «obra en sí»— se ha pasado a otro en el que se vuelve a insistir en el aspecto político de la obra pero no para ver en Lope un paladín de las libertades populares —como hicieron los románticos—, sino un furibundo propagandista del orden establecido. En el caos crítico actual, parece que abundan las síntesis de las tres actitudes mencionadas. Y, según las noticias transmitidas por la prensa, en un reciente congreso sobre Lope —Madrid, 1980— se ha llegado a la conclusión de que sus obras —y en general la comedia del Siglo de Oro— no dicen ya nada al hombre actual. No son, por lo que se ve, obras universales. Debe de haber, por consiguiente, otras obras nativas y foráneas que sí lo son. Curioso cierre de un congreso sobre un autor que, como Lope, había publicado, en 1609, el primer manifiesto sobre la caducidad del arte. Porque Lope, que probablemente en política no era partidario de más cambio social que aquel que permitiera la tranquila continuidad del sistema, en materia artística comprendió con claridad meridiana que los tiempos cambian y mudan las costumbres, y que los preceptos universales se reducían a la dialéctica autor-público que sólo podía resolverse a través del deleite con medios y fines diversos. Que esos medios y fines hayan cambiado desde entonces es prueba evidente de que Lope no andaba descaminado. No acertó, desde luego, con una fórmula universal dramática pero sí con el principio de que toda creación literaria es, por naturaleza, histórica. Y acertó con la fórmula de hacer comedias en su tiempo. Puede emitirse un juicio positivo o negativo sobre el influjo benéfico o maléfico que la Comedia tuvo en la sociedad del siglo XVII. Pero a la hora de juzgarla literariamente, aparte del «me gusta» o «no me gusta» que es argumento irrebatible, conviene recordar que Lope no escribía en principio para un público futuro, sino, como él repite hasta la saciedad, para los espectadores de su tiempo. Hablar de los defectos y virtudes de cualquier comedia del Siglo de Oro presupone la existencia de La Poética que da una serie de preceptos universales, eternos, inmutables. No parece correcto emitir juicios de valor partiendo de unos principios universales ajenos y contrapuestos a los que rigen la Comedia desde su génesis, y que son no tanto principios poéticos como retóricos: deleitar, mover y enseñar al público. Y el público de la Comedia es el espectador o lector del siglo XVII para el que los dramaturgos, y en especial Lope, crean una especial poética que se caracteriza por ser implícitamente consciente de su carácter histórico y efímero.

Pero hay otros criterios de valor más objetivos que los basados en la estética o en la moral: los histórico-literarios. La Comedia nueva significó un cambio notable en la serie literaria occidental. Y cambio enriquecedor para la misma porque, por un cúmulo de circunstancias especiales, recogió en síntesis prácticamente todas las tradiciones literarias —cultas y populares— y retórico-literarias anteriores y aportó, además, novedades prácticas y teóricas (o práctico-teóricas) que afectan en su raíz a la concepción del Arte. Cualquier comedia del llamado Siglo de Oro reúne estas cualidades literarias, pero las obras de tema campesino añaden, además, la novedad de presentar en escena la tipología compleja del labrador con formas y funciones distintas de las habituales. Y *Fuente Ovejuna* añade todavía la extraordinaria novedad de presentar en un teatro una sublevación popular desde una perspectiva favorable. Que el público del siglo XVII entendiera, como parece lógico, la ejemplaridad que pretendió inculcarle Lope, importa relativamente poco. Mientras el conflicto de *Fuente Ovejuna* pueda trasponerse a situaciones actuales, esta obra y cuantas son de su especie quizá todavía pueden mover los afectos del público de nuestro tiempo.

PROBLEMAS DE DATACION

A) *La fecha de «Peribáñez»*

La fecha de composición de *Peribáñez* es incierta. Se publicó por vez primera entre las doce piezas que constituyen la *Cuarta Parte* de las comedias de Lope, impresa en Madrid en 1614 y con aprobación de diciembre de 1613. En un pasaje de la obra, Lope, por boca de Belardo, su habitual pseudónimo literario, da una serie de referencias cronológicas que pueden servir para fijar, cuando menos, el término a partir del cual se compuso la obra. El pasaje en cuestión es el siguiente:

> BELARDO.— ¡Pardiez, señor capitán,
> tiempo hue que al sol y al aire
> solía hacerme donaire,
> ya pastor, ya sacristán!
>   Cayó un año mucha nieve,
> y como lo rucio vi,
> a la iglesia me acogí.
> PERIBÁÑEZ.— ¿Tendréis tres dieces y un nueve?
> BELARDO.—   Esos y otros tres decía
> un aya que me criaba;
> mas pienso que se olvidaba.
> ¡Poca memoria tenía!
>   Cuando la Cava nació
> me salió la primer muela.
>
> (vv. 2338-2351)

Como puede observarse aquí y en los versos siguientes, Lope responde irónicamente a los rumores que circulaban sobre su edad. Es evidente que dice contar cuarenta y dos años, y como Lope, dada la ironía del pasaje, no iba a añadirse más años de los reales, la escena tuvo que componerse no antes de 1603 y muy probablemente en 1604 [46]. En otro autor, un dato biográfico de este tipo sería argumento suficiente para fijar la datación de una obra. Pero Lope en cuestión de edades no es de fiar, porque bien sabido es que solía rejuvenecerse algunos años. La crítica ha prestado especial atención a la frase *a la iglesia me acogí* (v. 2344), de la que sólo resulta clara su ambigüedad. Se ha supuesto que Lope hace referencia a su ordenación sacerdotal, motivada principalmente por la muerte de su esposa Juana de Guardo en agosto de 1613 («cayó un año mucha nieve», v. 2342). Pero Lope se ordenó en la primavera de 1614, es decir, meses después de la aprobación de

la *Cuarta Parte*. Para salvar la incongruencia, se ha argu-
mentado que habría decidido ordenarse sacerdote al morir
su esposa; que la frase podría aludir no al sacerdocio sino
a su ingreso en la Congregación de Esclavos del Santísimo
Sacramento, que tuvo lugar en 1610; o, finalmente, que el
episodio se interpoló durante la impresión de la comedia [47].
Que Lope compusiera la obra pocos meses antes de ser
editada sin que los «autores» de comedias hubieran extraído
un beneficio económico de ella parece muy improbable.
Tampoco resulta demasiado verosímil una alusión a un acontecimiento futuro, su sacerdocio, expresada en un pretérito
lejano («tiempo hue», «cayó un año»), aunque Lope pudo,
en efecto, haber interpolado el pasaje, porque, como veremos,
no fue ajeno a la impresión de la *Cuarta Parte*. Por lo que
respecta a una posible alusión a su ingreso en la Congregación de Esclavos tampoco parece demasiado probable pues
la tal congregación revestía más un carácter social que reli-
gioso. En resumen: de estos versos sólo se deduce que Lope
contaba cuando menos cuarenta y dos años al componer el
pasaje, en el que no hay que ver necesariamente una alusión a su ordenación sacerdotal sino la decisión no volun-
taria de abandonar sus salidas diurnas y nocturnas («ya pastor, ya sacristán», v. 2341) [48] motivada por la edad u otras
causas; por ejemplo, su segundo matrimonio («a la iglesia
me acogí») con Juana de Guardo en 1598, o incluso el primero con Isabel de Urbina celebrado en 1588, año en que
cayó «mucha nieve» para Lope, pues salió desterrado de la
corte y el reino tras el proceso por libelos contra Elena
Osorio.

Más ambiguo resulta este otro pasaje (vv. 2446-2449)
puesto en boca también de Belardo e igualmente aducido
como argumento para datar la obra:

> INÉS.—   Traedme un moro, Belardo.
> BELARDO.—Días ha que ando tras ellos.
>   Mas si no viniere en prosa,
>   desde aquí le ofrezco en verso.

Se entiende que si Belardo —esto es, Lope— no puede
traer un moro de carne y hueso («en prosa»), le promete
una obra sobre tema morisco que compondrá o ha compuesto
recientemente. O. H. Green [49] apuntó que esta obra podría
ser *La Jerusalem conquistada* entregada para su publicación
en 1605 y que no vio la luz hasta 1609. Es, en efecto, una

posibilidad, pero igualmente pudo aludir a una obra de
teatro a punto de estrenar o de escribir.

Luján, el nombre del criado del Comendador, ha atraído
también la atención de la crítica. Lope mantuvo estrecha
relación amorosa con la actriz Micaela Luján desde 1596
hasta por lo menos 1607, año en que nace el último de los
hijos de ambos, Lope Félix. Bruerton [50] conjeturó que, como
el nombre de Luján aparece en cuatro comedias anteriores a
1608 y Lope solía hacer alusiones onomásticas a sus amores,
en este caso se trataría de un homenaje a Micaela (*Camila
Lucinda,* en poesía). Noël Salomon [51] opone a esta hipótesis
el argumento de que mientras en las otras obras el nombre
representa a personajes de conducta intachable, en *Peribáñez*
el personaje desempeña el papel poco decoroso de tercero,
muriendo a manos del protagonista tras huir cobardemente
con la cara enharinada. De este hecho deduce que la obra
debió componerse con posterioridad a la ruptura con Micaela, que tuvo lugar en fecha indeterminada pero después de
1607. Y, en efecto, no parece probable que Lope, en pleno
idilio amoroso, cometiera una descortesía tamaña. Pero hay
que reconocer, en contra de los argumentos de Salomon,
que Lope pudo componer la obra en un momento de celos
o despecho, a que tan dado era por carácter, y no necesariamente a raíz de la ruptura definitiva, de la que, por cierto, no conocemos la fecha exacta ni las causas.

En realidad, Noël Salomon procura retrasar la fecha de
Peribáñez hacia los alrededores de 1612 para corroborar su
tesis de que estas obras surgen a partir de la expulsión de
los moriscos y, más en concreto, como alegato contra don
Rodrigo Calderón. De ahí que en el caso de *Peribáñez* no
sea ocioso hilar fino a la hora de su datación porque puede
afectar no al método ni a la tesis general del maestro de
Burdeos sino a ciertos aspectos concretos de sus conclusiones.

En mi opinión, ninguno de los argumentos presentados
para retrasar la fecha de la obra es más convincente que
los que pueden aducirse para adelantarla. Se ha aludido con
anterioridad al pasaje en el que Lope dice contar cuarenta
y dos años. El poeta pudo restarse algunos años, pero también pudo decir su edad verdadera. Aun cuando la cronología fijada por Morley y Bruerton no sea infalible, su
grado de exactitud es bastante aproximado, como demostró,
entre otros, el descubrimiento de la colección Gálvez. Ambos
eruditos datan la obra entre 1605 y 1612 pero se inclinan
por considerarla escrita entre 1605 y 1608 [52]. El ambiente

toledano que respira la obra parece corresponder a los años
en que Lope residió con frecuencia en Toledo (1601-1606),
y las alusiones a las festividades de San Roque y de la
Virgen de Agosto pueden relacionarse con representaciones
llevadas a cabo durante esos días, como era habitual, en
Toledo o en Ocaña [53]. La posible alusión a Micaela Luján
sólo tendría sentido en un momento de frialdad en sus relaciones sentimentales o inmediatamente después de su ruptura, que no parece posterior a 1608.

Todos estos argumentos son, por lo menos, tan fuertes o
tan débiles como los presentados para retrasar la fecha de
composición de la obra. Pero pueden aducirse dos más. El
primero [54] es el testimonio de Gaspar de Porres, el célebre
actor, que preparó la *Cuarta Parte* de las comedias de Lope,
en cuyo prólogo a los lectores dice lo siguiente:

«Los agravios que muchas personas hacen cada día al autor
de este libro, imprimiendo sus comedias tan bárbaras como
las han hallado después de muchos años que salieron de
sus manos, donde apenas hay cosa concertada, y los que
padece de otros que por sus particulares intereses imprimen
o representan las que no son suyas con su nombre, me han
obligado por el amor y amistad que ha muchos años que
le tengo, a dar a luz a estas doce que yo tuve originales.»

Si Gaspar de Porres, como afirma en el prólogo, poseyó
y representó las doce comedias que constituyen la *Cuarta
Parte* y el actor dejó de representar en 1608, el razonamiento
es sencillo: las doce comedias son anteriores a esa fecha.
Sin embargo, sabemos que Lope participó en la edición
de la *Cuarta Parte* puesto que se conserva el borrador autógrafo (*Epistolario,* III, núm. 134) de la dedicatoria al duque de Sesa que en la edición aparece a nombre de Miguel
de Siles. ¿Se limitaría la intervención de Lope a dar el
visto bueno y escribir la dedicatoria al duque, o incluso
el prólogo, a petición de Siles o de Porres, o tomó parte
más directa en la edición, revisando los originales o añadiendo otros nuevos, como *Peribáñez*? Pregunta sin respuesta, pero por los testimonios conservados la mayoría de las
comedias incluidas en la *Cuarta Parte* fueron representadas
por Porres, lo que es argumento en favor de que poseía sus
originales [55].

El segundo argumento [56], que se imbrica en el anterior,
está basado en la cronología de las comedias impresas en las
primeras partes de Lope. La primera, tercera y quinta partes
se publicaron sin permiso del autor y no pueden aducirse

como prueba. Aunque Lope no aparece personalmente hasta la *Novena Parte* (Madrid, 1617), es seguro que desde la *Cuarta Parte,* como hemos visto, estuvo al tanto de las ediciones y parece muy improbable que la *Segunda Parte* (Madrid, 1610) impresa a costa de su amigo el librero Alonso Pérez viera la luz sin su consentimiento. Ocurre que sólo a partir de la *Novena Parte* (Madrid, 1617) pueden encontrarse en las colecciones algunas comedias compuestas, como tiempo más próximo, dos años antes de su publicación. Hasta la *Novena Parte* sólo *La dama boba,* allí incluida, está compuesta con seguridad cuatro años antes de imprimirse. En las *Partes* anteriores el intervalo es, como mínimo, de cinco años. En la *Segunda Parte* (Madrid, 1610), ninguna es posterior a 1603, y probablemente a 1600. Y en la *Cuarta Parte* (Madrid, 1614), en donde se incluye *Peribáñez,* todas son anteriores a 1608 y en su mayoría anteriores a 1600 o 1603. Parece deducirse, pues, que Lope, hasta la *Novena Parte,* no es partidario de incluir en sus colecciones comedias que no guarden como mínimo un lapso de cinco años entre la fecha de su composición y la de publicación. ¿Será *Peribáñez,* entre las cuarenta y ocho comedias que componen las partes *Segunda, Cuarta, Sexta y Séptima* la excepción que confirma la regla? Puede ser, pero mientras no se aduzcan otras pruebas para datar la obra con posterioridad a 1609, las probabilidades de que se compusiera entre 1604 y 1608, como sugieren Green, Bruerton, Hill y Harlan, Wagner y Zamora, son en mi opinión mayores.

B) *La fecha de «Fuente Ovejuna»*

También la fecha de composición de *Fuente Ovejuna* es incierta. Vio la luz por vez primera en la *Docena Parte* (Madrid, 1619). Como no figura en las listas de *El Peregrino* en la edición de 1604 y sí en las de la reedición de 1618, la obra tuvo que componerse en ese intervalo. Por la métrica, Morley y Bruerton la sitúan entre 1611 y 1618, probablemente entre 1612 y 1614 [57]. Por el elogio de los Girones y por la utilización de las mismas fuentes en otras comedias, Aníbal conjeturó que la redacción de la obra se habría llevado a cabo entre 1615 y 1618 [58]. Más verosímil resulta la hipótesis de J. Robles [59] quien observa posibles influencias de *Fuente Ovejuna* en la *Santa Juana* de Tirso, cuyas tres partes fueron compuestas con seguridad entre mayo de 1613 y agosto de 1614. Es hipótesis defendida también por Aubrun y Montesinos [60] y, en fechas más recientes, por Noël Salomon [61], quien aduce numerosos testimonios no fáciles de explicar si la comedia de Tirso fuera anterior a la de Lope. El posible influjo de los *Emblemas* (Madrid, 1610) de Sebastián de Covarrubias apuntado por W. Duncan Moir [62] parece poco probable. Tanto la mención que allí se hace de Fuente Obejuna, como la incluida en su *Tesoro de la lengua castellana* (Madrid, 1611), sólo demuestran que por esos años el caso de Fuente Obejuna despertaba particular interés. Con el mismo derecho podría hablarse del influjo de Lope en Covarrubias.

Dado, pues, que la métrica sitúa la obra probablemente entre 1612 y 1614; que igualmente probable parece ser el influjo en la *Santa Juana* de Tirso; que el carácter político de la obra se corresponde con una muy específica situación histórica, no veo inconveniente en aceptar en principio la hipótesis de Noël Salomon que data la obra explícitamente entre 1610 y 1615, e, implícitamente, entre 1611 y 1613 [63].

PROBLEMAS EDITORIALES

A) *Peribáñez*

Peribáñez se publicó, como ya se ha indicado, en la *Cuarta Parte,* editada en Madrid en 1614. El mismo año esta parte aparece reimpresa en Pamplona y Barcelona. Las variantes de ambas ediciones en relación con la de Madrid indican que las dos se remontan directamente a ésta y que son independientes entre sí [64]. No debe descartarse la remota posibilidad de que tanto la edición de Pamplona como la de Barcelona hubieran utilizado ejemplares distintos de la edición madrileña, pero como sus correcciones pueden explicarse como fruto de simple conjetura, el valor textual de ambas es prácticamente nulo y la edición debe hacerse sobre el impreso de Madrid. Se trata de un texto bastante correcto y, aunque no es probable que se llevara a cabo a partir de los autógrafos —los «originales» mencionados en el prólogo—, sí lo es que tomara como base una copia supervisada por Lope que, como hemos visto, participa en la edición de la *Cuarta Parte.*

Lord Ilchester poseyó un manuscrito con presuntas correcciones autógrafas. Su paradero es hoy desconocido [65]. Otro manuscrito, copiado de la edición de Madrid a principios del siglo XIX, se guarda en la Biblioteca Universitaria de Sevilla [66].

B) *Fuente Ovejuna*

Problemas textuales más complejos plantea *Fuente Ovejuna.* Por causas desconocidas, en el mismo año y con idénticos preliminares, aparecieron en Madrid (1619) dos impresiones de la *Docena Parte,* cuya diferencia más notable radica en la portada: en una de ellas, la denominada habitualmente *A,* figura el escudo de la familia Cárdenas; en la otra, la llamada *B,* un emblema con la figura del Sagitario y la letra *Salubris sagitta a Deo missa* [67]. Como sucede con frecuencia en las tiradas de ediciones antiguas, de la impresión *A* existen ejemplares —A_1 y A_2— con ligeras diferencias debidas a la corrección de errores conforme se iban imprimiendo los pliegos [68].

La crítica no ha resuelto todavía el problema de la prioridad de *A* o *B,* porque, como hemos de ver, las variantes de *Fuente Ovejuna* [69] no son prueba definitiva y sería necesario efectuar un cotejo detenido de las otras once comedias que componen la *Docena Parte.*

La variante más importante se da en el v. 1490, que falta en la impresión *A: harto desdichado fui.* El verso resulta, en efecto, necesario para completar la redondilla y el sentido. Si el verso no es apócrifo, puede haber ocurrido que *B* sea la primera edición y *A* cometiera un olvido, o bien que *B* haya utilizado un ejemplar de *A* corregido a mano en ese verso. La primera hipótesis, que *B* sea anterior a *A,* es poco plausible por no decir inverosímil, ya que en todos los demás casos en que existe discrepancia *B* trae habitualmente la lección errada. Puede aducirse que *A* realizó un cotejo minucioso de *B* con el manuscrito utilizado en la imprenta o bien que subsanó los yerros por conjetura. Esta última hipótesis debe rechazarse porque hay casos en los que la conjetura es imposible al dar *A* la *lectio difficilior.* Por ejemplo, en el v. 480 frente a la lectura *rico copete* de *B,*

A trae *rizo copete*. Las contadísimas veces en que *B* da la lección correcta frente a *A* se trata de errores evidentes de este último texto fácilmente subsanables por conjetura (v. 634 *o ha despedirse de presto A*: *o ha de despedirse presto B;* 722 acot. *Laura A*: *Laurencia B*). En dos ocasiones en que los editores aceptan la lección de *B* como correcta, se trata en mi opinión de arreglos conjeturales de *B* que presupone deficiencias métricas donde no existen. Esto sucede en el v. 493 *(el morrión que coronado B* : *el morrión que corona A)*, en el que *B* consideró el verso hipométrico cuando muy verosímilmente hay que leer «morrión», como trisílabo. Y lo mismo debe de ocurrir en el v. 542, en el *B* lee *trae los sus pendones* frente a *trae sus pendones* de *A*. La lectura de *B* parece, en efecto, *difficilior* y se adecúa a la perfección con el tono arcaico que Lope imprime al cantar. Sin embargo, el verbo *traer* en Lope es habitualmente bisílabo e incluso transcrito en los autógrafos con la ortografía *traher*.

A la vista de estas variantes, yo me inclinaría por considerar el texto *B* como copia de *A*, o mejor, como copia de *A₂*, si este ejemplar no es facticio [70]. Si lo es, *B* derivaría de *A₁* [71]. Probablemente el v. 1490, que falta en *A*, es apócrifo como también la lección *los sus pendones* del v. 542, porque no parece muy verosímil que si *B* utilizó una edición con correcciones manuscritas sólo se incluyeran estas dos y, en cambio, pasaran inadvertidos errores comunes evidentes de *A* y *B*. De todas formas, aunque pudiera determinarse con exactitud la filiación de las ediciones, estos casos dudosos —a lo sumo tres— quedarían sin resolución definitiva porque siempre cabe la remota probabilidad de que *A* o *B* hayan podido utilizar ejemplares con correcciones manuscritas. Salvo la lección del v. 542, de notable interés estilístico, las otras dos afectan poco al texto, que, por lo demás, nos ha llegado en un estado bastante correcto, o, por lo menos, no más incorrecto que la generalidad de los impresos de la época.

Como en el caso de *Peribáñez*, el manuscrito de *Fuente Ovejuna* que se conservaba en la biblioteca de Lord Ilchester, y que según Aníbal (art. cit., p. 6, n. 17) derivaba de *A*, se halla en paradero desconocido. Otro manuscrito en la Biblioteca Palatina de Parma, CC*V. 28032, vol. LX, no presenta, según la opinión autorizada de Maria Grazia Profeti (ed. cit., p. XLV), ningún valor esquemático y deriva de *A₁*.

FUENTES

A) *Peribáñez*

> [*Introducción a la Crónica de Don Juan II*], en *Crónicas de los Reyes de Castilla*, ed. C. Rosell, Biblioteca de Autores Españoles, 67, Madrid, 1953, p. 259.

«Cómo el Rey Don Enrique partió de Madrid e vino a Toledo

Donde así fue que estando este excelente Rey Don Enrique en la villa de Madrid, cuasi en fin del año de la Incarnación de nuestro Redentor de mil e cuatrocientos e seis años, determinó de venir a Toledo, con propósito de ir poderosamente por su persona a hacer guerra al Rey de Granada, porque le había quebrantado la tregua y la fe que le había dado de le restituir el su castillo de Ayamonte en cierto tiempo que era pasado, e le no había pagado las parias que le debía, sobre lo cual le había mandado requerir algunas veces, e ni lo uno ni lo otro no había querido cumplir. Para lo cual mandó allí hacer ayuntamiento de los Grandes de sus Reinos, así Perlados como caballeros, e mandó llamar los Procuradores de sus cibdades e villas, porque con acuerdo e consejo de todos la guerra se comenzase, e para ella se diera el orden que convenía, así de la gente de armas e peones como de pertrechos e artillerías e bastimentos e dinero para seis meses pagar sueldo a la gente que se hallase ser necesaria, para que su persona entrase en el Reino de Granada como convenía al honor de tan alto Príncipe cuanto él era. E venido a Toledo, adoleció de tal manera, que no pudo entender como quisiera en las cosas ya dichas, e mandó al señor Infante Don Fernando su hermano que en todo entendiese como su persona propia entendiera, si para ello tuviera disposición. El cual envió mandar a los Perlados e caballeros que allí se hallaron, e a los Procuradores de las cibdades e villas que eran ende venidos, que todos para el siguiente día fuesen en el Alcázar de la dicha cibdad, donde el señor Rey había mandado hacer asentamiento para tener las Cortes. E los Perlados e caballeros e Procuradores que ende se hallaron son los siguientes: Don Juan, Obispo de Sigüenza, que entonces, sede vacante, gobernaba el Arzobispado de Toledo, despues del fallecimiento del Reverendísimo Arzobispo Don Pedro Tenorio; e Don Sancho de Rojas, Obispo de Palencia, que después fue Arzobispo de Toledo; e Don Pablo, Obispo de Cartagena, que después fue Obispo de Burgos; e Don

Fadrique, Conde de Trastamara, que después fue Duque de
Arjona, e Don Enrique Manuel, primos del Rey; e Don Ruy
López Dávalos, Condestable de Castilla; e Juan de Velasco,
Camarero mayor del Rey; e Diego López Destúñiga, Justicia
mayor de Castilla; e Gómez Manrique, Adelantado mayor de
Castilla; e los doctores Pedro Sánchez del Castillo e Juan
Rodríguez de Salamanca, e Periáñez, Oidores del Audiencia
del Rey, e del su Consejo; e los Procuradores del Reyno, e
muchos otros caballeros y escuderos e cibdadanos de los Rey-
nos e Señoríos del dicho Señor Rey...»

FUENTES

B) *Fuente Ovejuna*

Francisco de Rades y Andrada, *Crónica de las tres Ordenes y Caballerías de Santiago, Calatrava y Alcántara*, Toledo, 1572,
fols. 79v-80v.

I

«... Don Fernán Gómez de Guzmán, Comendador Mayor
de Calatrava, que residía en Fuente Ovejuna, villa de su
Encomienda, hizo tantos y tan grandes agravios a los vecinos
de aquel pueblo, que no pudiendo ya sufrirlos ni disimularlos,
determinaron todos, de un consentimiento y voluntad, alzarse
contra él y matarle. Con esta determinación y furor de pueblo airado, con voz de «¡Fuente Ovejuna!», se juntaron una
noche del mes de abril del año mil e cuatrocientos e setenta
seis, los alcaldes, regidores, justicias e regimiento, con los
otros vecinos, y con mano armada entraron por fuerza en
las casas de la Encomienda Mayor, donde el dicho Comendador estaba. Todos apellidaron «¡Fuente Ovejuna! ¡Fuente
Ovejuna!», y decían: «¡Vivan los Reyes Don Fernando y
Doña Isabel y mueran los traidores y malos cristianos!» El
Comendador Mayor y los suyos, cuando vieron esto y oyeron
el apellido que llevaban, pusiéronse en una pieza, la más
fuerte de la casa, con sus armas, y allí se defendieron dos
horas sin que se les pudiera entrar. En este tiempo el Comendador Mayor a grandes voces pidió muchas veces le dije-
sen qué razón o causa tenían para hacer aquel escandaloso
movimiento, para que él diese su descargo, y desagraviase a
los que decían estar agraviados de él. Nunca quisieron admitir sus razones, antes con grande ímpetu, apellidando «¡Fuen-

te Ovejuna!» combatieron la pieza, y entrados en ella mataron catorce hombres que con el Comendador estaban, porque procuraban defender a su señor. De esta manera, con un furor maldito y rabioso, llegaron al Comendador, y pusieron las manos en él y le dieron tantas heridas que le hicieron caer en tierra sin sentido. Antes que diese el ánima a Dios, tomaron su cuerpo con grande y regocijado alarido, diziendo: «¡Vivan los Reyes y mueran los traidores!», y le echaron por una ventana a la calle; y otros que allí estaban con lanzas y espadas, pusieron las puntas arriba, para recoger en ellas el cuerpo que aun tenía ánima. Después de caído en tierra, le arrancaron las barbas y cabellos con grande crueldad; y otros con los pomos de las espadas le quebraron los dientes. A todo esto añadieron palabras feas y descorteses, y grandes injurias contra el Comendador Mayor, y contra su padre y madre. Estando en esto, antes que acabase de expirar, acudieron las mujeres de la villa, con panderos y sonajes a regocijar la muerte de su señor; y habían hecho para esto una bandera, y nombrado Capitana y Alférez. También los muchachos, a imitación de sus madres, hizieron su capitanía, y puestos en la orden que su edad permitía, fueron a solemnizar la dicha muerte; tanta era la enemistad que todos tenían contra el Comendador Mayor. Estando juntos hombres, mujeres y niños, llevaron el cuerpo con grande regocijo a la plaza; y allí todos, hombres y mujeres, le hizieron pedazos, arrastrándole y haciendo en él grandes crueldades y escarnios; y no quisieron darle a sus criados para enterrarle. Demás desto dieron sacomano a su casa, y le robaron toda su hazienda.

Fue de la Corte un Juez Pesquisidor a Fuente Ovejuna con comisión de los Reyes Católicos, para averiguar la verdad deste hecho y castigar a los culpados; y aunque dio tormento a muchos de los que se habían hallado en la muerte del Comendador Mayor, nunca quiso confesar cuáles fueron los capitanes o primeros movedores de aquel delicto, ni dijeron los nombres de los que en él se habían hallado. Preguntábales el Juez: «¿Quién mató al Comendador Mayor?». Respondían ellos: «Fuente Ovejuna». Preguntábales: «¿Quién es Fuente Ovejuna?». Respondían: «Todos los vecinos desta villa.» Finalmente todas sus respuestas fueron a este tono, porque estaban conjurados que aunque los matasen a tormentos no habían de responder otra cosa. Y lo que más de admirar que el Juez hizo dar tormento a muchas mujeres y mancebos de poca edad, y tuvieron la misma constancia y

ánimo que los varones muy fuertes. Con esto se volvió el
Pesquisidor a dar parte a los Reyes Católicos, para ver qué
mandaban hacer; y sus Altezas, siendo informadas de las
tiranías del Comendador Mayor, por las cuales había merecido la muerte, mandaron que se quedase el negocio sin
más averiguaciones.

Había hecho aquel caballero mal tratamiento a sus vasallos, teniendo en la villa muchos soldados para sustentar en
ella la voz del Rey de Portogal, que pretendía ser Rey de
Castilla; y consentía que aquella gente hiciese grandes agravios y afrentas a los de Fuente Ovejuna, sobre comérseles
sus haziendas. Ultra desto, el mismo Comendador Mayor
había hecho grandes agravios y deshonras a los de la villa,
tomándoles por fuerza sus hijas y mujeres, y robándoles
sus haciendas para sustentar aquellos soldados que tenía,
con título y color que el Maestre Don Rodrigo Téllez Girón
su Señor lo mandaba, porque entonces seguía aquel partido
del Rey de Portogal...»

II

«...El XXIX Maestre de Calatrava fue don Rodrigo Téllez Girón, hijo de don Pedro Girón Maestre de la misma
Orden, y hermano de don Alonso y don Juan Téllez Girón,
condes que fueron de Urueña. Sucedió a su padre en el
maestradgo, por la renunciación que en él había hecho con
autoridad apostólica; y para mayor seguridad de su derecho,
los comendadores, caballeros y religiosos que se hallaron
en Villarrubia al tiempo que su padre murió, y otros muchos
que allí acudieron, eligieron de nuevo por su Maestre al
dicho don Rodrigo Téllez Girón, y después otra vez lo rati-
ficaron ellos y los demás en el convento de Calatrava. Fue
esto en el año de mil y cuatrocientos y sesenta y seis, por
el mes de mayo, reinando en Castilla y León don Enrique
el Cuarto. Era el maestre al tiempo de su elección niño de
ocho años y por esto la Orden suplicó al Papa Pío Segundo,
supliese de nuevo la falta de edad y confirmase la elección
o postulación que habían hecho. El Papa, viendo que hombre de tan poca edad no podía tener el maestradgo en
título, dióselo en encomienda; y después Paulo Segundo le
dio por coadjutor a don Juan Pacheco su tío, marqués de
Villena. Este don Juan Pacheco fue después maestre de
Sanctiago, y así en un tiempo gobernó las dos Ordenes, a
saber: la de Sanctiago como maestre, y la de Calatrava como

coadjutor de su sobrino. Y por aquí se engañaron algunos, que tratando de las cosas de aquel, dicen que don Juan Pacheco fue maestre de Sanctiago y de Calatrava juntamente; lo cual ni es así, ni pudo ser, pues para haber de tener el maestradgo de Calatrava en título había de profesar la mesma Orden, que es diferente de la de Sanctiago.

En los siete primeros años de este maestre no se halla cosa notable que decir dél, porque fue niño. El octavo año de su elección, siendo de edad de diez y seis años, y habiendo ya muerto don Juan Pacheco su tío (que, como dicho es, gobernaba el maestradgo) comenzó a gobernarle por su persona. El mismo año murió el rey don Enrique, por cuya muerte se continuaron y aumentaron los bandos y parcialidades entre los Grandes del reino; porque la mayor parte de ellos obedecieron por su reina y señora a doña Isabel, hermana de don Enrique, y por ella a don Fernando su marido, rey de Sicilia y Príncipe de Aragón; y otros decían pertenecer el reino a doña Juana, que afirmaba ser hija del rey don Enrique, la cual estaba en poder de don Diego López Pacheco, Marqués de Villena, primo del Maestre. Habíase desposado esta señora con don Alonso su tío, rey de Portogal, y con este título seguían su partido para hacerle rey de Castilla todos los Girones, Pachecos y otros grandes del reino. El Maestre (como mancebo que era de diez y seis años) siguió este partido de doña Juana y del rey de Portogal su esposo, por inducimiento del Marqués de Villena su primo y del Conde de Urueña su hermano; y con esta voz hizo guerra en las tierras del Rey en la Mancha y Andalucía.

En este tiempo el Maestre juntó en Almagro trecientos de caballo entre freiles de su Orden y seglares, con otros dos mil peones, y fue contra Ciudad Real con intento de tomarla para su Orden. Decía pertenecerle por la virtud de la donación que el Rey don Sancho el Bravo había hecho de aquel pueblo (que entonces se decía Villa Real) a esta Orden de Calatrava. Los de Ciudad Real se pusieron en defensa por no salir de la Corona Real; y sobre esto hubo guerra entre el Maestre y ellos, en la cual de ambas partes murieron muchos hombres. Finalmente el Maestre tomó la ciudad por fuerza de armas, como parece por la Crónica de los Reyes Católicos (2.ª Part., cap. 45) y por otros memoriales y escripturas muy auténticas, aunque los de Ciudad Real dicen que no pudo apoderarse de ella. Tuvo el Maestre la ciudad muchos días, y hizo cortar la cabeza a muchos hombres de ella, porque habían dicho algunas palabras injuriosas contra

él; y a otros de la gente plebeya hizo azotar con mordazas
en las lenguas. Los de Ciudad Real se quejaron a los Reyes
Católicos de los agravios y afrentas que los de la Orden de
Calatrava les hacían, y dijeron cómo en aquella ciudad había
pocos vecinos, y ninguno de ellos era rico ni poderoso para
hacer cabeza dél contra el Maestre, antes todos eran gente
común y pobre, por estar la ciudad cercada de pueblos de
Calatrava, y no tener términos ni aldeas. Los Reyes Católicos viendo que si el Maestre de Calatrava quedaba con
Ciudad Real, podía más fácilmente acudir con su gente a
juntarse con la del Rey de Portugal, que ya había entrado
en Extremadura, enviaron contra él a don Diego Fernández
de Córdoba, Conde Cabra, y a don Rodrigo Manrique, Maestre de Sanctiago, con mucha gente de guerra. Llegaron estos
dos capitanes a Ciudad Real donde el Maestre don Rodrigo
Téllez estaba, y pelearon la gente de unos con la de los
otros a la entrada de las calles, que no es pueblo de fortaleza
ni castillo sino solamente cercado de una ruin cerca. Todos
pelearon valerosamente, y de ambas partes murieron muchos
hombres; mas como los dichos dos Capitanes habían llevado
mucha gente, y los de la ciudad eran con ellos, vencieron,
y echaron fuera al Maestre con los suyos. Estuvieron allí
los dos Capitanes mucho tiempo haciendo guerra en las tierras de la Orden, a fin que el Maestre por defenderlas
dejase de acudir al Rey de Portogal.

Volviendo a las cosas del Maestre don Rodrigo Téllez
Girón, es de saber que en su tiempo aunque él anduvo en
el partido del Rey don Alonso de Portugal muchos años, no
por eso se ha de entender que todos los caballeros de su
Orden siguieron este partido, antes muchos de ellos por
esto se apartaron de su obediencia, y tomando por su capitán
a don Garci López de Padilla, Clavero, sirvieron lealmente
a los Reyes Católicos contra el Rey de Portugal, como por
su crónica parece; y fueron gran parte para reducir al Maestre. Así fue que pasados algunos años, como ya el maestre
había crecido en edad y entendimiento, conoció haberlo
errado en tomar voz contra los Reyes Católicos, y puso in-
tercesores para que volviendo a su servicio le perdonasen
lo pasado. Los Reyes, viendo que había errado por ser de
tierna edad, y por seguir el parecer del Marqués de Villena,
su primo, y del Conde de Urueña, su hermano, perdoná-
ronle con liberalidad, y aun holgaron de que él se convidase
a servirles, por ser tan poderoso. Con esto volvió a su servicio, y de allí adelante siempre les fue muy leal vasallo

y les hizo todo servicio en lo que le mandaron, así en la paz
como en la guerra y así fue muy privado suyo. También se
hicieron amistades entre el Maestre y el Clavero, que como
habían seguido diferentes partidos estaban enemistados.»

CRITERIO DE LA PRESENTE EDICIÓN

Para la edición de *Peribáñez* sigo el texto madrileño de la
Cuarta Parte, puesto que, como se ha indicado, las ediciones
de Pamplona y Barcelona derivan de él y no poseen, en mi
opinión, valor editorial alguno. Sin embargo, en alguna ocasión, indico sus lecciones cuando corrigen un posible yerro
de *M* o cuando presentan algún interés determinado.

Para la edición de *Fuente Ovejuna* sigo básicamente el
texto *A* de la *Docena Parte,* Madrid, 1619, y sólo introduzco
aquellas lecciones de *B* que subsanan errores claros de
aquél [72].

Modernizo la ortografía de acuerdo con los criterios actuales, pero mantengo las formas arcaicas de ciertos grupos con-
sonánticos (*prática, seta*) —salvo en el caso del prefijo *es*
(*Estremadura, estremada*) que he optado por la forma culta
ex- para no confundir al lector—; mantengo también las
vacilaciones vocálicas (*escuro, oscuro*). Desarrollo las contrac-
ciones del tipo *desto, dellos,* etc., y elimino los cultismos or-
tográficos como *chatólicos, sancto, fee.* Puntúo y acentúo según el uso actual. Incluyo entre paréntesis cuadrados [ ]
las adiciones y las enmiendas, que van justificadas en su nota
correspondiente.

He respetado las parcas acotaciones antiguas. En algún
caso he preferido incluir algún *aparte* para facilitar la
comprensión de la escena. De acuerdo con la tradición editorial de la época de Lope no incluyo en el texto división de
escenas y me limito a dejar un blanco en las salidas y entradas de personajes al igual que hacen los impresos primi-
tivos.

He procurado ser escueto en las notas. Cuando no doy el
sinónimo actual de la voz antigua, procuro utilizar las definiciones de los vocabularios clásicos como el *Tesoro de la
lengua castellana* (Madrid, 1611), de Sebastián de Covarrubias o el *Diccionario de Autoridades,* o bien las anotaciones
de los editores modernos. A este respecto hay que decir que
Peribáñez y *Fuente Ovejuna* han sido afortunadas y de ellas
existen excelentes ediciones tanto eruditas como de divulga-
ción [73].

BIBLIOGRAFÍA SELECTA

A) *Peribáñez*

a) Ediciones:

Comedias escogidas de Frey Lope Félix de Vega Carpio, ed. de J. E. Hartzenbusch, Biblioteca de Autores Españoles, XLI, Madrid, 1857, pp. 281-302.

Peribáñez y el Comendador de Ocaña, ed. de Bonilla y San Martín, Clásicos de la Literatura Española, Madrid, Ruiz Hermanos, 1916.

Peribáñez y el Comendador de Ocaña, ed. de Panceira, Buenos Aires, Biblioteca Hispánica, I, 1938.

Cuatro comedias, ed. de John M. Hill y Mabel Margaret Harlan, Nueva York, W. W. Norton Co., 1941, pp. 3-177.

Peribáñez y el Comendador de Ocaña, ed. de Ch. V. Aubrun y J. F. Montesinos, París, Hachette, 1943.

Peribáñez y el Comendador de Ocaña. La dama boba, ed. de A. Zamora Vicente, Clásicos Castellanos, 159, Madrid, Espasa-Calpe, 1963.

Peribáñez y el Comendador de Ocaña, ed. Juan María Marín, Madrid, Cátedra, 1979.

b) Estudios:

BOORMAN, J. T., «*Divina ley* and *derecho humano* in *Peribáñez*», *Bulletin of the Comediantes,* XII, 2 (1960), pp. 12-14.

BRUERTON, COURTNEY «More on the date of *Peribáñez*», *Hispanic Review,* XVII (1949), pp. 35-46.

BRUERTON, COURTNEY, «*La quinta de Florencia,* fuente de *Peribáñez*», *Nueva Revista de Filología Hispánica,* IV (1950), pp. 25-39.

CORREA, GUSTAVO, «El doble aspecto de la honra en *Peribáñez y el Comendador de Ocaña*», *Hispanic Review,* XXVI (1958), pp. 188-199.

DIXON, VICTOR, «The Simbolism of *Peribáñez*», *Bulletin of Hispanic Studies,* XLIII (1966), pp. 11-24.

FERGUSON, CH. A., «Personaje, imagen y tema en *Peribáñez*», *Revista de la Facultad de Humanidades,* II (1960), pp. 313-332.

GREEN, OTIS H., «The date of *Peribáñez y el Comendador de Ocaña*», *Modern Language Notes,* XLVI (1931), pp. 163-166.

GÜNTERT, GEORGES, «Relección del *Peribáñez*», *Revista de Filología Española,* LIV (1971), pp. 37-52.

HALKHOREE, P. R. K., «The dramatic use of place in Lope de Vega's *Peribáñez*», *Bulletin of the Comediantes,* XXX (1978), páginas 13-18.

JONES, R. O., «Poets and Peasants», *Homenaje a W. L. Fichter,* Madrid, Castalia, 1971, pp. 341-355.

LOVELUCK, JUAN, «La fecha de *Peribáñez y el Comendador de Ocaña*», *Atenea*, CX (1953), pp. 419-424.

MENÉNDEZ Y PELAYO, MARCELINO, *Estudios sobre el teatro de Lope de Vega*, en *Obras Completas*, Santander, V, 1949, pp. 35-55.

MORLEY, S. GRISWOLD, «La fecha de Peribáñez», en «Notas sobre cronología lopesca», *Revista de Filología Española*, XIX (1932), pp. 156-157.

PÉREZ Y PÉREZ, M.ª CRUZ, *Bibliografía del teatro de Lope de Vega*, Madrid, CSIC, 1973.

PONCET, CAROLINA, «El tema tradicional de Lope de Vega: estudio y lecturas de *Peribáñez*», *Revista Cubana*, XXXVI (1935), páginas 163-201.

PONCET, CAROLINA, «Consideraciones sobre el episodio de Belardo en la tragicomedia *Peribáñez*», *Revista Cubana*, XIV (1940), páginas 78-90.

SALOMON, NOËL, «Simple remarque à propos du problème de la date de *Peribáñez y el Comendador de Ocaña*», *Bulletin Hispanique*, LXIII (1961), pp. 251-258.

SALOMON, NOËL, «Toujours la date de *Peribáñez y el Comendador de Ocaña*», *Mélanges offerts à Marcel Bataillon*, Bordeaux, 1962, pp. 613-643.

SALOMON, NOËL, *Recherches sur le thème paysan dans la «Comedia» au temps de Lope de Vega*, Bordeaux, Institut d'Études Ibériques et Ibéroaméricaines de l'Université, 1965.

SÁNCHEZ, R. G., «El contenido irónico-teatral en el *Peribáñez* de Lope de Vega», *Clavileño*, núm. 29 (1954), pp. 17-25.

SILVERMANN, J., «Peribáñez y Vellido Dolfos», *Bulletin Hispanique*, LV (1953), pp. 378-380.

SILVERMAN, J., «Los "hidalgos cansados" de Lope de Vega», en el *Homenaje a William L. Fichter*, Madrid, Castalia, 1971, páginas 693-711.

TURNER, ALISON, «The Dramatic Function of Imagery and Symbolism in *Peribáñez* and *El Caballero de Olmedo*», *Symposium*, XX (1966), pp. 174-186.

WAGNER, CH. P., «The date of *Peribáñez*», *Hispanic Review*, XV (1947), pp. 72-83.

WILSON, E. M., «Images et structure dans *Peribáñez*», *Bulletin Hispanique*, LI (1949), pp. 125-159 (recogido en *El teatro de Lope de Vega*, ed. J. F. Gatti, Buenos Aires, Endeba, 1962, pp. 50-90).

B) Fuente Ovejuna

a) Ediciones:

Comedias escogidas de Lope de Vega, ed. J. E. Hartzenbusch, Biblioteca de Autores Españoles, XLI, Madrid, 1857, pp. 633-650.

LOPE DE VEGA, *Fuente Ovejuna*, ed. Américo Castro, Colección Universal, 5-6, Madrid-Barcelona, Espasa Calpe, 1919.

LOPE DE VEGA - CRISTÓBAL DE MONROY, *Fuente Ovejuna (Dos Comedias)*, ed. Francisco López Estrada, Clásicos Castalia, 10, Madrid, Castalia, 1969 (hay tercera edición revisada de 1979).

LOPE DE VEGA, *Fuente Ovejuna*, ed., introducción y notas de Maria Grazia Profeti, Hispánicos Universales, 16, Madrid, Cupsa, 1978.

b) Estudios:

AGUILERA, MIGUEL, «Membranza de Fuenteovejuna en el Cabildo Tunjano», *Repertorio Boyacense*, Tunja, LI (1965), pp. 2219-2229.

ALMASOV, ALEXEY, «*Fuenteovejuna* y el honor villanesco en el teatro de Lope de Vega», *Cuadernos Hispano-Americanos*, LIV, núms. 161-162 (1963), pp. 701-755.

ALONSO, DÁMASO, «*Fuenteovejuna* y la tragedia popular», en *Del Siglo de Oro a este siglo de siglas*, Madrid, Gredos, 1962, pp. 90-94.

ANIBAL, C.: «The Historical Elements of Lope de Vega's *Fuente Ovejuna*», *Publications of Modern Language Association of America*, XLIX (1934), pp. 657-718.

CARTER, R., «*Fuenteovejuna* and Tiranny: Some problems of linking Drama with political Theory», *Forum for Modern Language Studies*, St. Andrews, 13 (1937), pp. 713-335.

CASALDUERO, J., «*Fuenteovejuna*», *Revista de Filología Hispánica*, V (1943), pp. 21-44 (ahora, en *Estudios sobre el teatro español*, Madrid, Gredos, 1962, pp. 9-44).

FIORE, R., «Natural Law in the Central Ideological Theme of *Fuenteovejuna*», *Hispania*, XLIX (1966), pp. 75-80.

FORASTIERI, E., «*Fuenteovejuna* y la justificación», *Revista de Estudios Hispánicos*, Alabama, 6 (1972), pp. 89-100.

FORASTIERI, E., *Aproximación estructural al teatro de Lope de Vega*, Madrid-Miami-New York-San Juan, Hispanova de Ediciones, 1976.

GÓMEZ-MORIANA, A., *Derecho de resistencia y tiranicidio en las «Comedias» de Lope de Vega*, Santiago de Compostela, 1968.

HALL, J. B., «Theme and Structure in Lope's *Fuente Ovejuna*», *Forum for Modern Language Studies*, St. Andrews, 10 (1974), pp. 57-66.

HERRERO, J., «The New Monarchy: a Structural Reinterpretation of *Fuente Ovejuna*», *Revista Hispánica Moderna*, XXXVI (1970-1971), pp. 173-185.

HESSE, E. W., «Los conceptos de amor en *Fuente Ovejuna*», *Revista de Archivos, Bibliotecas y Museos*, 75 (1968-72), pp. 306-323.

HOOCK, HELGA, *Lope de Vega «Fuente Ovejuna» als Kunstwerk*, Würzburg, 1963.

KIRSCHNER, TERESA J., *El protagonista colectivo en «Fuenteovejuna»*, Universidad de Salamanca, 1979.

LÓPEZ ESTRADA, FRANCISCO, «"Fuente Ovejuna" en el teatro de Lope y de Monroy (Consideración crítica de ambas obras)»,

Anales de la Universidad Hispalense (Sevilla), XXVI (1965), pp. 1-91.

López Estrada, Francisco, «Los villanos filósofos y políticos (La configuración de «Fuente Ovejuna» a través de nombres y «apellidos»), *Cuadernos Hispano-Americanos*, LXXX (1969), pp. 518-542.

López Estrada, Francisco, «La canción "Al val de Fuente Ovejuna" de la comedia *Fuente Ovejuna* de Lope», *Homenaje a William L. Fichter*, Madrid, Castalia, 1971, pp. 453-468.

MacDonald, Inez I., «An Interpretation of *Fuente Ovejuna*», *Babel* (Cambridge), I (1940), pp. 51-62.

Mallarino, Víctor, «*El alcalde de Zalamea* y *Fuenteovejuna* frente al derecho penal», *Revista de las Indias* (Bogotá), XIV (1942), pp. 358-367; XVI (1942-1943), pp. 77-82; XVII (1943), pp. 138-143; XIX (1943-1944), pp. 299-329.

McCrary, William C., «*Fuenteovejuna*: Its Platonic Vision and Execution», *Studies in Philology*, LVIII, n. 2 (april, 1961), pp. 179-192.

Menéndez y Pelayo, M., *Estudios sobre el teatro de Lope de Vega*, Santander, Edición Nacional, 1949, V, pp. 171-182.

Mercadier, Guy, «*Fuenteovejuna*, un mauvais drame?», *Les Langues Néo-Latines*, n. 168 (1964), pp. 9-30.

Moir, Duncan W., «Lope de Vega's *Fuenteovejuna* and the *Emblemas morales* of Sebastián de Covarrubias Horozco (with a Few Remarks on *El villano en su rincón*)», *Homenaje a William L. Fichter*, Madrid, Castalia, 1971, pp. 537-546.

Morley, S. Griswold, «"Fuente Ovejuna" and Its Theme-Parallels», *Hispanic Review*, IV (1936), pp. 303-311.

Parker, A. A., «Reflections on a New Definition of "Baroque" Drama», *Bulletin of Hispanic Studies* (Liverpool), XXX (1953), pp. 142-151.

Pring-Mill, R. D. F., «Sententiousness in *Fuente Ovejuna*», *Tulane Drama Review*, VII (1962), pp. 5-37.

Ramírez de Arellano, Rafael, «Rebelión de Fuente Ovejuna contra el Comendador Mayor de Calatrava Fernán Gómez de Guzmán (1476)», *Boletín de la Real Academia de la Historia*, XXXIX (1901), pp. 446-512.

Ribbans, G. W., «The Meaning and Structure of Lope's *Fuenteovejuna*», *Bulletin of Hispanic Studies*, XXXI (1954), pp. 150-170 (en J. F. Gatti, ed., *El teatro de Lope de Vega*, Buenos Aires, EUDEBA, 1962, pp. 91-123).

Robles Pazos, José, «Sobre la fecha de *Fuente Ovejuna*», *Modern Language Notes*, L, n. 3 (1935), pp. 179-182.

Rubens, F., «*Fuente Ovejuna*» en Lope de Vega, Estudios reunidos en conmemoración del IV Centenario de su nacimiento, La Plata, 1963, pp. 135-148.

Salomon, Nöel, *Recherches sur le thème paysan dans la «Comedia» au temps de Lope de Vega*, Bordeaux, 1965.

SERRANO, C., «Métaphore et idéologie: sur le tyran de *Fuente Ovejuna*, de Lope de Vega», *Les Langues Néo-Latines*, 4, núm. 199 (1971), pp. 31-53.

SOONS, C. A., «Two Historical Comedias and the Question of *Manierismo*», *Romanische Forschungen*, 83 (1961), pp. 339-346 (en *Ficción y comedia en el Siglo de Oro*, Madrid, 1967, páginas 75-82).

SPITZER, LEO, «A Central Theme and its Structural Equivalent in Lope's *Fuenteovejuna*», *Hispanic Review*, XXIII (1955), pp. 274-292 (en J. F. Gatti, ed., *El teatro de Lope de Vega*, Buenos Aires, EUDEBA, 1962, pp. 124-147).

WARDROPPER, B. W., «*Fuenteovejuna: "el gusto" and "lo justo"*», *Studies in Philology*, LIII (1956), pp. 159-171.

[1] Sobre la tradición pastoril en España, *vid*. J. B. AVALLE-ARCE, *La novela pastoril española*, Madrid, Istmo, 1974²; NOËL SALOMON, *Recherches sur le thème paysan dans la «Comedia» au temps de Lope de Vega*, Bordeaux, 1965, y FRANCISCO LÓPEZ ESTRADA, *Los libros de pastores en la literatura española*, Madrid, Gredos, 1974.

[2] El estudio más completo sigue siendo el de BERNARD WEINBERG, *A History of the Literary Criticism in Italian Renaissance*, Chicago University Press, 1962, 2 vols. Para España, *vid*. MARGARETTE NEWELS, *Los géneros dramáticos en las poéticas del Siglo de Oro*, Londres, Támesis, 1974, y A. GARCÍA BERRIO, *Formación de la teoría literaria moderna*, Madrid, Planeta, 1977.

[3] Cito los en su tiempo muy célebres *Familiaria in Terentium Praenotamenta* por *Publii Terentii Aphri... Comedia*, Roma, Claudio Mani y Stephanus Balan, 1502, fol. a vi.º

[4] Un análisis excelente de las que podríamos denominar por la acción «comedias» es el de B. W. WARDROPPER, *La comedia española del Siglo de Oro*, impreso a continuación del general de ELDER OLSON, *Teoría de la comedia*, Barcelona, Ariel, 1978, pp. 183-242. *Vid.*, también, FRIDA WEBER DE KURLAT, «Hacia una sistematización de los tipos de comedia de Lope de Vega», *Actas del Quinto Congreso Internacional de Hispanistas*, Burdeos, 1977, pp. 867-871.

[5] *Recherches sur le thème...*, citado en n. 1.

⁶ *Vid.*, además del libro de Noël Salomon, el estudio de JEAN
VILAR, *Literatura y economía. La figura satírica del arbitrista en
el Siglo de Oro*, Madrid, «Revista de Occidente», 1973, y el libro
clásico de J. A. MARAVALL, *Teoría española del Estado en el
siglo XVII*, Madrid, 1944, y su reciente *La cultura del Barroco*,
Barcelona, Ariel, 1975.

⁷ Se estudian minuciosamente en el libro de Noël Salomon a
la par que las «comedias de labradores». Ahora debe consultarse
sobre estos grupos de obras la excelente monografía de EDUARDO
FORASTIERI, *Aproximación estructural al teatro de Lope de Vega*,
Madrid-Miami-New York-San Juan, Hispanova de Ediciones, 1976.

⁸ Por lo menos hasta 1600 existía prohibición expresa, como
se deduce del testimonio de Fr. José de Jesús María, que puede
leerse en E. COTARELO (*Bibliografía de las controversias sobre
la licitud del teatro en España*, Madrid, 1904, p. 374 *b*), pero es
sabido que las prohibiciones que pesaban sobre el teatro sólo se
cumplieron en muy determinadas ocasiones. En *Peribáñez*, además
del Comendador con la cruz en los pechos —«y el diablo en los
hechos»—, sale a escena, y en la primera, un cura *a lo gracioso*,
cuya presencia estaba igualmente prohibida. Sólo en *El poder vencido (ca.* 1.614) saca Lope otro cura villano a escena: Belardo,
él mismo (según el muy útil libro de S. G. MORLEY y R. W. TYLER,
Los nombres de personajes en las comedias de Lope de Vega,
Valencia, Castalia, 1961, II, p. 566).

⁹ *Vid.*, N. SALOMON, *Recherches…*, p. 891.

¹⁰ Es muy recomendable, al respecto, consultar la obra, tan rica
en datos, de ANGEL FERRARI, *Fernando el Católico en Baltasar
Gracián*, Madrid, Espasa-Calpe, 1945.

¹¹ *Vid.*, J. A. MARAVALL, «La corriente doctrinal del tacitismo
político en España» [1969], recogido en sus *Estudios de Historia
del pensamiento español. Siglo XVII*, Madrid, Cultura Hispánica, 1975, pp. 77-106.

¹² Y para Lope un suceso poco menos que indiferente: «De la
muerte del Rey francés no se me entiende mucho, porque entre
los desatinos míos nunca creí que había reyes en otras lenguas.
Toda mi vida conocí reyes en castellano; éstos guarde Dios que
esto deseo; y en Francia, siquiera lo sea el que inventó los naipes,
no porque carezca de consideración que un rey muera sin enfermedad, y como dicen los portugueses, *muito contra sua voluntade;*
que realmente lástima que no pueda su poder reservarse del
furor, y que lo sea tanto una determinación que alce la mano a
la suprema grandeza de la tierra, y que tan pequeño hierro halle
lugar por la defensa de tantos como guardan la persona de un
rey; de lo que se colige moralmente que no hay seguridad ni estaba
tan alta que no la pueda derribar la más pequeña piedra. Esto
basta en francés. Luto me dicen que mandan poner; yo pienso
colgarme una bota al cuello cuando me vaya a Madrid, y mi
rosario». (LOPE DE VEGA, *Epistolario*, ed. A. G. de Amezúa, Ma-

drid, 1941, III, p. 23. [Modernizo la ortografía al igual que haré con todas las citas a lo largo de la presente edición.]

[13] En 1613 aparece en Amberes la traducción de Enmanuel Sueyro; en 1614, en Madrid, el *Tácito español ilustrado con Aforismos,* traducción de Alamos de Barrientos; y en este mismo año en Barcelona, los *Aforismos sacados de la Historia de P. C. Tácito,* a nombre de Arias Montano. Para la moda de los aforismos en Europa, *vid. Der Aphorismus,* Wissenchaftliche Buchgesellschaft, Darmstadt, 1976.

[14] FREY FRANCISCO DE RADES Y ANDRADA, *Chrónica de las tres Ordenes y Caballerías de Santiago, Calatrava y Alcántara,* Toledo, 1572, En *Introducción* (pp. 36-41) se incluyen los pasajes que sirvieron como fuente a Lope. Para el suceso histórico, *vid.* ahora RAÚL GARCÍA AGUILERA y MARIANO HERNÁNDEZ OSSORNO, *Revuelta y Litigios de los Villanos de la Encomienda de Fuenteobejuna (1476),* Madrid, Editora Nacional, 1975.

[15] Sobre el oficio del escritor de comedias, particularmente el de Lope, véase el muy útil libro de JOSÉ MARÍA DÍEZ BORQUE, *Sociedad y teatro en la España de Lope de Vega,* Barcelona, Bosch, 1978.

[16] Sobre la teoría dramática de Lope, véase ahora JUAN MANUEL ROZAS, *Significado y doctrina del «Arte nuevo» de Lope de Vega,* Madrid, SGEL, 1976.

[17] «Testis remporum, vitae memoria, magistra, nuntia veritatis», *De Oratore,* II.

[18] *Vid.,* además de los estudios clásicos de Menéndez Pidal y de Montesinos, por ejemplo, el artículo de FRANCISCO LÓPEZ ESTRADA, «La canción "Al val de Fuente Ovejuna", de la comedia *Fuente Ovejuna* de LOPE», *Homenaje a W. L. Fichter,* Madrid, Castalia, 1971, pp. 453-468.

[19] *Vid.* ahora, GUSTAVO UMPIERRE, *Songs in the Plays of Lope de Vega: A Study of their Dramatic Function,* Londres, Támesis, 1975.

[20] En el tantas veces citado estudio de Noël Salomon hallará el lector pormenorizadas todas las tradiciones folklóricas que pasan a las «comedias de labradores».

[21] Cualquier lector de *Peribáñez* puede advertir que para crear el *clímax* Lope repite la misma situación: salida inexcusable del protagonista —por motivos religiosos o patrióticos— y entrada nocturna del Comendador para conseguir el amor de Casilda.

[22] LEO SPITZER, «A Central Theme and its Structural Equivalent in Lope's *Fuenteovejuna*», *Hispanic Review,* XXIII (1955), páginas 274-292, y, antes, JOAQUÍN CASALDUERO, «*Fuenteovejuna*», *Revista de Filología Hispánica,* V (1943), pp. 21-44; también B. W. WARDROPPER, «*Fuenteovejuna:* "el gusto" and "lo justo", *Studies in Philology,* LIII (1956), pp. 159-171.

[23] Un resumen de las distintas actitudes de la crítica frente al problema de la unidad de la comedia del Siglo de Oro puede leerse en E. W. HESSE, *La comedia y sus intérpretes,* Madrid,

Castalia, 1973. *Vid.* también E. FORASTIERI, *op. cit.*, pp. 50-57, y el mencionado estudio de WARDROPPER, *La comedia española...*

[24] Por ejemplo, que un labrador pueda hablar en tercetos iba en contra de toda la tradición estilística medieval que llega del Renacimiento. O bien que en una conversación sobre temas de la vida cotidiana, como sucede al abrirse el Acto Segundo en *Fuente Ovejuna,* se utilice la octava real, aunque allí ciertas rimas esdrújulas rebajen el tono sublime de la estrofa. Si la sociedad española tendía, como se afirma, al inmovilismo clasista, la métrica, por el contrario, tendía a romper esas diferencias sociales. La dignificación del octasílabo es algo más que una afirmación nacionalista. Que un pueblo entero se sublevе contra un Comendador en la escena no reviste más trascendencia que poner en boca de un labrador unos tercetos «para cosas graves».

[25] Para la tradición de este tipo dramático, *vid.* ahora JOHN BROTHERTON, *The Pastor-Bobo in the Spanish Theatre before the Time of Lope de Vega,* Londres, Támesis, 1975.

[26] El caso más notable es el chiste del gallo y las gallinas puesto en boca de Peribáñez en la escena XIV del Acto Tercero. Pero los apóstrofes a los animales de su corral no son más que una versión rústica, para guardar el decoro, de aquellos otros que en situaciones similares se ponen en boca de personajes trágicos, como son, por ejemplo, los pastores que apostrofan a la Naturaleza o a los objetos propios de su condición —cayado, cuchillo, zurrón— momentos antes de intentar suicidarse. Y son a su vez distensiones del *clímax* trágico. Cómica es también la presencia de Luján con el rostro enharinado, y cómicas son las escenas en que, tras la muerte del Comendador, Mengo y las mujeres persiguen a Flores.

[27] Sobre este tipo femenino, *vid.* ahora MELVEENA McKENDRICK, *Woman and Society in the Spanish Drama of the Golden Age. A Study of the Mujer varonil,* Cambridge University Press, 1974.

[28] Así parecen indicarlo estos versos de una canción de Lupercio Leonardo de Argensola, anteriores a 1612: «Alivia sus fatigas / el labrador cansado / cuando su yerta barba escarcha cubre...» (*Rimas,* ed. J. M. Blecua, Clásicos Castellanos, 173, Madrid, Espasa-Calpe, 1972, p. 38).

[29] *Vid.* al respecto el clásico estudio de E. M. WILSON, «Images et structure dans *Peribáñez*», *Bulletin Hispanique,* LI (1949), páginas 125-159. Y en la misma línea los artículos de PETER DIXON, «The Simbolism of *Peribáñez*», *Bulletin of Hispanic Studies,* XLIII (1966), pp. 11-24, y G. GÜNTERT, «Relección de *Peribáñez*», *Revista de Filología Española,* LIV (1971), pp. 37-52.

[30] Otra cuestión es que los enfrentamientos por la posesión de la mujer sean una transposición del enfrentamiento por la posesión de la tierra, como apunta N. SALOMON, *Recherches,* p. 887.

[31] En *San Isidro Labrador de Madrid,* compuesta según MORLEY Y BRUERTON (*Cronología de las comedias de Lope de Vega,* Madrid, Gredos, 1968, p. 392) entre 1598 y 1608 y probablemente entre 1604 y 1606, Lope utiliza esos mismos cuatro versos, pero

con la variante *con la su capa pardilla.* Como en las dos ocasiones en que aparece el verso (v. 1595 y v. 1926) en *Peribáñez* se lee *con su capa la pardilla,* parece difícil que la lección *con la su* de *San Isidro* sea posterior. Y, si es anterior, habrá que admitir el origen tradicional de la cancioncilla nacida al calor de un acontecimiento histórico que pudo aparecer después una leyenda que lo explicaba. ¿Sería Peribáñez una de esas *historias* que Bances había visto representar en el reino de Toledo? Copio la descripción de Bances: «Escríbese primero en un desaliñado romance el suceso que quieren representar, antiguo o moderno, en forma de relación. Éste le va cantando un músico en voz alta y clara de forma que le perciba el auditorio, y conforme va nombrando los personajes, se van ellos introduciendo a la escena vestidos con la mayor propiedad que pueden y enmascarados como los antiguos histriones. No representan ni articulan palabra alguna, pero con acciones y gestos que la mala expresión de sus toscos artífices hace ridículos en la sinceridad de su retórica natural) van ellos significando cuanto el músico canta y haciendo cada personaje los movimientos que le tocan del suceso que se va cantando. No son deshonestos ni torpes los que éstos hacen como los antiguos mimos; porque tampoco como ellos imitan personas viles ni acciones leves, antes lo más plausible es que introducen en sus historias casos y personajes heroicos, donde es lo más gracioso ver aquellos rústicos revestirse de la magestad que no conocen y hacer las acciones más descompasadas, vengan o no vengan» *(Theatro de los theatros de los pasados y presentes siglos,* ed. Duncan Moir, Londres, Támesis, 1970, p. 124).

[32] *Comedia nueva en chanza: El Comendador de Ocaña,* ed. Miguel Artigas, *Boletín de la Biblioteca Menéndez y Pelayo,* VIII 1926), p. 80. Este anónimo y divertido disparate no es parodia de *Peribáñez* sino, como indicó SALOMON *(Recherches,* p. 839, nota 87), de *La mujer de Peribáñez,* refundición de la obra de Lope, también anónima, de la que se conserva una impresión suelta.

[33] *Recherches,* p. 838. Se basa en un refrán que recoge Correas, «Cuando Peribáñez no tiene qué comer, convida huéspedes», que se conserva con la variante «Cuando *Aja* no tiene...». Evidentemente, este Peribáñez aparece como personaje cómico. Pero no me parece legítimo identificarlo con el Peribáñez de la copla.

[34] Entre otras acusaciones —por ejemplo, el mero hecho de escribir— que lanzan GARCÍA AGUILERA y HERNÁNDEZ OSSORNO *Revuelta y Litigios...,* pp. 320-323) contra Lope destacan «las repetidas incorcondancias» entre la comedia y la *Crónica,* de RADES. Estas «repetidas» discordancias se reducen a tres: 1.ª) que no es tan clara la participación del Comendador en la decisión de tomar Ciudad Real o, al menos, no es tan disculpable la poca edad del maestre; 2.ª) que Flores advierta del suceso primero al rey que al maestre no cuadra con la realidad, y 3.ª) que «el mayor error histórico que asume Lope es el decir que los reyes Fernando

e Isabel, tras las pesquisas del juez y ante la imposibilidad de encontrar UN culpable, dan el caso por cerrado sin castigar a los insurrectos». Es cierto que en la *Crónica* el Comendador no es el inductor pero sí que tomó partido por el de Portugal; por lo que respecta a la edad, en la *Crónica* se dice «Los reyes, viendo que había errado por ser de tierna edad», lo que se corresponde casi literalmente con Lope; el argumento sobre Flores, personaje que como es lógico, no está en la *Crónica,* no merece ni refutación, y, finalmente, «el mayor error histórico» no es de Lope sino de la *Crónica:* «y sus Altezas, siendo informadas de las tiranías del Comendador Mayor, por las cuales había merecido la muerte, mandaron que se quedase el negocio sin más averiguaciones». Y Lope escribe: «Pues no puede averiguarse / el suceso por escrito, / aunque fue grave el delito, / por fuerza ha de perdonarse» (versos 2442-2445). ¿Dónde se hallan las «repetidas inconcordancias» entre el texto de Lope y el de la *Crónica*? Parece claro que en este caso quien manipula sus fuentes no es Lope sino los autores de *Revuelta y Litigios...,* que no sienten demasiado aprecio por una obra cuyo principal defecto es el haber podido ser entendida como un manifiesto revolucionario.

[35] Cf. v. 3047: «dio, como mozo, en amarla». En la parodia anteriormente citada (n. 32), el Comendador es casi un niño. Los autores de la época tuvieron muy en cuenta el «decoro» de los personajes que venía determinado por los «humores», la edad, el sexo y la condición social, de acuerdo con el Aristóteles de la *Retórica* y de la *Etica* y los consejos de Horacio en el *Arte Poética.* Si Fernán Gómez y, al parecer, Peribáñez, están en la edad viril, don Fadrique y don Rodrigo Téllez Girón son mozos sin experiencia.

[36] *Las fortunas de Diana,* en *Novelas a Marcia Leonarda,* edición Francisco Rico, Madrid, Alianza, 1968, pp. 30-31.

[37] En las tragicomedias, y en especial en estos dramas de labradores honrados, el caso amoroso se convierte en caso de honor, y ambos temas, de claras implicaciones sociales, no pueden aislarse (*vid.* al respecto las conclusiones de EDUARDO FORASTIERI, *Aproximación estructural...,* tras analizar exhaustivamente la secuencia elemental —el tema— de la honra de los villanos en las obras comprendidas entre 1610 y 1615). En el citado libro de Forastieri encontrará el lector amplia información bibliográfica sobre el tema del honor hasta 1975. Sobre el tema en Lope, *vid.* ahora DONALD R. LARSON, *The Honor Plays of Lope de Vega,* Harvard University Press, 1977 (las pp. 65-112 están dedicadas a las obras que tratamos).

[38] Que la *harmonia mundi* sea un tema central en estas obras (*vid.* SPITZER, art. cit.) y que en el teatro de Lope los conceptos amorosos tengan toques platónicos —como los tiene, aunque poco toda la lírica amorosa del Siglo de Oro— no debe confundirse con el funcionamiento dramático del amor.

³⁹ «Había en Lope, ya por temperamento, ya por imposición del público, un desamor, poco menos que repugnancia por los desenlaces trágicos», escribe Eugenio Asensio tras el análisis de una obra —*La historia de Mazagatos*— en la que Lope rehúsa acudir al desenlace de *Fuente Ovejuna* (E. ASENSIO, «Textos nuevos de Lope en la Parte XXV "Extravagante" (Zaragoza 1631). *La historia de Mazagatos*», *Homenaje a Rodríguez-Moñino*, Madrid, Castalia, 1975, p. 79.

⁴⁰ No deja de ser significativo que Lope perdone la vida a Flores (cf. vv. 2026-2027: «Y curad a ese soldado / de las heridas que tiene.»)

⁴¹ El teatro de Lope, como toda la literatura de aquel tiempo, que debe atender al deleite y a la enseñanza, abunda en sentencias que pueden aparecer en boca de cualquier personaje. En *Fuente Ovejuna*, al ser obra de intencionalidad política y moral, la frecuencia de las sentencias y aforismos políticos, especialmente en boca de los reyes, es mayor que en otras comedias de Lope. *Vid.* al respecto R. D. F. PRING-MILL, «Sententiousness in *Fuente Ovejuna*», *Tulane Drama Review*, VII (1962), pp. 5-37, y FRANCISCO LÓPEZ ESTRADA, «Los villanos filósofos y políticos (La configuración de *Fuente Ovejuna* a través de nombres y apellidos)», *Cuadernos Hispanoamericanos*, LXXX (1969), pp. 518-542.

⁴² Quien escribe «en horas veinticuatro» una obra teatral no es fácil que pueda introducir alteraciones en su propia serie dramática. Y Lope no lo hace ni en *Peribáñez* ni en *Fuente Ovejuna*. Parece claro que en *Peribáñez* las escenas que presentan el trasfondo histórico de la acción no tienen más función que preparar la justicia poética del desenlace, aunque, en efecto, una forma nunca existe sin un contenido. En *Fuente Ovejuna*, esta función se enriquece de contenido político, lo que motiva las divergentes opiniones de la crítica que ve en la toma de Ciudad Real una acción secundaria sin otra función que la del elogio de los Girones (por ejemplo, C. E. ANIBAL, «The Historical Elements of Lope de Vega's *Fuente Ovejuna*», *Publications of Modern Language Association of America*, XLIX (1934), pp. 657-718) o la que considera indisolubles esta acción y la de Fuente Obejuna (por ejemplo, G. W. RIBBANS, «The Meaning and Structure of Lope's *Fuenteovejuna*», *Bulletin of Hispanic Studies*, XXXI (1954), pp. 150-170).

⁴³ Sobre la difusión de *Fuente Ovejuna*, vid. la documentada monografía de TERESA J. KIRSCHNER, *El protagonista colectivo en «Fuenteovejuna»*, Universidad de Salamanca, 1979, pp. 13-27. En el mismo volumen en que López Estrada edita el texto de Lope se incluye un buen análisis y edición de la recreación de *Fuente Ovejuna* llevada a cabo por Cristóbal de Monroy (1612-1649).

⁴⁴ Sobre la figura del rey en el teatro de Lope, *vid.* los estudios recientes de J. A. MARAVALL, *Teatro y Literatura en la sociedad barroca*, Madrid, Seminarios y Ediciones, 1972; JOSÉ MARÍA DÍEZ BORQUE, *Sociología de là comedia del siglo XVII*, Madrid,

Cátedra, 1976, pp. 129-194, y RICHARD A. YOUNG, *La figura del Rey y de la Institución Real en la Comedia Lopesca,* Madrid, Porrúa, 1979. Si en *Peribáñez* Lope pudo escoger a Enrique el Justiciero para sancionar positivamente la acción del protagonista, en *Fuente Ovejuna* se vio obligado por la Historia a sacar a escena a Fernando el Católico, que es precisamente la figura que la historiografía del siglo XVII y los tratadistas políticos presentaron como paradigma del perfecto príncipe (*vid.* ANGEL FERRARI, *op. cit.,* en nota 10).

[45] Un excelente resumen de la crítica sobre la obra es el de TERESA BURNABY J. KIRSCHNER, «Evolución de la crítica de *Fuenteovejuna,* de Lope de Vega, en el siglo XX», *Cuadernos Hispanoamericanos,* núm. 320 (1977), pp. 450-465 (reproduce las pp. 28-41 de su estudio anteriormente citado, *El protagonista...,* con algunas ediciones bibliográficas hasta 1975). Entre los estudios posteriores, además del de Teresa J. Kirschner, que desarrolla con gran sutileza el tema del título de su libro, destaca el prólogo de María Grazia Profeti a su edición de *Fuente Ovejuna* un buen ejemplo de crítica semiológica que atiende a los distintos planos en que se desarrolla la obra literaria.

[46] Entwistle, en su reseña de la edición de HILL-HARLAN (*Modern Language Notes,* XXXVII [1942], p. 101, y Zamora Vicente, en el prólogo a su edición de *Peribáñez* (p. XII), interpretan *y otros tres* como «y otros tres dieces», que, dada la ironía del pasaje, no resulta inverosímil. En todo caso, la obra no parece anterior a 1604, pues no figura entre las comedias que enumera Lope en la lista de la primera edición de *El Peregrino en su patria,* impreso en ese año.

[47] Un resumen de todas estas interpretaciones está en CHARLES PHILIP WAGNER, «The Date of *Peribáñez*», *Hispanic Review,* XV (1947), pp. 72-83.

[48] Creo que ésta es la interpretación más plausible de la frase. El pastor se retira al atardecer y el sacristán, ya en la *Danza de la Muerte* castellana, aparece como tipo de rondador nocturno. Sobre este personaje, *vid.* E. ASENSIO, *Itinerario del entremés,* Madrid, Gredos, 1965, pp. 21 y 55.

[49] «The Date of *Peribáñez y el comendador de Ocaña*», *Modern Language Notes,* XLVI (1931), pp. 163-166.

[50] COURTNEY BRUERTON, «More on the date of *Peribáñez*», *Hispanic Review,* XVII (1949), pp. 35-46.

[51] «Simple remarque à propos du problème de la date de *Peribáñez y el Comendador de Ocaña*», *Bulletin Hispanique,* LXIII (1961), pp. 251-258, y «Toujours la date de *Peribáñez y el Comendador de Ocaña*», *Mélanges offerts à Marcel Bataillon,* Bordeaux, 1962, pp. 613-643.

[52] S. G. MORLEY y C. BRUERTON, *Cronología de las comedias de Lope de Vega,* Madrid, Gredos, 1968, p. 374 (en las Tablas, p. 596, dan, en cambio, la fecha de 1609 a 1612 y probable-

mente h. 1610, lo que contradice lo expuesto en la obra y en los artículos de ambos eruditos).

[53] *Vid.* Francisco de B. San Román, *Lope de Vega, los cómicos toledanos y el poeta sastre,* Madrid, 1935. En Ocaña, escribe Lope en 1603 *Pedro Carbonero,* y por esos años representa por los pueblos de Toledo Gaspar de Porres. Noël Salomon *(Recherches,* p. 890) apunta que quizá fue escrita para Ocaña, pero no documenta ningún estreno en los pueblos, cuyos habitantes querían ver lo que se representaba en la ciudad *(vid.* Noël Salomon, «Sur les représentations théâtrales dans los "pueblos" de Madrid et de Tolède [1580-1640]», *Bulletin Hispanique,* LXII [1960], pp. 398-427).

[54] Fue aducido por Charles Philip Wagner, art. cit. en nota 47, pp. 80-81.

[55] Ahora sabemos que siete de las comedias publicadas en la *Cuarta parte* fueron representadas por Porres. *Vid.,* al respecto, el interesante artículo de George Haley, «Lope de Vega y el repertorio de Gaspar de Porras en 1604 y 1606», *Homenaje a W. L. Fichter,* Madrid, Castalia, 1971, pp. 257-268.

[56] *Vid.* Courtney Bruerton, «More on the date of *Peribáñez»,* art. cit. en nota 50.

[57] *Cronología,* pp. 330-331.

[58] «The Historical Elements...», art. cit. en nota 42.

[59] J. Robles Pazos, «Sobre la fecha de *Fuente Ovejuna»,* *Modern Language Notes,* L (1935), pp. 179-182.

[60] *Peribáñez y el Comendador de Ocaña,* ed. de Ch. Aubrun y J. F. Montesinos, París, Hachette, 1943.

[61] *Recherches,* pp. 865-869.

[62] W. D. Moir, «Lope de Vega's *Fuenteovejuna* and the *Emblemas morales* of Sebastián de Covarrubias», *Homenaje a W. L. Fichter,* Madrid, Castalia, 1971, pp. 537-546.

[63] *Recherches,* p. 862.

[64] El cotejo más cuidadoso de las tres impresiones es el llevado a cabo por Juan María Marín en su excelente edición de *Peribáñez.*

[65] Aubrun y Montesinos pudieron utilizar una copia fotográfica. Sus conclusiones son: «Il s'agit sans doute d'une copie de théâtre, qui, pour autant que nous nous en souvenions, n'offre pas de variantes importantes du texte» (ed. cit., p. 200). Una copia fotográfica conservaba la colección teatral Sedó de un manuscrito «autógrafo» de *Peribáñez* del British Museum, de acuerdo con la ficha bibliográfica. La copia ha desaparecido. Es de suponer que se trataba del manuscrito de Lord Ilchester, que quizá se guarde hoy en British Museum. Las gestiones que allí hizo —y que aquí agradezco— Jesús Ruiz Veintemilla para dar con el paradero del citado manuscrito fueron baldías.

[66] Dieron noticia de su existencia Aubrun y Montesinos (ed. cit., p. 200, n. 1) que sólo conocían la referencia a través del *Catálogo de la Exposición bibliográfica de Lope de Vega* (Madrid, 1935, p. 55). Gracias a la amabilidad de Mercedes de los Reyes Peña he podido consultar en microfilm el citado manuscrito que, en mi

opinión, no es copia del siglo XVIII como dice el *Catálogo,* sino del siglo XIX.

[67] *Vid.* C. E. ANIBAL, «Lope de Vega's *Dozena Parte*», *Modern Language Notes,* XLVII (1932), pp. 1-7.

[68] *Vid.* VICTOR DIXON, *Bulletin of Hispanic Studies,* XLVIII (1971), pp. 354-356 (reseña de la edición de López Estrada), y las pp. XLV-XLVIII de la Introducción de M. G. Profeti a su edición de *Fuente Ovejuna.*

[69] Las secciones en que *B* discrepa de *A,* de acuerdo con el cotejo de López Estrada y el de Profeti, son las siguientes: 8 sabrá *A:* sobra A_1B / 18 lo *A:* le *B* / 112 tiene *A:* tienen *B* / 200 Pasqual *A:* Pascuala *B* / 260 ven *A:* ver *B* / 285 darás *A:* dirás *B* / 479 codón AA_2: colón A_2B / 480 rizo AA_1: rico A_2B / 493 corona AA_1: coronado A_2B / 542 trae sus *A:* trae los sus *B* / 634 ha despedirse de *A:* de despedirse *B* / 722 *acot.* Laura *A:* Laurencia *B* / 750 cuidado *A: descuido B* / 758 es que yo A_1 es que yo *AB* / 776 algún *A:* a algún *B* / 931 Agustino *A:* Augustino *B* / 932 dejadlo *A:B* / 1022 cielo *A:* cielos *B* / 1139 pues aquí tenéis temor *A:* pues aqué tenéis aquí temor *B* / 1472 *acot.* Esteban y alcalde *A:* y Esteban alcalde *B* / 1490 harto desdichado fui *B: falta en A* / 1514 buñolero *A:* buñuelero *B* / 1547 cabellos *A:* cabello *B* / 1607 disculparle *A:* disculparse *B* / 1639 llevadla *A:* llevadle *B* / 1737 la compren *A:* le compren *B* / 1873 defendamos *A:* defendemos *B* / 2133 *acot.* salen *B* / 2297 no tuerza A_1: le tuerza *AB* / 2331 dándoles *A:* dándole *B.*

[70] Es altamente sospechoso que A_2 lea siempre con *A* a excepción de los vv. 479 *(codón AA_1 colón A_2B),* 480 *(rizo AA_1: rico A_2B)* y 493 *(corona AA_1: coronado A_2B),* que se hallan en el pliego Ll, folios 265v-266r. Habría que comprobar si estos dos folios de ejemplar A_2 (Biblioteca Nacional de Madrid, R-24983) no proceden de un ejemplar *B* que sirvió para completar el volumen.

[71] Mejor que de *ejemplares A, A_1, A_2* sería preferible hablar de *pliegos* porque, por ejemplo, en el v. 8 A_1 y *B* traen la *lectio difficilior, A* se equivoca, y, por consiguiente, *B* derivaría del pliego corregido de A_1; en el v. 758, en cambio, *A* es el que representa el pliego corregido, y lo mismo sucede en el v. 2297 —si la transcripción de la variante de A_1 que da Profeti es correcta.

[72] Para las lecciones de *A, A_1* y A_2 he confiado en los cotejos de López Estrada y de Profeti. Para *B* he manejado el ejemplar R-25200 de la Biblioteca Nacional de Madrid, que no presenta ninguna diferencia al parecer con los utilizados por López Estrada y Profeti. En el caso de *Peribáñez* me he servido para *M* del ejemplar R-13855 de la Biblioteca Nacional de Madrid; para *B,* gracias a la generosidad de don Eugenio Asensio, he podido manejar el ejemplar de su biblioteca; y para *P* he acudido al cotejo, muy cuidado, que lleva a cabo Juan María Martín en su edición

de *Peribáñez*. Quiero agradecer a Luisa López-Grigera y a Pedro Cátedra sus desvelos para la obtención de las fotocopias de *B* y *M*.

[73] El número de ediciones de *Peribáñez* y *Fuente Ovejuna* —sueltas, juntas o en unión de otras obras— es muy alto. Me he limitado, por consiguiente, a señalar sólo aquellas ediciones que han representado unos hitos en el cuidado de los textos acudiendo directamente a las impresiones antiguas. Para *Peribáñez,* por ejemplo, fue fundamental la edición de Hill y Harlan; y para *Fuente Ovejuna,* las de López Estrada y Profeti. Y, desde luego, el texto de Hartzenbusch, que pasó a la edición académica de Lope, ha sido el más difundido, lo que no es de lamentar, pues las correcciones del escritor romántico son, en general, muy atinadas. Pero sería injusto silenciar los nombres de H. Alpern y J. Marten, J. Alcina Franch, J. M. Blecua, C. Burnster, A. A. Dasso, G. Díaz-Plaja, J. de Entrambasaguas, F. García Pavón, T. García de la Santa, P. Henríquez Ureña, E. W. Hesse, A. Isasi, E. Kohler, G. Molina de Cogorno, W. S. Mitchell, Ricardo Navas, B. E. Perrone, Lidio Nieto, Alfonso Reyes, C. Rivas Cherif, F. C. Sáinz de Robles, Joaquín Saura, E. Seifert, Guillermo de Torre y A. Valbuena Prat, quienes, con mayor o menor furtuna, han hecho posible que *Peribáñez* y *Fuente Ovejuna* fueran leídos por un público mucho más amplio que el de los profesionales de la erudición.

La famosa Tragicomedia
de Peribáñez y el comendador de Ocaña

FIGURAS DEL PRIMER ACTO

UN CURA, *a lo gracioso*
INÉS, *madrina*
COSTANZA, *labradora*
CASILDA, *desposada*
PERIBÁÑEZ, *novio*
LOS MÚSICOS, *de villanos*
BARTOLO, *labrador*
EL COMENDADOR
MARÍN, *lacayo*

LUJÁN, *lacayo*
LABRADORES
LEONARDO, *criado*
EL REY ENRIQUE
EL CONDESTABLE
ACOMPAÑAMIENTO
UN PAJE
DOS REGIDORES DE TOLEDO
[UN PINTOR]

FIGURAS DEL SEGUNDO ACTO

BLAS
GIL
ANTÓN
BENITO
PERIBÁÑEZ
LUJÁN
EL COMENDADOR
INÉS

CASILDA
UN PINTOR
MENDO
LLORENTE *segadores*
CHAPARRO
HELIPE
BARTOLO
LEONARDO

FIGURAS DEL TERCER ACTO

EL COMENDADOR
LEONARDO
PERIBÁÑEZ
BLAS
BELARDO *labradores*
ANTÓN
INÉS
COSTANZA
CASILDA

LUJÁN
UN CRIADO
LOS MÚSICOS
EL REY ENRIQUE
LA REINA
EL CONDESTABLE
GÓMEZ MANRIQUE
UN PAJE
UN SECRETARIO

ACTO PRIMERO

Boda de villanos. El cura; Inés, madrina; Costanza, labradora; Casilda, novia; Peribáñez; Músicos, de labradores.

INÉS

       Largos años os gocéis.

COSTANZA

       Si son como yo deseo,
       casi inmortales seréis.

CASILDA

       Por el de serviros, creo
5   que merezco que me honréis.

---

4 «por el *deseo*», por zeugma.

CURA

      Aunque no parecen mal,
son excusadas razones
para cumplimiento igual,
ni puede haber bendiciones
10   que igualen con el misal.
      Hartas os dije; no queda
cosa que deciros pueda
el más deudo, el más amigo.

INÉS

      Señor Doctor, yo no digo
15   mas de que bien les suceda.

CURA

      Espérelo en Dios, que ayuda
a la gente virtüosa.
Mi sobrina es muy sesuda.

PERIBÁÑEZ

      Sólo con no ser celosa,
20   saca este pleito de duda.

CASILDA

      No me deis vos ocasión,
que en mi vida tendré celos.

PERIBÁÑEZ

      Por mí no sabréis qué son.

INÉS

      Dicen que al amor los cielos
25   le dieron esta pensión.

CURA

      Sentaos y alegrad el día
en que sois uno los dos.

---

16 *Espérelo MB: Espérolo P.* Los editores modernos siguen .la
lección de *P,* pero *MB* leen correctamente. Quiere decir: «De-
posite en Dios, Inés, su confianza y no en los deseos humanos
(*"largos años os gocéis"*)».
26 Creo que debe entenderse: «Sentaos y [os] alegrad [en] el
día en que...». Y no como habitualmente se puntúa: «Sen-

PERIBÁÑEZ

        Yo tengo harta alegría
        en ver que me ha dado Dios
30   tan hermosa compañía.

CURA

        Bien es que a Dios se atrebuya,
        que en el reino de Toledo
        no hay cara como la suya.

CASILDA

        Si con amor pagar puedo,
35   esposo, la afición tuya,
            de lo que debiendo quedas
        me estás en obligación.

PERIBÁÑEZ

        Casilda, mientras no puedas
        excederme en afición,
40   no con palabras me excedas.
            Toda esta villa de Ocaña
        poner quisiera a tus pies,
        y aun todo aquello que baña
        Tajo hasta ser portugués,
45   entrando en el mar de España.
            El olivar más cargado
        de aceitunas me parece
        menos hermoso, y el prado
        que por el mayo florece,
50   sólo del alba pisado.
            No hay camuesa que se afeite
        que no te rinda ventaja,
        ni rubio y dorado aceite,
        conservado en la tinaja,
55   que me cause más deleite.

---

    taos, y alegrad el día», en el que *día* sería complemento
    directo. De ahí que Peribáñez responda: «Yo tengo harta
    alegría».
35 *afición:* amor.
51 *camuesa:* manzana de excelente clase. *se afeite:* de «afeitarse»
    o ponerse «afeites» o cosméticos.

Ni el vino blanco imagino
de cuarenta años tan fino
como tu boca olorosa:
que, como al señor la rosa,
60   le güele al villano el vino.
        Cepas que en diciembre arranco
y en otubre dulce mosto,
[ni] mayo de lluvias franco,
ni por los fines de agosto
65   la parva de trigo blanco,
        igualan a ver presente
en mi casa un bien, que ha sido
prevención más excelente
para el ivierno aterido
70   y para el verano ardiente.
        Contigo, Casilda, tengo
cuanto puedo desear,
y sólo el pecho prevengo:
en él te he dado lugar,
75   ya que a merecer te vengo.
        Vive en él; que, si un villano
por la paz del alma es rey,
que tú eres reina está llano,
ya porque es divina ley,
80   y ya por derecho humano.
        Reina, pues, que tan dichosa
te hará el cielo, dulce esposa,
que te diga quien te vea:
«La ventura de la fea
85   pasóse a Casilda hermosa.»

---

61 «Para quemar y calentar» (Aubrun-Montesinos).
63 En el texto de 1614 se lee *en mayo,* que podría entenderse:
   «en un mayo sin lluvias se hace mosto excelente en octubre».
   Pero me parece más verosímil la corrección *ni* de Hartzenbusch.
69 *ivierno.* Los editores siguen *invierno* de *BP.* Pero la lección
   de *M* es correcta, como *otubre* del v. 62.
84 Alude al conocido refrán «La ventura de la fea la hermosa
   la desea».

CASILDA

                    Pues yo, ¿cómo te diré
                lo menos que miro en ti,
                que lo más del alma fue?
                Jamás en el baile oí
90   son que me bullese el pie,
                    que tal placer me causase
                cuando el tamboril sonase,
                por más que el tamborilero
                chiflase con el garguero
95   y con el palo tocase.
                    En mañana de San Juan
                nunca más placer me hicieron
                la verbena y arrayán,
                ni los relinchos me dieron
100   el que tus voces me dan.
                    ¿Cuál adufe bien templado,
                cuál salterio te ha igualado?
                ¿Cuál pendón de procesión,
                con sus borlas y cordón,
105   a tu sombrero chapado?

86-88 «La menor cosa en ti ha sido la más querida por mi alma»
      (Aubrun-Montesinos).
94 *chiflase:* silbase. *garguero:* garganta. «Lo más probable es que
   sonase gargüero, forma que, en diversas variantes, está viva
   aún en nuestras comarcas del habla hispánica» (Zamora). ¿No
   se tratará en este caso de algún instrumento musical similar
   a la flauta que los tamborileros solían tocar a la par que el
   tamboril? (cf. n. 102).
98 Para estas tradiciones del día de San Juan, *vid.* N. Salomon,
   Recherches, pp. 635 y ss.
99 *relinchos:* «Se toma por los gritos y voces de regocijo y fiesta»
   (Covarrubias).
101 *adufe:* «cierto género de tamboril bajo y cuadrado, de que
    usan las mujeres para bailar, que por otro nombre se llama
    pandero» (*Autoridades*).
102 *salterio:* instrumento musical, «úsase en las aldeas, en las
    procesiones, en las bodas, en los bailes y danzas» (Cova-
    rrubias).
105 *chapado:* adornado. Se refiere al sombrero de los trajes festi-
    vos populares.

                    No hay pies con zapatos nuevos
                    como agradan tus amores;
                    eres entre mil mancebos
                    hornazo en Pascua de Flores
110   con sus picos y sus huevos.
                    Pareces en verde prado
                    toro bravo y rojo echado;
                    pareces camisa nueva
                    que entre jazmines se lleva
115   en azafate dorado.
                    Pareces cirio pascual
                    y mazapán de bautismo
                    con capillo de cendal,
                    y paréceste a ti mismo,
120   porque no tienes igual.

CURA

        — Ea, bastan los amores;
        que quieren estos mancebos
        bailar y ofrecer.

PERIBÁÑEZ

                        Señores,
        pues no sois en amor nuevos,
        perdón.

MÚSICO
    125   ¡Ama hasta que adores!

                        Canten, y dancen.

---

109 *hornazo:* «la rosca con huevos que se solía dar por Pascua de
      Flores» (Covarrubias).
115 *azafate:* canastillo.
117-118 «Pedazo de miga de pan con que los obispos enjugan los
      dedos untados del óleo que han usado al administrar el bau-
      tismo a los príncipes. Por lo regular está aquélla revestida o
      envuelta en una tela rica [i. e.: *capillo de cendal*] o en un
      bizcocho o mazapán cilíndrico [i. e.: *mazapán de bautismo*] y
      perforado en el centro» *(DRAE)*.
123 *ofrecer:* «[ofrecer] sus presentes» (Aubrun-Montesinos). Para
      esta costumbre, *vid.* N. Salomon, *Recherches,* p. 625.

      Dente parabienes
  el mayo garrido,
  los alegres campos,
  las fuentes y ríos.
130   Alcen las cabezas
  los verdes alisos,
  y con frutos nuevos
  almendros floridos.
  Echen las mañanas,
135   después del rocío,
  en espadas verdes
  guarnición de lirios.
  Suban los ganados
  por el monte mismo
140   que cubrió la nieve,
  a pacer tomillos.

                    Folía. *

  Y a los nuevos desposados
  eche Dios su bendición;
  parabién les den los prados,
145   pues hoy para en uno son.

                  Vuelva[n] a danzar.

      Montañas heladas
  y soberbios riscos,
  antiguas encinas
  y robustos pinos,
150   dad paso a las aguas
  en arroyos limpios,
  que a los valles bajan
  de los yelos fríos.

---

131 *alisos:* árboles de la misma familia que el abedul y el avellano
  que nacen orillas de los ríos.
 * *Folía.* Era un tipo de danza muy movida —como puede apre-
  ciarse por el ritmo marcado de los versos— en la que «es
  tan grande el ruido y el son tan apresurado, que parecen estar
  unos y otros fuera de juicio» (Covarrubias). Para esta canción
  de bodas de presumible origen popular, *vid.* N. Salomon.
  Recherches, p. 706.

> *Canten ruiseñores,*
155 *y con dulces silbos*
> *sus amores cuenten*
> *a estos verdes mirtos.*
> *Fabriquen las aves*
> *con nuevo artificio*
160 *para sus hijuelos*
> *amorosos nidos.*

Folía.

> *Y a los nuevos desposados*
> *eche Dios su bendición;*
> *parabién les den los prados,*
165 *pues hoy para en uno son.*

Hagan gran ruido, y entre Bartolo, labrador.

CURA

　　　　¿Qué es aquello?

BARTOLO

　　　　　　　　　¿No lo veis
en la grita y el rüido?

CURA

¿Mas que el novillo han traído?

BARTOLO

¿Cómo un novillo? ¡Y aun tres!
170　　Pero al tiznado, que agora
traen del campo. ¡Voto al sol,
que tiene brío español!
No se ha encintado en una hora.

---

168 *¿Mas que:* ¿A que...?
170 Los editores, en general, enmiendan «*el* tiznado». Sigo la lección de los impresos antiguos *al*, y puntúo de acuerdo con la

Dos vueltas ha dado a Bras,
175 que ningún italïano
se ha vido andar tan livïano
por la maroma jamás.

A la yegua de Antón Gil,
del verde recién sacada,
180 por la panza desgarrada
se le mira el perejil.

No es de burlas; que a Tomás,
quitándole los calzones,
no ha quedado en opiniones,
185 aunque no barbe jamás.

El nueso Comendador,
señor de Ocaña y su tierra,
bizarro a picarle cierra
más gallardo que un azor.

190 ¡Juro a mí, si no tuviera
cintero el novillo!...

CURA

                              Aquí,
¿no podrá entrar?

BARTOLO

                              Antes sí.

CURA

Pues, Pedro, de esa manera
allá me subo al terrado.

_____

acepción de «incluso» que parece tener *Pero* en el pasaje.
El anacoluto es muy probablemente del propio Lope.
175 Se refiere a los «volatines» o acróbatas, en general de origen
italiano.
181 *perejil:* «Como eufemismo por "excremento, interioridades in-
testinales" fue frecuentemente empleado en la lengua clásica»
(Zamora), Aubrun-Montesinos entiende «la hierba que la
caballería acaba de pastar», que es válida.
185 «Aunque no le crezca la barba».
191 *cintero:* «aquel lazo de los toros cuando se les enmaroma»
(*Autoridades*).

COSTANZA
195   Dígale alguna oración;
         que ya ve que no es razón
         irse, señor licenciado.

CURA
             Pues oración, ¿a qué fin?

COSTANZA
             ¿A qué fin? De resistillo.

CURA   *You are deceived*
200   Engáñaste: que hay novillo
         que no entiende bien latín.

                     Entrese.

COSTANZA
             Al terrado va sin duda.
             La grita creciendo va.

                     Voces.

INÉS
             Todas iremos allá;
205   que, atado, al fin, no se muda.

BARTOLO
             Es verdad; que no es posible
             que más que la soga *roja* alcance.

                     Vanse.

PERIBÁÑEZ
             ¿Tú quieres que intente un lance?

CASILDA
             ¡Ay no, mi bien, que es terrible!

---

201 Se refiere a los exorcismos del tipo «Fugite, mures et animalia
    omnia noxia a loco isto, seu domo, et dum non exieritis...»,
    con los que se conjura a los ratones y a otros animales da-
    ñinos.
203 *grita*: gritería.

PERIBÁÑEZ

210   Aunque más terrible sea,
        de los cuernos le asiré,
        y en tierra con él daré,
        porque mi valor se vea.

CASILDA

        No conviene a tu decoro
215   el día que te has casado,
        ni que un recién desposado
        se ponga en cuernos de un toro.

PERIBÁÑEZ

        Si refranes considero,
        dos me dan gran pesadumbre:
220   que a la cárcel, ni aun por lumbre,
        y de cuernos, ni aun tintero.
        Quiero obedecer.

CASILDA

                        ¡Ay, Dios!
        ¿Qué es esto?

[GENTE] (Dentro.)

                        ¡Qué gran desdicha!

CASILDA

        Algún mal hizo, por dicha.

PERIBÁÑEZ

225   ¿Cómo, estando aquí los dos?

---

221 Los tinteros se fabricaban de cuerno. Las alusiones a los mari-
    dos engañados en las que intervienen tinteros, linternas y
    demás utensilios hechos de cuerno abundan hasta la saciedad
    en la literatura de la época.

Bartolomé * vuelve.

BARTOLO

   ¡Oh, que nunca le trujeran,
   pluguiera al cielo, del soto!
   ¡A la fe, que no se alaben
   de aquesta fiesta los mozos!
230   ¡Oh, mal hayas, el novillo!
   Nunca en el abril llovioso
   halles yerba en verde prado
   más que si fuera en agosto.
   Siempre te venza el contrario
235   cuando estuvieres celoso,
   y por los bosques bramando,
   halles secos los arroyos.
   Mueras en manos del vulgo,
   a pura garrocha, en coso;
240   no te mate caballero
   con lanza o cuchillo de oro;
   mal lacayo por detrás,
   con el acero mohoso,
   te haga sentar por fuerza
245   y manchar en sangre el polvo.

PERIBÁÑEZ

   Repórtate ya, si quieres,
   y dinos lo que es, Bartolo;
   que no maldijera más
   Zamora a Vellido Dolfos.

---

 * *Bartolomé*. Así en las ediciones de 1614.

235 *celoso*: en celo.

249 No se conoce ningún romance en que se maldiga a Vellido
Dolfos por boca de Zamora o de los zamoranos. Toda la tirada
anterior de Bartolo es un remedo del famoso romance del
cerco de Zamora «En Santa Gadea de Burgos», donde es el
Cid el que conmina por medio de las maldiciones al rey don
Alfonso a que jure de verdad sobre la muerte de don Sancho.
La crítica (*vid.* Wolson, *Imágenes y estructuras...*, p. 64, y
Silverman, «Peribáñez et Vellido Dolfos»... (consideran, con
razón, que es prácticamente imposible que Lope cometiera un

BARTOLO

250   El Comendador de Ocaña,
      mueso señor generoso,
      en un bayo que cubrían
      moscas negras pecho y lomo,
      mostrando por un bozal
255   de plata el rostro fogoso,
      y lavando en blanca espuma
      un tafetán verde y rojo,
      pasaba la calle acaso;
      y, viendo correr el toro,
260   caló la gorra y sacó
      de la capa el brazo airoso.
      Vibró la vara, y las piernas
      puso al bayo, que era un corzo;
      y, al batir los acicates,
265   revolviendo el vulgo loco,   *Cayó*
      trabó la soga al caballo,   *violentamente*
      y cayó en medio de todos.
      Tan grande fue la caída,
      que es el peligro forzoso.
270   Pero ¿qué os cuento, si aquí
      le trae la gente en hombros?

---

    lapso de tal tipo y sugieren que se trata de un error del propio
Peribáñez, personaje iletrado, o mejor, que Lope no pretende
hacer una referencia precisa y se limita a presentar una situación paralela: don Sancho-Vellido Dolfos/El Comendador-el
toro. De todos formas, Lope podía haber escrito perfecta-
mente «que no maldijera más / el Cid al rey don Alfonso», y
posiblemente suprimió la referencia para que no se produjera
la identificación entre don Alfonso y el toro, que, desde
luego, menoscababa la autoridad real. Recuérdese que en la
versión del romance que trae el difundido *Romancero histo-
riado,* de Lucas Rodríguez [ed. A. Rodríguez-Moñino, Madrid,
Castalia, 1967, p. 109], las maldiciones han sido eliminadas
en su totalidad.
251 *mueso:* «nuestro», como *nueso.*
253 *moscas negras:* moteado de negro.
254 *bozal:* «Adorno que suelen poner a los caballos sobre el bozo
[«cabestro»] con campanillas de plata u oro o con cascabeles»
(*Autoridades*).
262 *vibró:* hizo vibrar. La *vara* es aquí probablemente el bastón de
mando del Comendador.

El Comendador, entre algunos labradores; dos lacayos, de librea,
Marín y Luján, borceguíes, capa y gorra.

[SANCHO]

        Aquí estaba el licenciado,
y lo podrán absolver.

INÉS

        Pienso que se fue a esconder.

PERIBÁÑEZ
  275   Sube, Bartolo, al terrado.

BARTOLO

        Voy a buscarle.

PERIBÁÑEZ

                        ¡Camina!

LUJÁN

        Por silla vamos los dos
en que llevarle, si Dios
llevársele determina.

MARÍN
  280   Vamos, Luján; que sospecho
que es muerto el Comendador.

─────────────────────

272 En las ediciones primitivas el parlamento viene a nombre
de la abreviatura *San.* Algunos editores optan por sustituírlo
por *Marín* y otros por *Bartolo.* Como en el v. 1420 se alude
a un labrador llamado Sancho es posible que Lope incluyera
inicialmente este personaje en esta escena, puesto que quien
habla pertenece al mundo de los labradores, pues sabe que el
cura se hallaba en casa de Peribáñez, y, por otra parte, no
puede ser Bartolo porque el parlamento exige ser dicho por
un personaje que entra en escena. Como en la acotación se
indica que el Comendador viene «entre algunos labradores»,
quizá Lope escribió el parlamento a nombre de Sancho y no
lo incluyó en la acotación, o más tarde cambió el nombre por
Marín y no corrigió el primer parlamento de Sancho.
277 *silla:* silla de manos.

LUJÁN

> El corazón de temor
> me va saltando en el pecho.

> [(Vanse Luján y Marín.)]

CASILDA

> Id vos, porque me parece,
> 285 Pedro, que algo vuelve en sí,
> y traed agua.

PERIBÁÑEZ

> Si aquí
> el Comendador muriese,
> ¡no vino más en Ocaña!
> ¡Maldita la fiesta sea!

Vanse todos. Quedan Casilda, y el Comendador en una silla, y ella tomándole las manos.

CASILDA

> 290 ¡Oh, qué mal [el mal] se emplea
> en quien es la flor de España!
> ¡Ah, gallardo caballero!
> ¡Ah, valiente lidiador!
> ¿Sois vos quien daba temor
> 295 con ese desnudo acero
> a los moros de Granada?
> ¿Sois vos quien tantos mató?
> ¡Una soga derribó
> a quien no pudo su espada!
> 300 Con soga os hiere la Muerte;
> mas será por ser ladrón
> de la gloria y opinión
> de tanto capitán fuerte
> ¡Ah, señor Comendador!

---

290 La laguna fue subsanada plausiblemente por Hartzenbusch al suponer una pérdida por haplografía.

COMENDADOR
305   ¿Quién llama? ¿Quién está aquí?

CASILDA   *good news*
           ¡Albricias, que habló!

COMENDADOR
                                      ¡Ay de mí!
           ¿Quién eres?

CASILDA
                          Yo soy, señor.
           No os aflijáis, que no estáis
           donde no os desean más bien
310   que vos mismo, aunque también
           quejas, mi señor, tengáis
              de haber corrido aquel toro.
           Haced cuenta que esta casa,
           aunque [humilde], es vuestra.

COMENDADOR

                                      Hoy pasa
315   todo el humano tesoro.
              Estuve muerto en el suelo,
           y como ya lo creí,
           cuando los ojos abrí,
           pensé que estaba en el cielo.

320   Desengañadme, por Dios;
           que es justo pensar que sea
           cielo donde un hombre vea
           que hay ángeles como vos.

---

314 Los editores, desde Hartzenbusch, a quien siguen, enmiendan
«Haced cuenta que esta casa / es vuestra. *Com.*—Hoy [a ella]
pasa». La corrección es textualmente inadmisible, porque *pasar* tiene aquí la acepción de 'sobrepasar'. El error se halla
en la primera parte del verso que corresponde al parlamento
de Casilda. Falta un adjetivo del campo semántico de 'pobre-
za'; he preferido 'humilde' por la correspondencia con el
v. 331 «esta humilde casa mía» y el v. 3049 «honró mis humildes casas». Podría admitirse también, «aunque [mía], es
vuestra».

CASILDA

　　　Antes por vuestras razones
325　podría yo presumir
　　　que estáis cerca de morir.

COMENDADOR

　　　¿Cómo?

CASILDA

　　　　　Porque veis visiones.
　　　Y advierta vueseñoría
　　　que, si es agradecimiento
330　de hallarse en el aposento
　　　desta humilde casa mía,
　　　de hoy solamente lo es.

COMENDADOR

　　　¿Sois la novia, por ventura?

CASILDA

　　　No por ventura, si dura
335　y crece este mal después,
　　　venido por mi ocasión.

COMENDADOR

　　　¿Que vos estáis ya casada?

CASILDA

　　　Casada y bien empleada.

COMENDADOR

　　　Pocas hermosas lo son.

CASILDA

340　　　Pues por eso he yo tenido
　　　la ventura de la fea.

COMENDADOR

　　　(¡Que un tosco villano sea
　　　de esta hermosura marido!)
　　　¿Vuestro nombre?

_____

332 «sólo desde hoy es mía».

CASILDA

> Con perdón,
345   Casilda, señor, me nombro.

COMENDADOR

> (De ver su traje me asombro,
> y su rara perfección.)
>   Diamante en plomo engastado,
> ¡dichoso el hombre mil veces
350   a quien tu hermosura ofreces!

CASILDA

> No es él el bien empleado;
>   yo lo soy, Comendador.
> Créalo su señoría.

COMENDADOR

>   Aun para ser mujer mía,
355   tenéis, Casilda, valor.
>   Dame licencia que pueda
> regalarte.

> Peribáñez, entre.

PERIBÁÑEZ

>   No parece
> el licenciado. Si crece
> el acidente…

CASILDA

>   Ahí te queda,
360   porque ya tiene salud
> don Fadrique, mi señor.

PERIBÁÑEZ

> ¡Albricias te da mi amor!

---

357 *regalarte:* ofrecerte regalos.

COMENDADOR

    Tal ha sido la virtud *heavenly*
    de esta piedra celestial.

          Marín y Luján, lacayos.

MARÍN
365   Ya dicen que ha vuelto en sí.

LUJÁN

    Señor, la silla está aquí.

COMENDADOR

    Pues no pase del portal;
      que no he menester ponerme
    en ella.

LUJÁN

          ¡Gracias a Dios!

COMENDADOR
370   Esto que os debo a los dos,
    si con salud vengo a verme,
      satisfaré de manera
    que conozcáis lo que siento
    vuestro buen acogimiento.

PERIBÁÑEZ
375   Si a vuestra salud pudiera,
      señor, ofrecer la mía,
    no lo dudéis.

COMENDADOR

          Yo lo creo.

---

364 Probablemente Lope en este caso no pretende un nuevo simbolismo sobre los «cuernos», pero no deja de ser curioso que
el diamante, de acuerdo con los lapidarios, corresponda al
primer grado del signo de Tauro.

LUJÁN

>¿Qué sientes?

COMENDADOR

Un gran deseo
que cuando entré no tenía.

LUJÁN

No lo entiendo.

COMENDADOR
380

Importa poco.

LUJÁN

Yo hablo de tu caída.

COMENDADOR

En peligro está mi vida
por un pensamiento loco.

Váyanse; queden Casilda y Peribáñez.

PERIBÁÑEZ

Parece que va mejor.

CASILDA
385

Lástima, Pedro, me ha dado.

PERIBÁÑEZ

Por mal agüero he tomado
que caiga el Comendador.
¡Mal haya la fiesta, amén,
el novillo, y quien le ató!

CASILDA
390

No es nada, luego me habló.
Antes lo tengo por bien,
porque nos haga favor
si ocasión se nos ofrece.

---

390 *luego:* enseguida.

PERIBÁÑEZ

Casilda, mi amor merece
395   satisfación de mi amor.
    Ya estamos en nuestra casa;
su dueño y mío has de ser.
Ya sabes que la mujer
para obedecer se casa;
400   que así se lo dijo Dios
en el principio del mundo.
Que en eso estriba, me fundo,
la paz y el bien de los dos.
    Espero, amores, de ti
405   que has de hacer gloria mi pena.

CASILDA

¿Qué ha de tener para buena
una mujer?

PERIBÁÑEZ

Oye.

CASILDA

Di.

PERIBÁÑEZ

Amar y honrar su marido
es letra deste abecé,
410   siendo buena por la B,
que es todo el bien que te pido.
    Haráte cuerda la C,
la D dulce, y entendida
la E, y la F, en la vida
415   firme, fuerte y de gran fe.
    La G grave, y, para honrada,
la H, que con la I
te hará ilustre, si de ti
queda mi casa ilustrada.

396-401 «Recuerdo del Génesis, III, 6» (Zamora).
408 y ss. Los *abecés* similares a éste fueron muy frecuentes en la
literatura de la época.
419 Dice, al parecer, que «mi casa quedará ennoblecida con tus
hijos».

420   Limpia serás por la L,
         y por la M, maestra
         de tus hijos, cual lo muestra
         quien de sus vicios se duele.
             La N te enseña un no
425   a solicitudes locas;
         que este no, que aprenden pocas,
         está en la N y la O.
             La P te hará pensativa,
         la Q bien quista, la R
430   con tal razón, que destierre
         toda locura excesiva.
             Solícita te ha de hacer
         de mi regalo la S,
         la T tal que no pudiese
435   hallarse mejor mujer.
             La V te hará verdadera,
         la X buena cristiana,
         letra que en la vida humana
         has de aprender la primera.
440   Por la Z has de guardarte
         de ser celosa; que es cosa
         que nuestra paz amorosa
         puede, Casilda, quitarte.
             Aprende este canto llano,
445   que, con aquesta cartilla,
         tú serás flor de la villa,
         y yo el más noble villano.

CASILDA
             Estudiaré, por servirte,
         las letras de ese abecé;
450   pero dime si podré
         otro, mi Pedro, decirte.
         si no es acaso licencia.

422-3 «Como hace una madre que se duele de los defectos de sus
    hijos» (Aubrun-Montesinos).
437 Alude a la abreviatura de cristiano («xptiano»).
441 *celosa*. Transcrito en grafía de la época con z-.

PERIBÁÑEZ

Antes yo me huelgo. Di,
que quiero aprender de ti.

CASILDA

455   Pues escucha, y ten paciencia.

La primera letra es A,
que altanero no has de ser;
por la B no me has de hacer
burla para siempre ya.

460   La C te hará compañero
en mis trabajos; la D
dadivoso, por la fe
con que regalarte espero.

La F de fácil trato,
465   la G galán para mí,
la H honesto, y la I
sin pensamiento de ingrato.

Por la L liberal,
y por la M el mejor
470   marido que tuvo amor,
porque es el mayor caudal.

Por la N no serás
necio, que es fuerte castigo;
por la O solo conmigo
475   todas las horas tendrás.

Por la P me has de hacer obras
de padre; porque quererme
por la Q será ponerme
en la obligación que cobras.

480   Por la R regalarme,
y por la S servirme,
por la T tenerte firme,
por la V verdad tratarme;

por la X con abiertos
485   brazos imitarla ansí, *(Abrázale.)*
y como estamos aquí,
estemos después de muertos.

PERIBÁÑEZ

>   Yo me ofrezco, prenda mía,
>   a saber este abecé.
>   ¿Quieres más?

CASILDA
490   Mi bien, no sé
>   si me atreva el primer día
>   a pedirte un gran favor.

PERIBÁÑEZ

>   Mi amor se agravia de ti.

CASILDA

>   ¿Cierto?

PERIBÁÑEZ

>   Sí.

CASILDA

>   Pues oye.

PERIBÁÑEZ

>   Di.
495   cuantas se obliga mi amor.

CASILDA

>   El día de la Asunción
>   se acerca; tengo deseo
>   de ir a Toledo, y creo
>   que no es gusto, es devoción
500   de ver la imagen también
>   del Sagrario, que aquel día
>   sale en procesión.

---

495 «Di a cuántas peticiones se obliga mi amor». La enmienda de
Hartzenbusch, «cuanto es obligar mi amor», que siguen algunos editores, no es necesaria.
501 «La Virgen del Sagrario es la patrona de Toledo, y su fiesta
se celebra el 15 de agosto. Precisamente por días de Lope se

PERIBÁÑEZ

La mía
es tu voluntad, mi bien.
Tratemos de la partida.

CASILDA
505 Ya por la G me pareces
galán; tus manos mil veces
beso.

PERIBÁÑEZ

A tus primas convida,
y vaya un famoso carro.

CASILDA

¿Tanto me quieres honrar?

PERIBÁÑEZ
510 Allá te pienso comprar...

CASILDA

Dilo.

PERIBÁÑEZ

¡Un vestido bizarro!

Entre[n]se.

Salga el Comendador, y Leonardo, criado.

COMENDADOR

Llámame, Leonardo, presto
a Luján.

___

edificó su actual capilla, bajo el mandato del cardenal Sando-
val y Rojas. Lope vería crecer la edificación, cuya primera
parte, la destinada al enterramiento del cardenal, se terminó
en 1610» (Zamora).
508 *famoso:* excelente.

LEONARDO
>   Ya le avisé; _informed him_
pero estaba descompuesto.

COMENDADOR
>   Vuelve a llamarle.

LEONARDO
515
>   Yo iré.

COMENDADOR
>   Parte.

LEONARDO
>   (¿En qué ha de parar esto?
>   Cuando se siente mejor,
>   tiene más melancolía,
>   y se queja sin dolor;
520
>   sospiros al aire envía.
>   ¡Mátenme si no es amor!)

>   Váyase.

COMENDADOR
>   Hermosa labradora,
>   más bella, más lúcida,
>   que ya del sol vestida
525
>   la colorada aurora;
>   sierra de blanca nieve,
>   que los rayos de amor vencer se atreve,
>   parece que cogiste
>   con esas blancas manos
530
>   en los campos lozanos,
>   que el mayo adorna y viste,
>   cuantas flores agora
>   Céfiro engendra en el regazo a Flora.

---

514 *descompuesto*: sin arreglar.

            Yo vi los verdes prados
535   llamar tus plantas bellas,
        por florecer con ellas,
        de su nieve pisados,
        y vi de tu labranza
        nacer al corazón verde esperanza.
540   ¡Venturoso el villano
        que tal agosto ha hecho
        del trigo de tu pecho
        con atrevida mano,
        y [que] con blanca barba
545   verá en sus eras de tus hijos parva!
            Para tan gran tesoro
        de fruto sazonado,
        el mismo sol dorado
        te preste el carro de oro,
550   o el que forman estrellas,
        pues las del norte no serán tan bellas.
            Por su azadón trocara
        mi dorada cuchilla,
        a Ocaña tu casilla,
555   casa en que el sol repara.
        ¡Dichoso tú, que tienes
        en la troj de tu lecho tantos bienes!

                    Entre Luján.

LUJÁN
                                    bay
            Perdona, que estaba el bayo
        necesitado de mí.

─────────────────────────

544 La adición es de Hartzenbusch.

549-551 Es decir: «Las estrellas de la Osa Menor —donde se
    halla la estrella polar— no serán tan bellas como tus hijas,
    que merecen ir en el carro de Apolo o en el de la Osa
    Mayor».

553 *cuchilla*: «En estilo elevado se suele tomar por la espada»
    (*Autoridades*).

554-555 Quiere decir: «Trocara a Ocaña por tu casa, que es la
    casa ["la parte del firmamento donde se halla el planeta"]
    donde el sol repara ["se detiene"]».

COMENDADOR

560   Muerto estoy, matóme un rayo.
        Aún dura, Luján, en mí
        la fuerza de aquel desmayo.

LUJÁN

            ¿Todavía persevera,
        y aquella pasión te dura?

COMENDADOR

565   Como va el fuego a su esfera,
        el alma a tanta hermosura
        sube cobarde y ligera.
            Si quiero, Luján, hacerme
        amigo de este villano,
570   donde el honor menos duerme
        que en el sutil cortesano,
        ¿qué medio puede valerme?
            ¿Será bien decir que trato
        de no parecer ingrato
575   al deseo que mostró
        [a] hacerle algún bien?

LUJÁN

                            Si yo
        quisiera bien, con recato
        (quiero decir, advertido
        de un peligro conocido),
580   primero que a la mujer
        solicitara tener
        la gracia de su marido.
            Este, aunque es hombre de bien
        y honrado entre sus iguales,
585   se descuidará también
        si le haces obras tales
        como por otros se ven.

---

565 Se refiere a la esfera del sol o cuarta esfera, de acuerdo con la
    concepción tradicional del universo.
576 Los editores puntúan «... mostró? / ¿Hacerle algún bien?»
    Me parece preferible suponer una a embebida, o quizá «¿Ha-
    cerle [he] algún bien?».

Que hay marido que, obligado,
procede más descuidado
590 en la guarda de su honor;
que la obligación, señor,
descuida el mayor cuidado.

COMENDADOR

¿Qué le daré por primeras
señales?

LUJÁN

Si consideras
595 lo que un labrador adulas,
será darle un par de mulas
más que si a Ocaña le dieras.
Este es el mayor tesoro
de un labrador. Y a su esposa,
600 unas arracadas de oro;
que con Angélica hermosa
esto escriben de Medoro:
«Reinaldo fuerte en roja sangre baña
por Angélica el campo de Agramante;
605 Roldán valiente, gran señor de Anglante,
cubre de cuerpos la marcial campaña;
la furia Malgesí del cetro engaña;
sangriento corre el fiero Sacripante;
cuanto le pone la ocasión delante,
610 derriba al suelo Ferragut de España.

---

595 «que adulas a un labrador».
600 *arracadas:* pendientes.
601-2 «Esto escriben que hizo Medoro con Angélica».
607 Entiéndase: «Malgesí engaña la furia del cetro». Parece aludir
a un episodio del Canto XXV del *Orlando furioso,* de Ariosto,
en el que Malgesí (Malagigi), por medio de sus artes mágicas,
introduce un demonio en el caballo de Doralice, lo que
distrae al rey de Argel, que se encontraba a punto de matar
a Ricardeto. Aubrun-Montesinos (p. XIX, n. 1) señalan un
soneto muy similar publicado sin fundamento entre las obras
de Quevedo. El soneto que recoge Lope muy probablemente
es de su cosecha, aunque el «No pintó mal el poeta...» del

> Mas, mientras los gallardos paladines
> armados tiran tajos y reveses,
> presentóle Medoro unos chapines;
>   y, entre unos verdes olmos y cipreses,
> 615 gozó de amor los regalados fines,
> y la tuvo por suya trece meses.»

COMENDADOR

> No pintó mal el poeta
> lo que puede el interés.

LUJÁN

> Ten por opinión discreta
> 620 la del dar, porque al fin es
> la más breve y más secreta.
>   Los servicios personales
> son vistos públicamente,
> y dan del amor señales.
> 625 El Interés diligente,
> que negocia por metales,
>   dicen que lleva los pies
> todos envueltos en lana.

COMENDADOR

> ¡Pues, alto! ¡Venza interés!

LUJÁN
> 630 Mares y montes allana,
> y tú lo verás después.

---

v. 617 deja ambigua la autoría. Sobre la importancia del
Orlando furioso en Lope, *vid.* Chevalier, *L'Arioste en Espagne (1530-1650)*, Bordeaux, 1966, pp. 399-422.
613 Medoro, desde luego, no regaló ningún chapín («zapato de
tacón alto») a Angélica.
627 Las ediciones primitivas leen *llevan* que parece error evidente,
subsanado por Hartzenbusch. Aubrun-Montesinos aluden al
adagio «Dii laneos habent pedes» que comenta Erasmo (*Ada-
gia*, I, x, 82), pero la aplicación es absolutamente distinta.
Tener los pies de lana era frase hecha.
629 *¡alto!:* ¡basta!

COMENDADOR

          Desde que fuiste conmigo,
     Luján, al Andalucía,
     y fui en la guerra testigo
635 de tu honra y valentía,
     huelgo de tratar contigo
          todas las cosas que son
     de gusto y secreto, a efeto
     de saber tu condición;— *opinión*
640 que un hombre de bien discreto
     es digno de estimación
          en cualquier parte o lugar
     que le ponga su fortuna;
     y yo te pienso mudar
     de este oficio.

LUJÁN
645   Si en alguna
     cosa te puedo agradar,
          mándame, y verás mi amor;
     que yo no puedo, señor,
     ofrecerte otras grandezas.

COMENDADOR
650 Sácame destas tristezas.

LUJÁN

     Este es el medio mejor.

COMENDADOR

          Pues vamos, y buscarás
     el par de mulas más bello
     que él haya visto jamás.

LUJÁN
655 Ponles ese yugo al cuello;
     que antes de un hora verás

---

639 *condición:* aquí parece tener la acepción de «opinión».

arar en su pecho fiero
surcos de afición, tributo
de que tu cosecha espero:
660 que en trigo de amor no hay fruto,
si no se siembra dinero.

               Váya[n]se.

         Salen Inés, Costanza y Casilda.

CASILDA

      ¿No es tarde para partir?

INÉS

      El tiempo es bueno, y es llano
todo el camino.

COSTANZA

           En verano,
665 suelen muchas veces ir
en diez horas, y aun en menos.
¿Qué galas llevas, Inés?

INÉS

      Pobres, y el talle que ves.

COSTANZA

      Yo llevo unos cuerpos llenos
670 de pasamanos de plata.

INÉS

      Desabrochado el sayuelo,
salen bien.

---

668 *talle:* quizá «aspecto, figura», aunque el contexto parece indicar que alude al vestido, pobre y mal cortado, de mal talle.
669 *cuerpos:* corpiños, probablemente.
670 *pasamanos:* orla, guarnición, galón.
671 *sayuelo:* la parte superior del vestido femenino desde la cin-
tura.
672 *salen bien:* quiere decir probablemente «sobresalen, lucen, se
ven bien».

CASILDA

> De terciopelo,
> sobre encarnada escarlata
> los pienso llevar, que son
> 675   galas de mujer casada.

COSTANZA

> Una basquiña prestada
> me daba Inés, la de Antón.
>   Era palmilla gentil
> de Cuenca, si allá se teje,
> 680   y oblígame a que la deje
> Menga, la de Blasco Gil,
>   porque dice que el color
> no dice bien con mi cara.

INÉS

> Bien sé yo quién te prestara
> 685   una faldilla mejor.

COSTANZA

> ¿Quién?

INÉS

> Casilda.

CASILDA

> Si tú quieres,
> la de grana blanca es buena,
> o la verde, que está llena
> de vivos.

---

673 *escarlata*: «paño y tejido de lana» *(Autoridades); encarnada*: «de color carne» probablemente.
674 Se refiere a «los cuerpos».
676 *basquiña*: saya, falda larga.
678 *palmilla*: cierto género de paño que particularmente se labra ["se fabrica"] en Cuenca» *(Autoridades)*.
679 Costanza parece dudar de la autenticidad de la palmilla fabricada en Cuenca.
685 *faldilla*: «sobrefalda abierta por delante» (Zamora).
687 *grana*: «paño muy fino» *(Autoridades)*.
689 *vivos*: como *pasamanos* (*vid.* v. 670).

COSTANZA

Liberal eres
690   y bien acondicionada;
mas, si Pedro ha de reñir,
no te la quiero pedir,
y guárdete Dios, casada.

CASILDA

No es Peribáñez, Costanza,
695   tan mal acondicionado.

INÉS

¿Quiérete bien tu velado?

CASILDA

¿Tan presto temes mudanza?
No hay en esta villa toda
novios de placer tan ricos;
700   pero aun comemos los picos
de las roscas de la boda.

INÉS

¿Dícete muchos amores?

CASILDA

No sé yo cuáles son pocos.
Sé que mis sentidos locos
705   lo están de tantos favores.
Cuando se muestra el lucero,
viene del campo mi esposo,
de su cena deseoso;
siéntele el alma primero,

---

689 *vinos:* como *pasamanos* (*vid.* v. 670).
696 *velado:* marido.
700 *pero aun:* incluso todavía.
701 «Refrán "Comer el de pan de la boda". Hallarse aún los
    recién casados en la luna de miel (Sbarbi)» (Zamora).
704 Parece aludir a los cinco sentidos que son «locos», como el
    «apetito loco». De ahí el juego de palabras. Cf. Lope, *Episto-*
    lario, III, p. 309: «que por eso la providencia de la Natura-
    leza hizo dos entendimientos y dos apetitos, como dos oídos
    y dos ojos». Es la división tomista tradicional.

710   y salgo a abrille la puerta,
         arrojando el almohadilla;
         que siempre tengo en la villa
         quien mis labores concierta.
             Él de las mulas se arroja,
715   y yo me arrojo en sus brazos;
         tal vez de nuestros abrazos
         la bestia hambrienta se enoja,
             y, sintiéndola gruñir,
         dice: «En dándole la cena
720   al ganado, cara buena,
         volverá Pedro a salir.»
             Mientras él paja les echa,
         ir por cebada me manda;
         yo la traigo, él la zaranda,
725   y deja la que aprovecha.
             Revuélvela en el pesebre,
         y allí me vuelve a abrazar;
         que no hay tan bajo lugar
         que el amor no le celebre.
730   Salimos donde ya está
         dándonos voces la olla,
         porque el ajo y la cebolla,
         fuera del olor que da
             por toda nuestra cocina,
735   tocan a la cobertera
         el villano de manera
         que a bailalle nos inclina.

---

711 *almohadilla:* «universalmente se entiende la que sólo sirve
    para la labor blanca de las mujeres y costureras, que prenden
    sobre ella el lienzo de la ropa que cosen y labran» (*Autori-
    dades*).
712 Es decir, siempre hay en la villa alguien que le encargue
    algún trabajo.
716 *tal vez:* alguna vez.
724 *la zaranda:* la zarandea, la pasa por la zaranda o cedazo.
735-8 Al hervir el ajo y la cebolla producen en la cobertura o
    tapadera de la olla un ruido que semeja al del *villano,* que
    es un baile popular zapateado. Una conocida letra de este
    baile era precisamente «Al villano se lo dan, / la cebolla con
    el pan».

            Sácola en limpios manteles,
        no en plata, aunque yo quisiera;
740   platos son de Talavera,
        que están vertiendo claveles.
            Aváhole su escodilla
        de sopas con tal primor,
        que no la come mejor
745   el señor de muesa villa;
            y él lo paga, porque a fe,
        que apenas bocado toma
        de que, como a su paloma,
        lo que es mejor no me dé.
750   Bebe, y deja la mitad;
        bébole las fuerzas yo.
        Traigo olivas, y si no,
        es postre la voluntad.
            Acabada la comida
755   puestas las manos los dos,
        dámosle gracias a Dios
        por la merced recibida;
            y vámonos a acostar
        donde le pesa al Aurora
760   cuando se llega la hora
        de venirnos a llamar.

INÉS

            ¡Dichosa tú, casadilla,
        que en tan buen estado estás!
        Ea, ya no falta más
765   sino salir de la villa.

---

742 *aváhole:* de «avahar la olla» que es «cuando desviada del fue-
    go le ponen ropa para que aquel vaho o calor que sale della
    la vuelta a recocer» (Covarrubias); *escodilla:* Lope transcribe
    habitualmente *escudilla.* Podría tratarse de una errata pero
    quizá no es sino un rasgo fonético popular para caracterizar
    a Casilda.
751 *beber las fuerzas:* «beber lo que ha quedado en el vaso de
    otro» (Zamora).
755 *puestas las manos:* en actitud de rezar.

Entre Peribáñez. *

CASILDA

¿Está el carro aderezado? *cart adorned*

PERIBÁÑEZ

Lo mejor que puede está.

CASILDA

Luego, ¿pueden subir ya?

PERIBÁÑEZ

Pena, Casilda, me ha dado
770   el ver que el carro de Bras
lleva alhombra y repostero.

CASILDA

Pídele a algún caballero.

INÉS

Al Comendador podrás.

PERIBÁÑEZ

Él nos mostraba afición,
775   y pienso que nos le diera.

CASILDA

¿Qué se pierde en ir?

PERIBÁÑEZ

Espera;
que a la fe que no es razón
que vaya sin repostero.

---

* En el texto de 1614 la acotación aparece tras el v. 766.

771 *alhombra*: alfombra, con -*h*- aspirada; *repostero*: «un paño
cuadrado con las armas del Príncipe o Señor, el cual sirve
para poner sobre las cargas de las acémilas y también para
colgar en las antecámaras» (*Autoridades*).

INÉS
>Pues vámonos a vestir.

CASILDA
780 >También le puedes pedir...

PERIBÁÑEZ
>¿Qué, mi Casilda?

CASILDA
>   Un sombrero.

PERIBÁÑEZ
>Eso no.

CASILDA
>   ¿Por qué? ¿Es exceso?

PERIBÁÑEZ
>Porque plumas de señor
>podrán darnos por favor,
785 >a ti viento y a mí peso. *(Vanse todos.)*

Entre el Comendador y Luján.

COMENDADOR
>Ellas son con extremo.

LUJÁN
>   beasts   Yo no he visto
>mejores bestias, por tu vida y mía,
>en cuantas he tratado, y no son pocas.

---

786 *Ellas:* se refiere a las mulas, que son excelentes, extremadas.
La enmienda *Bellas* propuesta por Hartzenbusch y aceptada
por algunos editores no es necesaria aunque sí verosímil
(cf. v. 1041: «¡Cierto que es bella en extremo!»).

COMENDADOR
Las arracadas faltan

LUJÁN

Dijo el dueño
790 que cumplen a estas yerbas [los] tres años,
y costaron lo mismo que le diste,
habrá un mes, en la feria de Mansilla,
y que saben muy bien de albarda y silla.

COMENDADOR

¿De qué manera, di, Luján, podremos
795 darlas a Peribáñez, su marido,
que no tenga malicia en mi propósito?

LUJÁN

Llamándole a tu casa, y previniéndole
de que estás a su amor agradecido.
Pero cáusame risa en ver que hagas
800 tu secretario en cosas de tu gusto
un hombre de mis prendas.

COMENDADOR

No te espantes;
que, sirviendo mujer de humildes prendas,
es fuerza que lo trate con las tuyas.
Si sirviera una dama, hubiera dado
805 parte a mi secretario o mayordomo,
o a algunos gentilhombres de mi casa.
Estos hicieran joyas, y buscaran
cadenas de diamantes, brincos, perlas,
telas, rasos, damascos, terciopelos,
810 y otras cosas extrañas y exquisitas,

---

790 *a estas yerbas:* a esta primavera. La enmienda [*los*], aceptada
por todos los editores justamente, es de Hartzenbusch.
792 «Se refiere a Mansilla de las Mulas, pueblo de las proximida-
des de León, en el que se celebraba una importantísima feria
de ganados en el mes de noviembre» (Zamora).
808 *brincos:* «joyelitos pequeños que cuelgan de las tocas» (Covarrubias).

　　　　hasta en Arabia procurar la Fénix;
　　　　pero la calidad de lo que quiero
　　　　me obliga a darte parte de mis cosas,
　　　　Luján, aunque eres mi lacayo; mira
815　　　que para comprar mulas eres propio:
　　　　de suerte que yo trato el amor mío
　　　　de la manera misma que él me trata.

LUJÁN

　　　　Ya que no fue tu amor, señor, discreto,
　　　　el modo de tratarle lo parece.

Entre Leonardo.

LEONARDO
　　　　Aquí está Peribáñez.

COMENDADOR
820　　　　　　　　　　　　　　　　¿Quién, Leonardo?

LEONARDO
　　　　Peribáñez, señor.

COMENDADOR
　　　　　　　　　　　　　　　¿Qué es lo que dices?

LEONARDO
　　　　Digo que me pregunta Peribáñez
　　　　[por ti], y yo pienso bien que le conoces.
　　　　Es Peribáñez labrador de Ocaña,
825　　　cristiano viejo, y rico, hombre tenido
　　　　en gran veneración de sus iguales,
　　　　y que, si se quisiese alzar agora
　　　　en esta villa, seguirán su nombre
　　　　cuantos salen al campo con su arado,
830　　　porque es, aunque villano, muy honrado.

―――――――――――
823 [*por ti*]. La adición de Hartzenbusch para corregir la hipometría es muy verosímil.

LUJÁN

    ¿De qué has perdido [la] color?

COMENDADOR

                        ¡Ay, cielos!
    ¡Que de sólo venir el que es esposo
    de una mujer que quiero bien me sienta
    descolorir, helar y temblar todo!

LUJÁN
835

    Luego, ¿no ternás ánimo de verle?

COMENDADOR

    Di que entre; que, del modo que quien ama,
    la calle, las ventanas y las rejas
    agradables le son, y en las criadas
    parece que ve el rostro de su dueño,
840   así pienso mirar en su marido
    la hermosura por quien estoy perdido.

                Peribáñez, con capa.

PERIBÁÑEZ

    Dame tus generosos pies.

COMENDADOR

                    ¡Oh Pedro!
    Seas mil veces bien venido. Dame
    otras tantas tus brazos.

---

831 Los textos de 1614 y todos los editores, a excepción de
    Aubrun-Montesinos, leen *el color*. Sigo la enmienda *la color*
    de ambos editores que salva la hipometría y es gramatical-
    mente correcta en la época.
833 Algunos editores optan por seguir la lección *siento* de B, pero
    me sienta de M (y P) es correcta.
835 *ternás:* tendrás.
836 Hartzenbusch y los editores en general enmiendan [*a*] *quien
    ama*. La construcción sin preposición es admisible, como se
    observa por la oración siguiente «parece que ve». No es nece-
    sario, por consiguiente, pensar en una errata sino en un anaco-
    luto del propio Lope.

PERIBÁÑEZ

¡Señor mío!
845 ¡Tanta merced a un rústico villano
de los menores que en Ocaña tienes!
¡Tanta merced a un labrador!

COMENDADOR

No eres
indigno, Peribáñez, de mis brazos;
que, fuera de ser hombre bien nacido,
850 y, por tu entendimiento y tus costumbres,
honra de los vasallos de mi tierra,
te debo estar agradecido, y tanto,
cuanto ha sido por ti tener la vida;
que pienso que sin ti fuera perdida.
¿Qué quieres de esta casa?

PERIBÁÑEZ
855 Señor mío,
yo soy, ya lo sabrás, recién casado.
Los hombres, y de bien, cual lo profeso,
hacemos, aunque pobres, el oficio
que hicier[a]n los galanes de palacio.
860 Mi mujer me ha pedido que la lleve
a la fiesta de agosto, que en Toledo
es, como sabes, de su santa iglesia
celebrada de suerte, que convoca
a todo el reino. Van también sus primas.
865 Yo, señor, tengo en casa pobres sargas,
no franceses tapices de oro y seda,
no reposteros con doradas armas,
ni coronados de blasón y plumas

---

859 En los textos de 1614 *hicieron*. La corrección de Hartzen-busch, *hicieran*, es necesaria.
865 *sargas*: «el tejido pintado con escenas de santos o de paisajes, con los que se recubrían y adornaban las paredes en las casas pobres» (Zamora).
866 Con los *franceses tapices*, según Aubrun-Montesinos, se refiere a los tapices flamencos.

los timbres generosos; y así, vengo
870 a que se digne vuestra señoría
de prestarme una alhombra y repostero
para adornar el carro; y le suplico
que mi ignorancia su grandeza abone,
y como enamorado me perdone.

COMENDADOR

¿Estás contento, Peribáñez?

PERIBÁÑEZ
875   Tanto,
que no trocara a este sayal grosero
la encomienda mayor que el pecho cruza
de vuestra señoría, porque tengo
mujer honrada, y no de mala cara,
880 buena cristiana, humilde, y que me quiere
no sé si tanto como yo la quiero,
pero con más amor que mujer tuvo.

COMENDADOR

Tenéis razón de amar a quien os ama,
por ley divina y por humanas leyes;
885 que a vos eso os agrada como vuestro.
¡Hola! Dalde el alfombra mequinesa,
con ocho reposteros de mis armas;
y pues hay ocasión para pagarle
el buen acogimiento de su casa
890 adonde hallé la vida, las dos mulas
que compré para el coche, de camino;
y a su esposa llevad las arracadas,
si el platero las tiene ya acabadas.

PERIBÁÑEZ

Aunque bese la tierra, señor mío,
895 en tu nombre mil veces, no te pago

869 *timbres:* las insignias de nobleza («generosas») en la parte
    superior del escudo.
877 *encomienda:* aquí, la cruz de Santiago.
886 *mequinesa:* fabricada en Mequinez.

una mínima parte de las muchas
que debo a las mercedes que me haces.
Mi esposa y yo, hasta aquí vasallos tuyos,
desde hoy somos esclavos de tu casa.

COMENDADOR

Ve, Leonardo, con él.

LEONARDO
900   Ven[te] conmigo.

Vanse.

COMENDADOR

Luján, ¿qué te parece?

LUJÁN

Que se viene
la ventura a tu casa.

COMENDADOR

Escucha. Aparte
el alazán al punto me adereza,
que quiero ir a Toledo rebozado,
905   porque me lleva el alma esta villana.

LUJÁN

¿Seguirla quieres?

COMENDADOR

Sí, pues me persigue,
porque este ardor con verla se mitigue.

Váyanse.

_____

900 La enmienda de Hartzenbusch, *ven[te]*, para corregir la hipometría es plausible.
903 Los editores puntúan: «Escucha aparte: / el alazán...». No
es necesario que Leonardo escuche *aparte*, puesto que están
solos. Aquí *aparte* tiene la acepción de «en secreto», que me
parece más acomodada a la situación puesto que el Comendador quiere ir de incógnito, «rebozado».

Entren con acompañamiento el rey Enrique y el Condestable.

CONDESTABLE

  Alegre está la ciudad,
  y a servirte apercibida
910 con la dichosa venida
  de tu sacra majestad.
  Auméntales el placer
  ser víspera de tal día.

ENRIQUE

  El deseo que tenía
915 me pueden agradecer.
  Soy de su rara hermosura
  el mayor apasionado.

CONDESTABLE

  Ella, en amor y en cuidado,
  notablemente procura
920 mostrar agradecimiento.

ENRIQUE

  Es otava maravilla,
  es corona de Castilla,
  es su lustre y ornamento;
  es cabeza, Condestable,
925 de quien los miembros reciben
  vida, con que alegres viven;
  es a la vista admirable.
  Como Roma, está sentada
  sobre un monte que ha vencido
930 los siete por quien ha sido
  tantos siglos celebrada.
  Salgo de su santa iglesia
  con admiración y amor.

---

913 *vísperas* de la Asunción. *Vid.* nota a vv. 495 y ss.
921 *otava:* octava.

CONDESTABLE

935
Este milagro, señor,
vence al antiguo de Efesia.
  ¿Piensas hallarte mañana
en la procesión?

ENRIQUE

                              Iré,
para ejemplo de mi fe,
con la imagen soberana;
940
  que la querría obligar
a que rogase por mí
en esta jornada.

Un Paje, entre.

PAJE

                              Aquí
tus pies vienen a besar
  dos regidores, de parte
945
de su noble ayuntamiento.

ENRIQUE

Di que lleguen.

Dos Regidores [entren].

REGIDOR

                              Esos pies
besa, gran señor, Toledo,
y dice que, para darte
respuesta con breve acuerdo
950
a lo que pides, y es justo,
de la gente y el dinero,
juntó sus nobles, y todos,

---

935 *de Efesia:* de Efeso. Alude al templo de Artemisa en Efeso,
una de las siete maravillas.
942 Es decir, «en esta jornada militar contra Granada».

de común consentimiento,
para la jornada ofrecen
955   mil hombres de todo el reino
y cuarenta mil ducados.

ENRIQUE

Mucho a Toledo agradezco
el servicio que me hace;
pero [es] Toledo en efeto.
960   ¿Sois caballeros los dos?

REGIDOR

Los dos somos caballeros.

ENRIQUE

Pues hablad al Condestable
mañana, porque Toledo
vea que en vosotros pago
965   lo que a su nobleza debo.

Entren Inés y Costanza, y Casilda, con sombreros de borlas y vestidos de labradoras a uso de la Sagra *, y Peribáñez; y el Comendador, de camino **, detrás.

INÉS

¡Pardiez, que tengo de verle,
pues hemos venido a tiempo
que está el Rey en la ciudad!

COSTANZA

¡Oh, qué gallardo mancebo!

---

959 En los texto de 1614 pero en Toledo. La adición, acertada, procede de Hartzenbusch.
  * La Sagra: comarca al norte y noroeste de Toledo.
** de camino: en traje de camino, probablemente con el bozo, velo o antifaz que utilizaban los viajeros para protegerse del polvo.

INÉS
970   Este llaman don Enrique
            Tercero.

CASILDA
                    ¡Qué buen tercero!

PERIBÁÑEZ
            Es hijo del rey don Juan
            el Primero, y así, es nieto
            del Segundo don Enrique,
975   el que mató al rey don Pedro,
            que fue Guzmán por la madre,
            y valiente caballero,
            aunque más lo fue el hermano;
            pero, cayendo en el suelo,
980   valióse de la Fortuna,
            y de los brazos asiendo
            a Enrique, le dio la daga
            que agora se ha vuelto cetro.

INÉS
                            erect
            ¿Quién es aquel tan erguido
            que habla con él?

PERIBÁÑEZ
985   Cuando menos,
            el Condestable.

CASILDA
                            ¿Que son
            los reyes de carne y hueso?

COSTANZA
            Pues, ¿de qué pensabas tú?

_____

971 *tercero*: alcahuete.
980 Pasaje difícil. Quiere decir: «la Fortuna —representada por
    Beltrán Du Guesclin— levantó (metafóricamente) a Enrique
    poniendo en sus manos el cetro». Alude Lope, a través de
    un concepto complejo, a la rueda de la Fortuna. La enmienda
    de Hartzenbusch («volvióisele la fortuna, / que los brazos
    desasiendo / a Enrique le dio la daga») es ingeniosa pero
    inadmisible.

CASILDA

    De damasco o terciopelo.

COSTANZA
990   ¡Sí que eres boba en verdad!

COMENDADOR

    (Como sombra voy siguiendo
    el sol de aquesta villana,
    y con tanto atrevimiento,
    que de la gente del Rey
995   el ser conocido temo.
    Pero ya se va al Alcázar.)

           Vase el Rey y su gente.

INÉS

    ¡Hola! El Rey se va.

COSTANZA

               Tan presto,
    que aún no he podido saber
    si es barbirrubio o taheño.

INÉS
1000   Los reyes son a la vista,
    Costanza, por el respeto,
    imágenes de milagros:
    porque siempre que los vemos,
    de otra color nos parecen.

           Luján entre con un Pintor.

LUJÁN

    Aquí está.

---

999 *taheño:* barbitaheño, de barba roja. El texto de 1614 lee, al parecer incorrectamente, *tahecho,* voz sin documentar. La enmienda ya en Hartzenbusch.

PINTOR

¿Cuál de ellos?

LUJÁN
1005
                                                    ¡Quedo!
        Señor, aquí está el pintor.

COMENDADOR
        ¡Oh, amigo!

PINTOR

                        A servirte vengo.
        ¿Traes el naipe y colores?

PINTOR

        Sabiendo tu pensamiento,
1010   colores y naipe traigo.

COMENDADOR

        Pues, con notable secreto,
        de aquellas tres labradoras
        me retrata la de enmedio
        luego que en cualquier lugar
1015   tomen con espacio asiento.

PINTOR

        Que será dificultoso
        temo; pero yo me atrevo
        a que se parezca mucho.

COMENDADOR

        Pues advierte lo que quiero:
1020   si se parece en el naipe,
        de este retrato pequeño
        quiero que hagas uno grande
        con más espacio en un lienzo.

1005 *¡quedo!*: ¡en voz baja!
1008 *traes*, aquí bisílabo. *naipe*. Era habitual en la época el oficio
    de retratista, el pintor especializado en hacer retratos del
    tamaño de un naipe. Para la voz *naipe*, *vid*. ahora Jean-

PINTOR

¿Quiéresle entero?

COMENDADOR

No tanto;
1025   basta que de medio cuerpo,
mas con las mismas patenas,
sartas, camisa y sayuelo.

LUJÁN

Allí se sientan a ver
la gente.

PINTOR

Ocasión tenemos.
Yo haré el retrato.

PERIBÁÑEZ
1030   Casilda,
tomemos aqueste asiento
para ver las luminarias.

INÉS

Dicen que al ayuntamiento
traerán bueyes esta noche.

_____

Pierre Etienvre, «Pour une semantique du jeu de cartes en
Espagne: Analyse de la parasynonymie *naipe/carta*», *Melan-
ges de la Casa de Velázquez*, XV (1979), pp. 295-327, espe-
cialmente pp. 312-313 para la acepción del pasaje de *Peribáñez*.

1026 *patena:* «lámina o medalla grande en que está esculpida
alguna imagen, que se pone al pecho y la usan por adorno
las labradoras» *(Autoridades)*.

1034 *bueyes*. Algunos editores entienden que se trata de «toros».
Pero son «bueyes», como confirma una carta de Lope fechada
en 1613: «Lo cierto es que por mirar a Ero en una de
estas Torres, no vio su excelencia un buey que se corría
en la plaza, y cuando le quiso dar con una caña que tenía
en la mano, ya tenía Leandro [el caballo] el cuerno por la
marca de la pierna. Lástima sería que siguiese la metáfora
hasta el fin, y que muriese uno de los más hermosos animales por pecados de lujuria a manos de otro que no tiene
con qué tenerla» *(Epistolario,* III, núm. 138, p. 131).

CASILDA

1035   Vamos; que aquí los veremos
            sin peligro y sin estorbo. hindrance

COMENDADOR

            Retrata, pintor, al cielo
            todo bordado de nubes,
            y retrata un prado ameno
1040   todo cubierto de flores.

PINTOR

            ¡Cierto que es bella en extremo!

LUJÁN

            Tan bella, que está mi amo
            todo cubierto de vello, hair
            de convertido en salvaje. savage
                                    deseo

PINTOR

1045   La luz faltará muy presto.

COMENDADOR

            No lo temas; que otro sol
            tiene en sus ojos serenos,
            siendo estrellas para ti,
            para mí rayos de fuego.

            A C T O   S E G U N D O

        Cuatro labradores: Blas, Gil, Antón, Benito.

BENITO
1050   Yo soy de este parecer.

_____

1044 El salvaje simboliza al deseo. Pero también «llamamos sal-
     vajes al villano que sabe poco de cortesía» (Covarrubias).
     Es decir, el Comendador se ha convertido en un salvaje
     villano por amar a una villana.

GIL

> Pues asentaos y escribildo.

ANTÓN

> Mal hacemos en hacer
> entre tan pocos cabildo.

BENITO

> Ya se llamó desde ayer.

BLAS
1055

> Mil faltas se han conocido
> en esta fiesta pasada.

GIL

> Puesto, señores, que ha sido
> la procesión tan honrada
> y el Santo tan bien servido,
> 1060   debemos considerar
> que parece mal faltar
> en tan noble cofradía
> lo que ahora se podría
> fácilmente remediar.
> 1065   Y cierto que, pues que toca
> a todos un mal que daña
> generalmente, que es poca
> devoción de toda Ocaña,
> y a toda España provoca;
> 1070   de nuestro santo patrón,
> Roque, vemos cada día
> aumentar la devoción
> una y otra cofradía,
> una y otra procesión
> 1075   en el reino de Toledo.
> Pues, ¿por qué tenemos miedo
> a ningún gasto?

BENITO

>   No ha sido
> sino descuido y olvido.

1057 *Puesto que:* aunque.

Entre Peribáñez.

PERIBÁÑEZ

Si en algo serviros puedo,
1080   veisme aquí, si ya no es tarde.

BLAS

Peribáñez, Dios os guarde.
Gran falta nos habéis hecho.

PERIBÁÑEZ

El no seros de provecho
me tiene siempre cobarde.

BENITO
1085   Toma asiento junto a mí.

GIL

¿Dónde has estado?

PERIBÁÑEZ

En Toledo;
que a ver con mi esposa fui
la fiesta.

ANTÓN

¡Gran cosa!

PERIBÁÑEZ

Puedo
decir, señores, que vi
1090   un cielo en ver en el suelo
su santa iglesia, y la imagen
que ser más bella recelo,
si no es que a pintarla bajen
los escultores del cielo;
1095   porque, quien la verdadera

1092 *recelo:* presumo, sospecho.

no haya visto en [la] alta esfera
del trono en que está sentada,
no podrá igualar en nada
lo que Toledo venera.
1100   Hízose la procesión
con aquella majestad
que suelen, y que es razón,
añadiendo autoridad
el Rey en esta ocasión.
1105   Pasaba al Andalucía
para proseguir la guerra.

GIL

Mucho nuestra cofradía
sin vos en mil cosas yerra.

PERIBÁÑEZ

Pensé venir otro día,
1110   y hallarme a la procesión
de nuestro Roque divino;
pero fue vana intención,
porque mi Casilda vino
con tan devota intención,
1115   que hasta que pasó la octava
no puede hacella venir.

GIL

¿Que allá el señor Rey estaba?

PERIBÁÑEZ

Y el Maestre, oí decir,
de Alcántara y Calatrava.
1120   ¡Brava jornada aperciben!
No ha de quedar moro en pie
de cuantos beben y viven
el Betis, aunque bien sé
del modo que los reciben.

1096 La adición, de Hartzenbusch, es necesaria.
1099 *Lo que.* Quizá se trate de una errata por *la que,* pero es
admisible.
1109 *otro día:* al día siguiente.

1125   Pero, esto aparte dejando,
           ¿de qué estábades tratando?

BENITO

           De la nuestra cofradía
           de San Roque, y, a fe mía,
           que el ver que has llegado cuando
1130   mayordomo están haciendo,
           me ha dado, Pedro, a pensar
           que vienes a serlo.

ANTÓN

                              En viendo
           a Peribáñez entrar,
           lo mismo estaba diciendo.

BLAS
1135   ¿Quién lo ha de contradecir?
GIL

           Por mí digo que lo sea,
           y en la fiesta por venir
           se ponga cuidado, y vea
           lo que es menester pedir.

PERIBÁÑEZ
1140   Aunque por recién casado
           replicar fuera razón
           puesto que me habéis honrado,
           agravio mi devoción
           huyendo el rostro al cuidado,
1145   y, por servir a San Roque,
           la mayordomía aceto,
           para que más me provoque
           a su servicio.

1130 *mayordomo:* administrador.
1140-45 Quiere decir: «A pesar ["puesto que"] de que me habéis
         honrado, debería discutir ["replicar"] porque soy recién ca-
         sado; no lo hago porque haría agravio a mi religiosidad y
         así no rechazaré las obligaciones».

ANTÓN

En efeto,
haréis mejor lo que toque.

PERIBÁÑEZ
1150   ¿Qué es lo que falta de hacer?

BENITO

Yo quisiera proponer
que otro San Roque se hiciese
más grande, porque tuviese
más vista.

PERIBÁÑEZ

Buen parecer.
¿Qué dice Gil?

GIL
1155   Que es razón;
que es viejo y chico el que tiene
la cofradía.

PERIBÁÑEZ

¿Y Antón?

ANTÓN

Que hacerle grande conviene,
y que ponga devoción.
1160   Está todo desollado
el perro, y el panecillo
más de la mitad quitado,
y el ángel, quiero decillo,
todo abierto por un lado.
1165   Y los dos dedos, que son
con que da la bendición,
falta más de la mitad.

1165 *y los dos ... falta.* El anacoluto es muy probablemente del
propio Lope. Hartzenbusch, a quien siguen los editores,
enmienda «y [a] los».

PERIBÁÑEZ

    Blas, ¿qué diz?

BLAS

                 Que a la ciudad
vayan hoy Pedro y Antón,
1170   y hagan aderezar _to adorne_
el viejo a algún buen pintor;
porque no es justo gastar
ni hacerle agora mayor,
pudiéndole renovar.

PERIBÁÑEZ
1175   Blas dice bien, pues está
tan pobre la cofradía.
Mas, ¿cómo se llevará?
How will we carry away

ANTÓN

    En vuesa pollina o mía,
sin daño y golpes irá _beast of alter_
1180   de una sábana cubierto.

PERIBÁÑEZ

    Pues esto baste por hoy,
si he de ir a Toledo.

BLAS

                Advierto
que este parecer que doy
no lleva engaño encubierto;
1185   que, si se ofrece gastar,
cuando Roque se volviera
San Cristóbal, sabré dar
mi parte.

GIL

           Cuando eso fuera,
¿quién se pudiera excusar?

1186 _cuando:_ aunque.
1188 Es decir, aunque fuera tan grande como el gigantesco San
    Cristóbal.

PERIBÁÑEZ
1190   Pues vamos, Antón; que quiero
despedirme de mi esposa.

ANTÓN

Yo con la imagen te espero.

PERIBÁÑEZ

Llamará Casilda hermosa
este mi amor lisonjero;
1195   que, aunque desculpado quedo
con que el cabildo me ruega,
pienso que enojarla puedo,
pues en tiempo de la siega
me voy de Ocaña a Toledo.

Entre[n]se.

Salen el Comendador y Leonardo.

COMENDADOR
1200   Cuéntame el suceso todo.

LEONARDO

Si de algún provecho es
haber conquistado a Inés,
pas[ó], señor, deste modo:
Vino de Toledo a Ocaña
1205   Inés con tu labradora,
como de su sol aurora,
más blanda y menos extraña.
Pasé sus calles las veces
que pude, aunque con recato,
1210   porque en gente de aquel trato
hay maliciosos jüeces.

1203 En las ediciones de 1614 *pasa,* que admiten todos los editores. Creo que el pretérito es necesario en este caso.
1207 *extraña:* esquiva.
1208 *pasé:* paseé, como en v. 1839.

         Al baile salió una fiesta;
         ocasión de hablarla hallé;
         habléla de amor, y fue
1215   la vergüenza la respuesta.
         Pero saliendo otro día
         a las eras, pude hablalla,
         y en el camino contalla
         la fingida pena mía.
1220   Ya entonces más libremente
         mis palabras escuchó,
         y pagarme prometió
         mi afición honestamente,
         porque yo le di a entender
1225   que ser mi esposa podría,
         aunque ella mucho temía
         lo que era razón temer.
         Pero aseguréla yo
         que tú, si era su contento,
1230   harías el casamiento,
         y de otra manera no.
         Con esto está de manera,
         que si a Casilda ha de haber
         puerta, por aquí ha de ser;
1235   que es prima y es bachillera.

COMENDADOR

         ¡Ay, Leonardo! ¡Si mi suerte,
         al imposible inhumano
         de aqueste desdén villano,
         roca del mar siempre fuerte,
1240   hallase fácil camino!

LEONARDO

         ¿Tan ingrata te responde?

COMENDADOR

         Seguíla, ya sabes dónde,
         sombra de su sol divino;
         y, en viendo que me quitaba

———————————————
1235 *bachillera:* habladora.

1245   el rebozo, era de suerte,
que, como de ver la Muerte,
de mi rostro se espantaba.
     Ya le salían colores
al rostro, ya se teñía
1250   de blanca nieve, y hacía
su furia y desdén mayores.
     Con efetos desiguales,
yo, con los humildes ojos,
mostraba que sus enojos
1255   me daban golpes mortales.
     En todo me parecía
que aumentaba su hermosura,
y atrevióse mi locura,
Leonardo, a llamar un día
1260   un pintor, que retrató
en un naipe su desdén.

LEONARDO

     Y ¿pareclose?

COMENDADOR

          Tan bien,
que después me le pasó
a un lienzo grande, que quiero
1265   tener donde siempre esté
a mis ojos, y me dé
más favor que el verdadero.
     Pienso que estará acabado.
Tú irás por él a Toledo:
1270   pues con el vivo no puedo,
viviré con el pintado.

LEONARDO

     Iré a servirte, aunque siento
que te aflijas por mujer
que la tardas en vencer
1275   lo que ella en saber tu intento.
     Déjame hablar con Inés,
que verás lo que sucede.

COMENDADOR

      Si ella lo que dices puede,
      no tiene el mundo interés.

           Luján entre como segador.

LUJÁN

      ¿Estás solo?

COMENDADOR
1280
               ¡Oh buen Luján!
      Sólo está Leonardo aquí.

LUJÁN

      ¡Albricias, señor!

COMENDADOR

                 Si a ti
      deseos no te las dan,
         ¿qué hacienda tengo en Ocaña?

LUJÁN
1285
      En forma de segador,
      a Peribáñez, señor,
      —tanto el apariencia engaña—
      pedí jornal en su trigo,
      y, desconocido, estoy
1290
      en su casa desde hoy.

COMENDADOR

      ¡Quién fuera, Luján, contigo!

LUJÁN

      Mañana, al salir la aurora,
      hemos de ir los segadores

1279 *interés*: riqueza [para recompensarte].
1282 Juego de palabras entre *albricias*, «Buenas noticias», y dar
    albricias o regalos.

al campo; mas tus amores
1295 tienen gran remedio agora:
      que Peribáñez es ido
      a Toledo, y te ha dejado
      esta noche a mi cuidado;
      porque, en estando dormido
1300   el escuadrón de la siega
      al rededor del portal,
      en sintiendo que al umbral
      tu seña o tu planta llega,
          abra la puerta, y te adiestre
1305 por donde vayas a ver
      esta invencible mujer.

COMENDADOR

      ¿Cómo quieres que te muestre
          debido agradecimiento,
      Luján, de tanto favor?

LEONARDO
1310 Es el tesoro mayor
      del alma el entendimiento.

COMENDADOR

          ¡Por qué camino tan llano
      has dado a mi mal remedio!
      Pues no estando de por medio
1315 aquel celoso villano,
          y abriéndome tú la puerta
      al dormir los segadores,
      queda en mis locos amores
      la de mi esperanza abierta.
1320   ¡Brava ventura he tenido
      no sólo en que se partiese,
      pero de que no te hubiese,
      por el disfraz conocido!
          ¿Has mirado bien la casa?

1304 *te adiestre:* te guíe.

LUJÁN
1325 Y ¡cómo si la miré!
 Hasta el aposento entré
 del sol que tu pecho abrasa.

COMENDADOR
  ¿Que has entrado a su aposento?
 ¿Que de tan divino sol
1330 fuiste Faetón español?
 ¡Espantoso atrevimiento!
  ¿Qué hacía aquel ángel bello?

LUJÁN
 Labor en un limpio estrado,
 no de seda ni brocado,
1335 aunque pudiera tenello,
  mas de azul guadamecí
 con unos vivos dorados,
 que, en vez de borlas, cortados
 por las cuatro esquinas vi.
1340 Y como en toda Castilla
 dicen del agosto ya
 que el frío en el rostro da,
 y ha llovido en nuestra villa,
  o por verse caballeros,
1345 antes del invierno frío
 sus paredes, señor mío,
 sustentan tus reposteros.
  Tanto, que dije entre mí,
 viendo tus armas honradas:
1350 «Rendidas, que no colgadas,
 pues amor lo quiere ansí.»

1330 Es decir, has sido capaz de acercarte a ella como Faetón se
   atrevió a conducir el carro del sol.
1331 *espantoso:* admirable.
1333 *estrado:* sala donde las damas recibían a sus visitas.
1336 *guadamecí:* cuero repujado. Es decir, ella, que es un ángel,
   está en una habitación tapizada de azul, como un cielo.
1337 *vivos: galones,* adornos.
1341 Alude al refrán «Para agosto, frío en rostro».

COMENDADOR

      Antes ellas te advirtieron
de que en aquella ocasión
tomaban la posesión
1355   de la conquista que hicieron;
      porque, donde están colgadas
lejos están de rendidas.
Pero cuando fueran vidas,
las doy por bien empleadas.
1360   Vuelve, no te vean aquí;
que, mientras me voy [a] armar,
querrá la noche llegar
para dolerse de mí.

LUJÁN

      ¿Ha de ir Leonardo contigo?

COMENDADOR

1365   Paréceme discreción:
porque en cualquier ocasión
es bueno al lado un amigo.

                Vanse.

          Entran Casilda e Inés.

CASILDA

      Conmigo te has de quedar
esta noche, por tu vida.

INÉS
1370   Licencia es razón que pida.
Desto no te has de agraviar,
que son padres en efeto.

CASILDA

Enviaréles un recaudo,
porque no estén con cuidado;
1375   que ya es tarde te prometo.

1373 *recaudo*: recado. Se trata de una grafía arcaizante, y aunque
   puesta la voz en boca de Casilda, la rima parece exigir la
   pronunciación -ado.

INÉS

        Trázalo como te dé
más gusto, prima querida.

CASILDA

        No me habrás hecho en tu vida
mayor placer, a la fe.
1380   Esto debes a mi amor.

INÉS

        Estás, Casilda, enseñada
a dormir acompañada;
no hay duda, tendrás temor.
        Y yo mal podré suplir
1385   la falta de tu velado;
que es mozo, a la fe, chapado,
y para hacer y decir.
        Yo, si viese algún rüido,
cuéntame por desmayada.
1390   Tiemblo una espada envainada;
desnuda, pierdo el sentido.

CASILDA

        No hay en casa qué temer;
que duermen en el portal
los segadores.

INÉS

               Tu mal
1395   soledad debe de ser,
y temes que estos desvelos
te quiten el sueño.

1388 El sentido no queda claro. Hartzenbusch corrigió *si hubiese.*
Probablemente se trata de un error por *oyese* (con la grafía
oiese). De todas formas, *ruido* en la lengua de germanías
significaba «rufián» (*Autoridades*). ¿Se habría generalizado
la voz hasta el punto de que *ver un ruido* significaba comúnmente *ver un ladrón?* Así parecen indicarlo los vv. 1390-1,
polisémicos por lo demás.
1395 *soledad:* nostalgia.

CASILDA

Aciertas;
que los desvelos son puertas
para que pasen los celos
1400   desde el amor al temor;
y, en comenzando a temer,
no hay más dormir que poner
con celos remedio a amor.

INÉS

Pues, ¿qué ocasión puede darte
en Toledo?

CASILDA
1405   Tú, ¿no ves
que celos es aire, Inés,
que vienen de cualquier parte?

INÉS

Que de Medina venía
oí yo siempre cantar.

CASILDA
1410 Y Toledo, ¿no es lugar
de adonde venir podría?

INÉS

¡Grandes hermosuras tiene!

CASILDA

Ahora bien, vente a cenar.

1408 Hill-Harlan reseñan varias alusiones a la proverbial belleza
de las mujeres de Medina («Cuando vieres mujer medinesa,
mete tu marido detrás de la artesa», que Correas comenta:
«Porque no se enamore. Es alabanza de las de Medina y su
tierra»). Probablemente, como se aduce de una alusión de
Lope en *El Arenal de Sevilla* aducida por los mencionados
editores, se trata de Medina del Campo.

Llorente y Mendo, segadores.

LLORENTE

1415
A quien ha de madrugar,
dormir luego le conviene.

MENDO

Digo que muy justo es.
Los ranchos pueden hacerse.

CASILDA

Ya vienen a recogerse
los segadores, Inés.

INÉS
1420
Pues vamos, y a Sancho avisa
el cuidado de la puerta.

Vanse.

LLORENTE

Muesama acude a la puerta.
Andará dándonos prisa,
por no estar aquí su dueño.

Entren Bartolo y Chaparro, segadores.

BARTOLO
1425
Al alba he de haber segado
todo el repecho del prado.

CHAPARRO

Si diere licencia el sueño…
Buenas noches os dé Dios,
Mendo y Llorente.

_____

1415 *luego:* inmediatamente.
1417 *ranchos:* sitios para dormir.
1420 Cf. v. 272.

MENDO

                              El sosiego *Quiet*
1430   no será mucho, si luego
        habemos de andar los dos
            con las hoces a destajo,
        aquí manada, aquí corte.

CHAPARRO

        Pardiez, Mendo, cuando importe,
1435   bien luce el justo trabajo.
            Sentaos, y, antes de dormir,
        o cantemos o contemos
        algo de nuevo, y podremos
        en esto nos divertir.

BARTOLO
1440   ¿Tan dormido estáis, Llorente?

LLORENTE

        Pardiez, Bartol, que quisiera
        que en un año amaneciera
        cuatro veces solamente.

                    Helipe y Luján, segadores.

HELIPE

            ¿Hay para todos lugar?

MENDO
1445   ¡Oh, Helipe! Bien venido.

_____

1433 *manada:* «la porción de hierba, alcacer o trigo u otra cosa
    que se puede coger con la mano» (*Autoridades*).
1434 *cuando importe:* aunque moleste.
1438 *de nuevo:* que sea nuevo.
1445 *Helipe.* Con la *H-* aspirada para caracterizar el habla cam-
    pesina, como la palatización de la *Ll-* de Llorente, y el
    apócope de Bartolo.

LUJÁN

> Y yo, si lugar os pido,
> ¿podréle por dicha hallar?

CHAPARRO

> No faltará para vos.
> Aconchaos junto a la puerta.

BARTOLO
1450   Cantar algo se concierta.

CHAPARRO

> Y aun contar algo, por Dios.

LUJÁN

> Quien supiere un lindo cuento,
> póngale luego en el corro.

CHAPARRO

> De mi capote me ahorro
> 1455   y para escuchar me asiento.

LUJÁN

> Va primero de canción,
> y luego diré una historia
> que me viene a la memoria.

MENDO

Cantad.

LLORENTE

> Ya comienzo el son.

Canten con las guitarras.

1460   *Trébole, ¡ay Jesús, cómo güele!*
        Trébole, ¡ay Jesús, qué olor!

1449 *aconchaos:* acomodaos.
1454 *me ahorro:* me abrigo, me aforro, con —*h*— aspirada.
1460 Sobre las canciones del *Trébole, vid.* las páginas muy documentadas de Salomon, *Recherches...,* pp. 649-659.

>   *Trébole de la casada,*
>   *que a su esposo quiere bien;*
>   *de la doncella también,*
> 1465   *entre paredes guardada,*
>   *qué, fácilmente engañada,*
>   *sigue su primero amor.*
>   *Trébole, ¡ay Jesús, cómo güele!*
>   *Trébole, ¡ay Jesús, qué olor!*
>
> 1470   *Trébole de la soltera,*
>   *que tantos amores muda;*
>   *trébole de la viuda,*
>   *que otra vez casarse espera,*
>   *tocas blancas por defuera,*
> 1475   *y el faldellín de color.*
>   *Trébole, ¡ay Jesús, cómo güele!*
>   *Trébole, ¡ay Jesús, qué olor!*

LUJÁN

>   Parece que se han dormido.
>   No tenéis ya que cantar.

LLORENTE
> 1480   Yo me quiero recostar,
>   aunque no en trébol florido.

LUJÁN

>   (¿Qué me detengo? Ya están
>   los segadores durmiendo.
>   ¡Noche, este amor te encomiendo!
> 1485   Prisa los silbos me dan.
>   La puerta le quiero abrir.)
>   ¿Eres tú, señor?

Entren el Comendador y Leonardo.

COMENDADOR
>   Yo soy.

1474 Las viudas, en señal de luto, llevaban tocas blancas.
1475 *faldellín:* enaguas.
1485 *silbos:* silbidos.

LUJÁN
        Entra presto.

COMENDADOR
                        Dentro estoy.

LUJÁN
        Ya comienzan a dormir.
1490   Seguro por ellos pasa:
        que un carro puede pasar
        sin que puedan despertar.

COMENDADOR
        Luján, yo no sé la casa;
        al aposento me guía.

LUJÁN
1495   Quédese Leonardo aquí.

LEONARDO
        Que me place.

LUJÁN
                        Ven tras mí.

COMENDADOR
        ¡Oh amor! ¡Oh fortuna mía!
        ¡Dame próspero suceso!

LLORENTE
        ¡Hola, Mendo!

MENDO
                        ¿Qué hay, Llorente?

LLORENTE
        En casa anda gente.

MENDO
1500   ¿Gente?
        Que lo temí te confieso.
        ¿Así se guarda el decoro
        a Peribáñez?

LLORENTE
                        No sé;
        sé que no es gente de a pie.

MENDO

        ¿Cómo?

LLORENTE
1505   Trae capa con oro.

MENDO

        ¿Con oro? Mátenme aquí
        si no es el Comendador.

LLORENTE

        Demos voces.

MENDO

                        ¿No es mejor
        callar?

LLORENTE

                Sospecho que sí.
1510   Pero, ¿de qué sabes que es
        el Comendador?

MENDO

                        No hubiera
        en Ocaña quien pusiera
        tan atrevidos los pies,
        ni aun el pensamiento, aquí.

LLORENTE
1515   Esto es casar con mujer
        hermosa.

MENDO

> ¿No puede ser
> que ella esté sin culpa?

LLORENTE

> Sí.
> Ya vuelven. Hazte dormido.

COMENDADOR

> ¡Ce! ¡Leonardo!

LEONARDO

> ¿Qué hay, señor?

COMENDADOR

1520 Perdí la ocasión mejor
> que pudiera haber tenido.

LEONARDO

> ¿Cómo?

COMENDADOR

> Ha cerrado, y muy bien,
> el aposento esta fiera.

LEONARDO

> Llama.

COMENDADOR

> ¡Si gente no hubiera! ...
1525 Mas despertarán también.

LEONARDO

> No harán, que son segadores;
> y el vino y cansancio son
> candados de la razón
> y sentidos exteriores.

1519 *Ce.* Se pronunciaba *tse.* Es la transcripción clásica de la inter
jección para llamar a una persona.

1530   Pero escucha; que han abierto
         la ventana del portal.

COMENDADOR
         Todo me sucede mal.

LEONARDO
         ¿Si es ella?

COMENDADOR
                   Tenlo por cierto.

A la ventana, con un rebozo, Casilda.

CASILDA
         ¿Es hora de madrugar,
         amigos?

COMENDADOR
1535   Señora mía,
         ya se va acercando el día,
         y es tiempo de irse a segar.
             Demás que, saliendo vos,
         sale el sol, y es tarde ya.
1540   Lástima a todos nos da
         de veros sola, por Dios.
             No os quiere bien vuestro esposo,
         pues a Toledo se fue,
         y os deja una noche. A fe
1545   que si fuera tan dichoso
             el Comendador de Ocaña
         —que sé yo que os quiere bien,
         aunque le mostráis desdén
         y sois con él tran extraña—

—————————

1549 *extraña*: esquiva.

1550   que no os dejara, aunque el Rey
          por sus cartas le llamara:
          que dejar sola esa cara
          nunca fue de amantes ley.

CASILDA

          Labrador de lejas tierras,
1555   que has venido a nuesa villa
          convidado del agosto,
          ¿quién te dio tanta malicia?
          Ponte tu tosca antipara,
          del hombro el gabán derriba,
1560   la hoz menuda en el cuello,
          los dediles en la cinta.
          Madruga al salir el alba,
          mira que te llama el día;
          ata las manadas secas,
1565   sin maltratar las espigas.
          Cuando salgan las estrellas,
          a tu descanso camina,
          y no te metas en cosas
          de que algún mal se te siga.
1570   El Comendador de Ocaña
          servirá dama de estima,
          no con sayuelo de grana
          ni con saya de palmilla.
          Copete traerá rizado,
1575   gorguera de holanda fina,
          no cofia de pinos tosca,
          y toca de argentería.
          En coche o silla de seda
          los disantos irá a misa;

1558 *antipara:* polaina de cuero.
1560 *hoz menuda:* la hoz de dientes pequeños.
1561 *dediles,* de cuero o madera para proteger los dedos.
1572 *sayuelo, vid.* v. 671; *grana, vid.* v. 687.
1573 *palmilla, vid.* v. 678.
1574 *copete:* tupé.
1576 *cofia de pinos:* cofia con adornos.
1577 *argentería:* «bordadura de plata u oro» (*Autoridades*).
1579 *disantos:* días festivos.

1580 no vendrá en carro de estacas
    de los campos a las viñas.
    Dirále en cartas discretas
    requiebros a maravilla;
    no labradores desdenes,
1585 envueltos en señorías.
    Olerále a guantes de ámbar,
    a perfumes y pastillas;
    no a tomillo ni cantueso,
    poleo y zarzas floridas.
1590 Y cuando el Comendador
    me amase como a su vida,
    y se diesen virtud y honra
    por amorosas mentiras,
    más quiero yo a Peribáñez
1595 con su capa la pardilla
    que al Comendador de Ocaña
    con la suya guarnecida.
    Más precio verle venir
    en su yegua la tordilla,
1600 la barba llena de escarcha
    y de nieve la camisa,
    la ballesta atravesada,
    y del arzón de la silla
    dos perdices o conejos,
1605 y el podenco de traílla,
    que ver al Comendador
    con gorra de seda rica,
    y cubiertos de diamantes
    los brahones y capilla;
1610 que más devoción me causa
    la cruz de piedra en la ermita,

1586 *de ámbar:* perfumados con ámbar.
1587 *pastillas:* pastillas de jabón y resinas olorosas. Se solían quemar para aromatizar las habitaciones.
1595 *pardilla:* «adjetivo que se aplica al paño más tosco, grosero y basto que se hace del color pardo y sin tinte, de que viste la gente humilde y pobre» (*Autoridades*).
1605 *de traílla:* el perro de caza sujeto por la traílla o correa.
1609 *brahones:* «son ciertas roscas o dobles plegados que caen encima de los hombros» (Covarrubias). *capilla:* capuchón.

que la roja de Santiago
en su bordada ropilla.
1615   ¡Vete, pues, el segador,
mala fuese la tu dicha,
que si Peribáñez viene,
no verás la luz del día!

COMENDADOR

¡Quedo, señora! ¡Señora!
¡Casilda, amores, Casilda!
1620   ¡Yo soy el Comendador;
abridme, por vuestra vida!
¡Mirad que tengo que daros
dos sartas de perlas finas
y una cadena esmaltada
1625   de más peso que la mía!

CASILDA

¡Segadores de mi casa,
no durmáis, que con su risa
os está llamando el alba!
¡Ea, relinchos y grita,
1630   que al que a la tarde viniere
con más manadas cogidas,
le mando el sombrero grande
con que va Pedro a las viñas!

Quítese de la ventana.

MENDO

Llorente, muesa ama llama.

LUJÁN
1635   (¡Huye, señor, huya aprisa;
que te ha de ver esta gente!)

1613 *ropilla:* «vestidura corta con mangas y brahones, de quienes
penden regularmente otras mangas sueltas o perdidas» *(Autoridades).*
1625 Los caballeros llevaban cadenas de oro en señal de nobleza
y de pertenecer a alguna orden de caballería.
1629 *relinchos, vid.* v. 99.
1632 *le mando:* le prometo, le regalo.

COMENDADOR

 (¡Ah, crüel sierpe de Libia!
 Pues aunque gaste mi hacienda,
 mi honor, mi sangre y mi vida,
1640 ¡he de rendir tus desdenes,
 tengo de vencer tus iras!)

    Vase el Comendador.

BARTOLO

 Yérguete cedo, Chaparro,
 que viene a gran prisa el día.

CHAPARRO

 Ea, Helipe; que es muy tarde.

HELIPE
1645

 Pardiez, Bartol, que se miran
 todos los montes bañados
 de blanca luz por encima.

LLORENTE

 Seguidme todos, amigos,
 porque muesama no diga
1650 que, porque muesamo falta,
 andan las hoces baldías.

    Entrense todos relinchando.

   Entren Peribáñez, y el Pintor, y Antón.

PERIBÁÑEZ

 Entre las tablas que vi
 de devoción o retratos,
 adonde menos ingratos
1655 los pinceles conocí,
 una he visto que me agrada,
 o porque tiene primor,

1642 *cedo:* presto.
1654-5 «Donde creo que los pinceles han copiado con mayor fidelidad a su modelo» (Aubrun-Montesinos).

o porque soy labrador
y lo es también la pintada;
1660   y pues ya se concertó
el aderezo del santo,
reciba yo favor tanto,
que vuelva a mirarla yo.

PINTOR

   Vos tenéis mucha razón;
1665 que es bella la labradora.

PERIBÁÑEZ

   Quitalda del clavo ahora,
que quiero enseñarla a Antón.

ANTÓN

   Ya la vi; mas, si queréis,
también holgaré de vella.

PERIBÁÑEZ
1670 Id, por mi vida, por ella.

PINTOR

Yo voy.

Vase el Pintor.

PERIBÁÑEZ

   Un ángel veréis.

ANTÓN

   Bien sé yo por qué miráis
la villana con cuidado.

PERIBÁÑEZ

   Sólo el traje me le ha dado;
1675 que, en el gusto, os engañáis.

ANTÓN

      Pienso que os ha parecido
que parece a vuestra esposa.

PERIBÁÑEZ

      ¿Es Casilda tan hermosa?

ANTÓN

      Pedro, vos sois su marido.
1680   A vos os está más bien
alaballa que no a mí.

    El Pintor, con el retrato de Casilda, grande.

PINTOR

      La labradora está aquí.

PERIBÁÑEZ

      (Y mi deshonra también.)

PINTOR

      ¿Qué os parece?

PERIBÁÑEZ

                Que es notable.
¿No os agrada, Antón?

ANTÓN
1685   Es cosa
a vuestros ojos hermosa
y, a los del mundo, admirable.

PERIBÁÑEZ

      Id, Antón, a la posada,
y ensillad mientras que voy.

ANTÓN
1690   (Puesto que inorante soy,
         Casilda es la retratada,
           y el pobre de Pedro está
         abrasándose de celos.)
         Adiós.

                    Váyase Antón.

PERIBÁÑEZ
              No han hecho los cielos
1695   cosa, señor, como ésta.
           ¡Bellos ojos! ¡Linda boca!
         ¿De dónde es esta mujer?

PINTOR
         No acertarla a conocer,
         a imaginar me provoca
1700   que no está bien retratada,
         porque donde vos nació.

PERIBÁÑEZ
         ¿En Ocaña?

PINTOR

                    Sí.

PERIBÁÑEZ

                         Pues yo
         conozco una desposada
           a quien algo se parece.

PINTOR
1705   Yo no sé quién es; mas sé
         que a hurto la retraté,
         no como agora se ofrece,
           mas en un naipe. De allí
         a este lienzo la he pasado.

_____

1690 *puesto que:* aunque.

PERIBÁÑEZ
1710   Ya sé quién la ha retratado.
        Si acierto, ¿diréislo?

PINTOR

                        Sí.

PERIBÁÑEZ
        El Comendador de Ocaña.

PINTOR
        Por saber que ella no sabe
        el amor de hombre tan grave,
1715   que es de lo mejor de España,
        me atrevo a decir que es él.

PERIBÁÑEZ
        Luego, ¿ella no es sabidora?

PINTOR
        Como vos antes de agora;
        antes, por ser tan fiel,
1720   tanto trabajo costó
        el poderla retratar.

PERIBÁÑEZ
        ¿Queréismela a mí fiar,
        y llevarésela yo?

PINTOR
        No me han pagado el dinero.

PERIBÁÑEZ
1725   Yo os daré todo el valor.

PINTOR
        Temo que el Comendador
        se enoje, y mañana espero
        un lacayo suyo aquí.

PERIBÁÑEZ

> Pues, ¿sábelo ese lacayo?

PINTOR
1730

> Anda veloz como un rayo
> por rendirla.

PERIBÁÑEZ

>   Ayer le vi,
> y le quise conocer.

PINTOR

> ¿Mandáis otra cosa?

PERIBÁÑEZ

>   En tanto
> que nos reparéis el santo,
1735
> tengo de venir a ver
>   mil veces este retrato.

PINTOR

> Como fuéredes servido.
> Adiós.

>   Vase el Pintor.

PERIBÁÑEZ

>   ¿Qué he visto y oído,
> cielo airado, tiempo ingrato?
1740
> Mas si de este falso trato
> no es cómplice mi mujer,
> ¿cómo doy a conocer
> mi pensamiento ofendido?
> Porque celos de marido
1745
> no se han de dar a entender.
>   Basta que el Comendador
> a mi mujer solicita;

1732 *quise conocer:* comencé a reconocerle.

basta que el honor me quita,
debiéndome dar honor.
1750   Soy vasallo, es mi señor;
vivo en su amparo y defensa;
si en quitarme el honor piensa,
quitaréle yo la vida:
que la ofensa acometida
1755   ya tiene fuerza de ofensa.
      Erré en casarme, pensando
que era una hermosa mujer
toda la vida un placer
que estaba el alma pasando;
1760   pues no imaginé que, cuando
la riqueza poderosa
me la mirara envidiosa,
la codiciara también.
    ¡Mal haya el humilde, amén,
1765   que busca mujer hermosa!
      Don Fadrique me retrata
a mi mujer; luego ya
haciendo debujo está
contra el honor, que me mata.
1770   Si pintada me maltrata
la honra, es cosa forzosa
que venga a estar peligrosa
la verdadera también.
    ¡Mal haya el humilde, amén,
1775   que busca mujer hermosa!
      Mal lo miró mi humildad
en buscar tanta hermosura;
mas la virtud asegura
la mayor dificultad.
1780   Retirarme a mi heredad
es dar puerta vergonzosa
a quien cuanto escucha glosa,
y trueca en mal todo el bien.

1768 *haciendo debujo* (dibujo). Parece una frase hecha, «planean-
    do, maquinando», que no he podido documentar.
1782 *glosa:* interpreta con otro sentido. Alude al «vulgo».

¡Mal haya el humilde, amén,
1785   que busca mujer hermosa!
        Pues también salir de Ocaña
    es el mismo inconveniente,
    y mi hacienda no consiente
    que viva por tierra extraña.
1790   Cuanto me ayuda me daña;
    pero hablaré con mi esposa,
    aunque es ocasión odiosa
    pedirle celos también.
        ¡Mal haya el humilde, amén,
1795   que busca mujer hermosa!

                        Vase.

            Entren Leonardo y el Comendador.

COMENDADOR

        Por esta carta, como digo, manda
    su majestad, Leonardo, que le envíe
    de Ocaña y de su tierra alguna gente.

LEONARDO

    Y ¿qué piensas hacer?

COMENDADOR

                            Que se echen bandos
1800   y que se alisten de valientes mozos
    hasta docientos hombres, repartidos
    en dos lucidas compañías, ciento
    de gente labradora y ciento hidalgos.

LEONARDO

    ¿Y no será mejor hidalgos todos?

COMENDADOR
1805   No caminas al paso de mi intento,
    y, así, vas lejos de mi pensamiento.

_____

1793 *pedirle celos:* mostrarme celoso.
1800 *valientes.* La acepción normal en la época era la de «fuertes,
    robustos», y no la de «valerosos».

De estos cien labradores hacer quiero
cabeza y capitán a Peribáñez,
y con esta invención tenelle ausente.

LEONARDO

1810   ¡Extrañas cosas piensan los amantes!

COMENDADOR

Amor es guerra, y cuanto piensa, ardides.
¿Si habrá venido ya?

LEONARDO

                        Luján me dijo
que a comer le esperaban, y que estaba
Casilda llena de congoja y miedo.
1815   Supe después, de Inés, que no diría
cosa de lo pasado aquella noche,
y que, de acuerdo de las dos, pensaba
disimular, por no causarle pena,
... ...
a que, viéndola triste y afligida,
1820   no se atreviese a declarar su pecho,
lo que después para servirte haría.

COMENDADOR

                ¡Rigurosa mujer! ¡Maldiga el cielo
el punto en que caí, pues no he podido

1811 «La comparación del amor y la guerra es un lugar poético
que viene de Ovidio: *Militiae species amor est (Ars ama-*
toria, II, 233)» (Zamora).
1815-21 El pasaje, sin duda, se halla corrompido. Hartzenbusch
enmendó el v. 1819 *y que viéndola.* Aubrun-Montesinos mantienen la enmienda, pero reconocen que es insólito *atreviese*
con el valor de «habría atrevido». Zamora y Marín, como Hil-
Harlan, mantienen el texto de 1614 pero no explican el
sentido del pasaje. Yo supongo una pérdida de uno o dos
versos entre 1818 y 1819. Parece claro que Lope en los
vv. 1815-1818 quiere decir: «Después supe por Inés que
Casilda no diría nada de lo pasado aquella noche y que, de
común acuerdo con Inés, Casilda pensaba disimular para no
causarle pena...». Probablemente, el verso perdido comenzaba *a Peribáñez...;* a continuación Inés pediría disculpas al
Comendador por no haberse atrevido a exponer a Casilda sus
deseos.

desde entonces, Leonardo, levantarme
de los umbrales de su puerta!

LEONARDO
1825   Calla;
que más fuerte era Troya, y la conquista
derribó sus murallas por el suelo.
Son estas labradoras encogidas,
y, por hallarse indignas, las más veces
1830   niegan, señor, lo mismo que desean.
Ausenta a su marido honradamente;
que tú verás el fin de tu deseo.

COMENDADOR
Quiéralo mi ventura; que te juro
que, habiendo sido en tantas ocasiones
1835   tan animoso, como sabe el mundo,
en ésta voy con un temor notable.

LEONARDO
Bueno será saber si Pedro viene.

COMENDADOR
Parte, Leonardo, y de tu Inés te informa,
sin que pases la calle ni levantes
1840   los ojos a ventana o puerta suya.

LEONARDO
Exceso es ya tan gran desconfianza,
porque ninguno amó sin esperanza.

Vase Leonardo.

COMENDADOR
Cuentan de un rey que a un árbol adoraba,
y que un mancebo a un [mármol] asistía,

1843 El soneto recoge la anécdota de Jerjes que cuenta ya Heró
doto. Lope, al parecer, toma ésta, y la siguiente del jove
de la *Silva de varia lección*, de Pedro Mexía. *Vid.* Lope
Vega, *La Dorotea,* ed. E. S. Morby, Madrid, Castalia, 1968
p. 268.
1844 *mármol*. Corrección de Hartzenbusch por *árbol,* errata ev
dente de los textos de 1614. *asistía:* servía.

1845   a quien, sin dividirse noche y día,
           sus amores y quejas le contaba.
              Pero el que un tronco y una piedra amaba,
           más esperanza de su bien tenía,
           pues en fin acercársele podía,
1850   y a hurto de la gente le abrazaba.
              ¡Mísero yo, que adoro, [en] otro muro
           colgada, aquella ingrata y verde hiedra,
           cuya dureza enternecer procuro!
              Tal es el fin que mi esperanza medra;
1855   más, pues que de morir estoy seguro,
           ¡plega al amor que te convierta en piedra!

                        Vase.

               Entre Peribáñez y Antón.

PERIBÁÑEZ

        Vos os podéis ir, Antón,
      a vuestra casa; que es justo.

ANTÓN

      Y vos, ¿no fuera razón?

PERIBÁÑEZ
1860   Ver mis segadores gusto,
      pues llego a buena ocasión,
        que la haza cae aquí.

ANTÓN

      Y ¿no fuera mejor haza
      vuestra Casilda?

1849 *podía*. Corrección de Hartzenbusch, necesaria, por *podría* de
     los textos de 1614.
1851 *en otro*. Corrección de Hartzenbusch, igualmente acertada,
     por *un otro* del texto de 1614.
1856 Alude al mito de Anaxárete, que fue convertida en piedra
     por su frialdad amorosa.
1862 *haza*: el campo en donde se ha segado trigo.

PERIBÁÑEZ

                                    Es ansí;
1865   pero quiero darles traza
        de lo que han de hacer, por mí.
            Id a ver vuesa mujer,
        y a la mía así de paso
        decid que me quedo a ver
        nuestra hacienda.

ANTÓN
1870
                                (¡Extraño caso!
        No quiero darle a entender
            que entiendo su pensamiento.)
        Quedad con Dios.

                        Vase Antón.

PERIBÁÑEZ

                                Él os guarde.
        Tanta es la afrenta que siento,
1875   que sólo por entrar tarde
        hice aqueste fingimiento.
            ¡Triste yo! Si no es culpada
        Casilda, ¿por qué rehúyo
        el verla? ¡Ay, mi prenda amada!
1880   [Pero a] tu gracia atribuyo
        mi fortuna desgraciada.
            Si tan hermosa no fueras,
        claro está que no le dieras
        al señor Comendador
1885   causa de tan loco amor.
        Estos son mi trigo y eras.
            ¡Con qué diversa alegría,
        oh campos, pensé miraros
        cuando contento vivía!

1880 Las ediciones antiguas y modernas leen *Para tu,* error evi-
    dente.

1890   Porque viniendo a sembraros,
        otra esperanza tenía.
            Con alegre corazón
        pensé de vuestras espigas
        henchir mis trojes, que son
1895   agora eternas fatigas
        de mi perdida opinión.
            Mas quiero disimular;

                    Voces.

        que ya sus relinchos siento.
        Oírlos quiero cantar,
1900   porque en ajeno instrumento
        comienza el alma a llorar.

                Dentro grita *, como que siegan.

MENDO
        Date más priesa, Bartol;
        mira que la noche baja
        y se va [a] poner el sol.

BARTOLO
1905   Bien cena quien bien trabaja,
        dice el refrán español.

LLORENTE
            Échote una pulla, Andrés:
        que te bebas media azumbre.

_____

1896 *opinión:* honra.
1900-1901 Quiere decir, al parecer, que el alma, entristecida, se
    siente enajenada de la armonía universal, basada en el amor.
  * *grita:* gritería.
1907 *pulla:* «es un dicho gracioso, aunque algo obsceno, de que
    comúnmente usan los caminantes cuando topan a los villanos
    que están labrando los campos, especialmente en tiempo de
    siega o vendimias» (Covarrubias). En el teatro del siglo XVI
    era una escena habitual el que unos pastores se «echaran
    pullas».
1908 *azumbre:* una medida que corresponde a la octava parte de
    una arroba.

CHAPARRO

    Echame otras dos, Ginés.

PERIBÁÑEZ

1910   Todo me da pesadumbre,
    todo mi desdicha es.

MENDO

    Canta, Llorente, el cantar
    de la mujer de muesamo.

PERIBÁÑEZ

    ¿Qué tengo más que esperar?
1915   La vida, cielos, desamo.
    ¿Quién me la quiere quitar?

Canta un Segador:

La mujer de Peribáñez
hermosa es a maravilla;
el Comendador de Ocaña
1920   *de amores la requería.*
La mujer es virtüosa
cuanto hermosa y cuanto linda;
mientras Pedro está en Toledo
de esta suerte respondía:
1925   *«Más quiero yo a Peribáñez*
con su capa la pardilla,
que no a vos, Comendador,
con la vuesa guarnecida.»

PERIBÁÑEZ

    Notable aliento he cobrado
1930   con oír esta canción,
    porque lo que éste ha cantado
    las mismas verdades son
    que en mi ausencia habrán pasado.
    ¡Oh, cuánto le debe al cielo
1935   quien tiene buena mujer!

Que el jornal dejan recelo.
Aquí me quiero esconder.
¡Ojalá se abriera el suelo!
    Que, aunque en gran satisfación,
1940 Casilda, de ti me pones,
pena tengo con razón,
porque honor que anda en canciones
tiene dudosa opinión.

Entrese.

Inés y Casilda.

CASILDA

    ¿Tú me habías de decir
1945 desatino semejante?

INÉS

Deja que pase adelante.

CASILDA

Ya, ¿cómo te puedo oír?

INÉS

    Prima, no me has entendido,
y este preciarte de amar
1950 a Pedro te hace pensar
que ya está Pedro ofendido.
    Lo que yo te digo a ti
es cosa que a mí me toca.

CASILDA

    ¿A ti?

INÉS

        Sí.

_____
1936 *jornal:* trabajo.

CASILDA

> Yo estaba loca.
>
> 1955 Pues, si a ti te toca, di.

INÉS

> Leonardo, aquel caballero
> del Comendador, me ama
> y por su mujer me quiere.

CASILDA

> ¡Mira, prima, que te engaña!

INÉS

> 1960 Yo sé, Casilda, que soy
> su misma vida.

CASILDA

> Repara
> que son sirenas los hombres
> que para matarnos cantan.

INÉS

> Yo tengo cédula suya. *certificate*

CASILDA

> 1965 Inés, plumas y palabras
> todas se las lleva el viento.
> Muchas damas tiene Ocaña
> con ricos dotes, y tú,
> ni eres muy rica, ni hidalga.

INÉS

> 1970 Prima, si con el desdén
> que ahora comienzas, tratas
> al señor Comendador,
> falsas son mis esperanzas,
> todo mi remedio impides.

1964 *cédula*. Aquí, la promesa escrita de matrimonio.

CASILDA
1975   ¿Ves, Inés, cómo te engañas,
            pues porque me digas eso,
            quiere fingir que te ama?

INÉS
            Hablar bien no quita honor;
            que yo no digo que salgas
1980   a recebirle a la puerta,
            ni a verle por la ventana.

CASILDA
            Si te importara la vida,
            no le mirara la cara.
            Y advierte que no le nombres,
1985   o no entres más en mi casa;
            que del ver viene el oír,
            y de las locas palabras
            vienen las infames obras.

           Peribáñez, con unas alforjas en las manos.

PERIBÁÑEZ
      ¡Esposa!

CASILDA
               ¡Luz de mi alma!

PERIBÁÑEZ
      ¿Estás buena?

CASILDA
1990   Estoy sin ti.
            ¿Vienes bueno?

PERIBÁÑEZ
             El verte basta
            para que salud me sobre.
            ¡Prima!

INÉS

    ¡Primo!

PERIBÁÑEZ

                            ¿Qué me falta
    si juntas os veo?

CASILDA

                            Estoy
1905   a nuestra Inés obligada;
    que me ha hecho compañía
    lo que has faltado de Ocaña.

PERIBÁÑEZ

    A su casamiento rompas
    dos chinelas argentadas,
2000   y yo los zapatos nuevos
    que siempre en bodas se calzan.

CASILDA

    ¿Qué me traes de Toledo?

PERIBÁÑEZ

    Deseos; que, por ser carga
    tan pesada, no he podido
2005   traerte joyas ni galas.
    Con todo, te traigo aquí
    para esos pies, que bien hayan,
    unas chinelas abiertas
    que abrochan cintas de nácar.
2010   Traigo más: seis tocas rizas,
    y, para prender las sayas,
    dos cintas de vara y media,
    con sus herretes de plata.

1998 De tanto bailar.
1999 *argentadas.* Los zapatos se *argentaban* con un baño de purpu-
    rina plateada o dorada. Aquí, como anotan Hill-Harlan, quizá
    se trate de adornos de oro y plata.
2010 *rizas:* rizadas.

CASILDA

Mil años te guarde el cielo.

PERIBÁÑEZ

2015   Sucedióme una desgracia;
que, a la fe, que fue milagro
llegar con vida a mi casa.

CASILDA

¡Ay, Jesús! Toda me turbas.

PERIBÁÑEZ

Caí de unas cuestas altas
sobre unas piedras.

CASILDA

2020   ¿Qué dices?

PERIBÁÑEZ

Que, si no me encomendara
al santo en cuyo servicio
caí de la yegua baya,
a estas horas estoy muerto.

CASILDA

2025   Toda me tienes helada.

PERIBÁÑEZ

Prometíle la mejor
prenda que hubiese en mi casa
para honor de su capilla;
y así, quiero que mañana
2030   quiten estos reposteros,
que nos harán poca falta,
y cuelguen en las pareres
de aquella su ermita santa
en justo agradecimiento.

CASILDA

2035   Si fueran paños de Francia,
de oro, seda, perlas, piedras
no replicara palabra.

PERIBÁÑEZ

Pienso que nos está bien
que no estén en nuestra casa
2040   paños con armas ajenas;
no murmuren en Ocaña
que un villano labrador
cerca su inocente cama
de paños comendadores,
2045   llenos de blasones y armas.
Timbre y plumas no están bien
entre el arado y la pala,
bieldo, trillo y azadón;
que en nuestras paredes blancas
2050   no han de estar cruces de seda,
sino de espigas y pajas,
con algunas amapolas,
manzanillas y retamas.
Yo, ¿qué moros he vencido
2055   para castillos y bandas?
Fuera de que sólo quiero
que haya imágenes pintadas:
la Anunciación, la Asunción,
San Francisco con sus llagas,
2060   San Pedro Mártir, San Blas
contra el mal de la garganta,
San Sebastián y San Roque,
y otras pinturas sagradas;
que retratos, es tener
2065   en las paredes fantasmas.
Uno vi yo, que quisiera...
pero no quisiera nada.
Vamos a cenar, Casilda,
y apercíbanme la cama.

CASILDA

¿No estás bueno?

PERIBÁÑEZ
2070   Bueno estoy.

_____

2046 *timbre, vid.* v. 869.

Entre Luján.

LUJÁN

Aquí un criado te aguarda
del Comendador.

PERIBÁÑEZ

¿De quién?

LUJÁN

Del Comendador de Ocaña.

PERIBÁÑEZ

Pues, ¿qué me quiere a estas horas?

LUJÁN
2075   Eso sabrás si le hablas.

PERIBÁÑEZ

¿Eres tú aquel segador
que anteayer entró en mi casa?

LUJÁN

¿Tan presto me desconoces?

PERIBÁÑEZ

Donde tantos hombres andan,
no te espantes.

LUJÁN
2080   (Malo es esto.)

INÉS

(Con muchos sentidos habla.)

PERIBÁÑEZ

(¿El Comendador a mí?
¡Ay, honra, al cuidado ingrata!
Si eres vidrio, al mejor vidrio
2085   cualquiera golpe le basta.)

ACTO TERCERO

El Comendador y ~~Leonardo~~ *Criado*.

COMENDADOR

> Cuéntame, Leonardo, breve,
> lo que ha pasado en Toledo.

LEONARDO

> Lo que referirte puedo,
> puesto que a ceñirlo pruebe
> 2090   en las más breves razones,
> quiere más paciencia.

COMENDADOR

>   Advierte
> que soy un sano a la muerte,
> y que remedios me pones.

LEONARDO

> El Rey Enrique el Tercero,
> 2095   que hoy el Justiciero llaman,
> porque Catón y Aristides
> en la equidad no le igualan,
> el año de cuatrocientos
> y seis sobre mil estaba
> 2100   en la villa de Madrid,
> donde le vinieron cartas,
> que, quebrándole las treguas
> el rey moro de Granada,
> no queriéndole volver
> 2105   por promesas y amenazas
> el castillo de Ayamonte,

2089 *puesto que:* aunque.
2094 y ss. Como indicó Menéndez y Pelayo, el romance versifica
     un pasaje de la *Crónica de don Juan II* (*vid.* Apéndice, pá
     gina 35).
2106 «Se trata de la fortaleza de Aymonte, en las sierras de Ron
     da, no de Ayamonte, como dice Lope siguiendo la *Crónica*»
     (Zamora).

ni menos pagarle parias,
determinó hacerle guerra;
y para que la jornada
2110   fuese como convenía
a un rey el mayor de España,
y le ayudasen sus deudos
de Aragón y de Navarra,
juntó Cortes en Toledo,
2115   donde al presente se hallan
prelados y caballeros,
villas y ciudades varias
(digo, sus procuradores),
donde en su real Alcázar
2120   la disposición de todo
con justos acuerdos tratan
el obispo de Sigüenza,
que la insigne iglesia santa
rige de Toledo ahora,
2125   porque está su silla vaca
por la muerte de don Pedro
Tenorio, varón de fama;
el obispo de Palencia,
don Sancho de Rojas, clara
2130   imagen de sus pasados,
y que el de Toledo aguarda;
don Pablo el de Cartagena,
a quien ya a Burgos señalan;
el gallardo don Fadrique,
2135   hoy conde de Trastamara,
aunque ya duque de Arjona
toda la Corte le llama,
y don Enrique Manuel,
primos del Rey, que bastaban,
2140   no de Granada, de Troya,
ser incendio sus espadas;
Ruy López de Avalos, grande
por la dicha y por las armas,

2133 Se sobrentiende *obispado*.

Condestable de Castilla,
2145   alta gloria de su casa;
el Camarero mayor
del Rey, por sangre heredada
y virtud propia, aunque tiene
también de quien heredarla,
2150   por Juan de Velasco digo,
digno de toda alabanza;
don Diego López de Estúñiga,
que Justicia mayor llaman;
y el mayor Adelantado
2155   de Castilla, de quien basta
decir que es Gómez Manrique,
de cuyas historias largas
tienen Granada y Castilla
cosas tan raras y extrañas;
2160   los oidores del Audiencia
del Rey, y que el reino amparan:
Pero Sánchez del Castillo,
Rodríguez de Salamanca,
y Periáñez...

COMENDADOR

                    ¡Tente!
2165   ¿Qué Periáñez? Aguarda;
que la sangre se me yela
con ese nombre.

2156 «Del adelantado Gómez Manrique (que no debe confundirs
con el poeta de aquel nombre) cuenta Pérez de Guzmá
[*Generaciones y semblanzas*] que pasó la infancia entre lo
moros, llegando a profesar la religión musulmana. Ya hom
bre volvió a la Iglesia» (Zamora). Pérez de Guzmán relat
que Gómez Manrique contaba «cosas extrañas y maravillo
sas» de cuya veracidad podría dudarse.

2164 Algunos editores siguen la enmienda de Hartzenbusch *De
tente*. Hill-Harlan sugieren que debe leerse *Tenté,* con acen
tuación del pronombre enclítico. Quizá pueda existir un
compensación debida a la pausa de la suspensión, aunqu
no es, desde luego, frecuente.

LEONARDO

> ¡Oh, qué gracia!
> Háblote de los oidores
> del Rey, y ¡del que se llama
> 2170 Peribáñez, imaginas
> que es el labrador de Ocaña!

COMENDADOR

> Si hasta ahora te pedía
> la relación y la causa
> de la jornada del Rey,
> 2175 ya no me atrevo a escucharla.
> Eso, ¿todo se resuelve
> en que el Rey hace jornada
> con lo mejor de Castilla
> a las fronteras, que guardan,
> 2180 con favor del granadino,
> los que les niegan las parias?

LEONARDO

> Eso es todo.

COMENDADOR

> Pues advierte
> [a] lo que me es de importancia,
> que, mientras fuiste a Toledo,
> 2185 tuvo ejecución la traza.

2170 *Peribáñez*. Así en los textos de 1614. Probablemente es una errata por *Periháñez*.
2181 Hartzenbusch y los editores enmiendan *le niegan*. Dejo *les* del texto de 1614 porque quizá Lope entiende «les niegan las parias al rey y a lo mejor de Castilla».
2183 Los textos de 1614 leen *no lo que me es de importancia*. Los editores aceptan, en general, la enmienda de Hartzenbusch *sólo (que me es de importancia)*. Es difícil mantener la lección de 1614 porque habría que entender que el Comendador quiere decir que «es de importancia para la Encomienda y no para mí». He preferido enmendar en *a lo* (de una grafía *ha lo*) porque la construcción *advertir a* está documentada («advertir a la luz», en *Autoridades)* y es más verosímil que la propuesta por Hartzenbusch.

Con Peribáñez hablé,
y le dije que gustaba
de nombralle capitán
de cien hombres de labranza,
2190   y que se pusiese a punto.
Parecióle que le honraba,
como es verdad, a no ser
honra aforrada en infamia.
Quiso ganarla, en efeto:
2195   gastó su hacendilla en galas,
y sacó su compañía
ayer, Leonardo, a la plaza,
y hoy, según Luján me ha dicho,
con ella a Toledo marcha.

LEONARDO
2200   ¡Buena te deja a Casilda,
tan villana y tan ingrata
como siempre!

COMENDADOR
                    Sí; mas mira
que amor en ausencia larga
hará el efeto que suele
2205   en piedra el curso del agua.

                    Tocan cajas.

LEONARDO
Pero, ¿qué cajas son éstas?

COMENDADOR
No dudes que son sus cajas.
Tu alférez trae los hidalgos.

_____

2206 *cajas*: tambores. Hartzenbusch, innecesariamente, pone en
      boca del Comendador este verso, y atribuye el v. 2207 a
      Leonardo. Mantengo el orden de las ediciones porque el que
      relata el caso es el Comendador y, por consiguiente, el sor-
      prendido debe ser Leonardo y no aquél.

Toma, Leonardo, tus armas,
2210 porque mejor le engañemos,
para que a la vista salgas
también con tu compañía.

LEONARDO

Ya llegan. Aquí me aguarda.

Váyase Leonardo.

Entre una compañía de Labradores, armados graciosamente, y
detrás Peribáñez, con espada y daga.

PERIBÁÑEZ

No me quise despedir
2215 sin ver a su señoría.

COMENDADOR

Estimo la cortesía.

PERIBÁÑEZ

Yo os voy, señor a servir.

COMENDADOR

Decid «al Rey mi señor».

PERIBÁÑEZ

Al Rey y a vos.

COMENDADOR

Está bien.

PERIBÁÑEZ
2220 Que al Rey es justo, y también
a vos, por quien tengo honor;
que yo, ¿cuándo mereciera
ver mi azadón y gabán
con nombre de capitán

2225   con jineta y con bandera
         del Rey, a cuyos oídos
         mi nombre llegar no puede,
         porque su estatura excede
         todos mis cinco sentidos?
2230   Guárdeos muchos años Dios.

COMENDADOR

         Y os traiga, Pedro, con bien.

PERIBÁÑEZ

         ¿Vengo bien vestido?

COMENDADOR

                              Bien.
         No hay diferencia en los dos.

PERIBÁÑEZ

         Sola una cosa querría...
2235   No sé si a vos os agrada.

COMENDADOR

         Decid, a ver.

PERIBÁÑEZ

                        Que la espada
         me ciña su señoría,
         para que ansí vaya honrado.

COMENDADOR

         Mostrad, haréos caballero;
         que de esos bríos espero,
2240   Pedro, un valiente soldado.

PERIBÁÑEZ

         Pardiez, señor, hela aquí.
         Cíñamela su mercé.

2225 *jineta:* «lanza corta con una borla por guarnición junto al
     hierro dorado, insignia de los capitanes de infantería» (*Auto-*
     ridades).

COMENDADOR

2245
 Esperad, os la pondré,
porque la llevéis por mí.

BELARDO

 Híncate, Blas, de rodillas,
que le quieren her hidalgo.

BLAS

 Pues, ¿quedará falto en algo?

BELARDO

 En mucho, si no te humillas.

BLAS
2250
 Belardo, vos, que sois viejo,
¿hanle de dar con la espada?

BELARDO

 Yo de mi burra manchada,
de su albarda y aparejo
 entiendo más que de armar
2255 caballeros de Castilla.

COMENDADOR

 Ya os he puesto la cuchilla.

PERIBÁÑEZ

 ¿Qué falta agora?

COMENDADOR

     Jurar
que a Dios, supremo Señor,
y al Rey serviréis con ella.

2247 *her:* hacer. Rusticismo.
2249 Sobre estos versos en boca de Belardo, *vid.* Introducción,
 página 27.
2256 *cuchilla:* espada.

PERIBÁÑEZ

2260   Eso juro, y de traella
en defensa de mi honor,
   del cual, pues voy a la guerra,
adonde vos me mandáis,
ya por defensa quedáis,
2265 como señor de esta tierra.
    Mi casa y mujer, que dejo
por vos, recién desposado,
remito a vuestro cuidado
cuando de los dos me alejo.
2270   Esto os fío, porque es más
que la vida, con quien voy;
que, aunque tan seguro estoy
que no la ofendan jamás,
    gusto que vos la guardéis,
2275 y corra por vos, a efeto
de que, como tan discreto,
lo que es el honor sabéis;
    que con él no se permite
que hacienda y vida se iguale,
2280 y quien sabe lo que vale,
no es posible que [le] quite.
    Vos me ceñistes espada,
con que ya entiendo de honor;
que antes yo pienso, señor,
2285 que entendiera poco o nada.
    Y pues iguales los dos
con este honor me dejáis,
mirad cómo le guardáis,
o quejaréme de vos.

COMENDADOR

2290   Yo os doy licencia, si hiciere
en guardalle deslealtad,
que de mí os quejéis.

2281 En el texto de 1614 *la quite*. La corrección, necesaria, ya en
Hartzenbusch.
2282 *ceñistes: ceñisteis*. Era la forma normal y etimológica.

PERIBÁÑEZ

Marchad,
y venga lo que viniere.

Entrese, marchando detrás, con graciosa arrogancia.

COMENDADOR

2295
Algo confuso me deja
el estilo con que habla,
porque parece que entabla
o la venganza o la queja.
Pero es que, como he tenido
2300
el pensamiento culpado,
con mi malicia he juzgado
lo que su inocencia ha sido.
Y cuando pudiera ser
malicia lo que entendí,
¿dónde ha de haber contra mí
2305
en un villano poder?
¡Esta noche has de ser mía,
villana rebelde, ingrata,
porque muera quien me mata
antes que amanezca el día!

Entrase.

En lo alto Costanza, y Casilda, y Inés.

COSTANZA
2310
En fin, ¿se ausenta tu esposo?

CASILDA

Pedro a la guerra se va;
que en la que me deja acá,
pudiera ser más famoso.

2308 Se refiere, naturalmente, al deseo de posesión, que desaparece tras la consecución del objeto deseado.

INÉS

          Casilda, no te enternezcas,
2315   que el nombre de capitán
       no comoquiera le dan.

CASILDA

     ¡Nunca estos nombres merezcas!

COSTANZA

     A fe que tiene razón
     Inés; que, entre tus iguales,
2320   nunca he visto cargos tales,
     porque muy de hidalgos son.
        Demás que tengo entendido
     que a Toledo solamente
     ha de llegar con la gente.

CASILDA
2325
     Pues si eso no hubiera sido,
     ¿quedárame vida a mí?

INÉS

     La caja suena. ¿Si es él?

COSTANZA

     De los que se van con él
     ten lástima, y no de ti.

     La caja, y Peribáñez, bandera, soldados.

BELARDO
2330
     Veislas allí en el balcón,
     que me remozo de vellas;
     mas ya no soy para ellas,
     ni ellas para mí no son.

2318 Hartzenbusch y la mayoría de los editores siguen la lección
     de *P tienes* y entienden *Inés* como vocativo. La lectura co-
     rrecta, evidentemente, es *tiene* de *MB*.
2331 *remozo*: vuelvo a ser mozo.

PERIBÁÑEZ
>   ¿Tan viejo estáis ya, Belardo?

BELARDO
2335   El gusto se acabó ya.

PERIBÁÑEZ
>   Algo dél os quedará _remain_
>   bajo del capote pardo.

BELARDO
>   Pardiez, señor capitán,
>   tiempo hue que al sol y al aire
2340   solía hacerme donaire,
>   ya pastor, ya sacristán,
>   Cayó un año mucha nieve,
>   y como lo rucio vi,
>   a la iglesia me acogí.

PERIBÁÑEZ
2345   ¿Tendréis tres dieces y un nueve?

BELARDO
>   Esos y otros tres decía
>   un aya que me crïaba;
>   mas pienso que se olvidaba.
>   ¡Poca memoria tenía!
2350   Cuando la Cava nació
>   me salió la primer muela.

2339 *hue:* fue. Rusticismo.
2343 *rucio:* blanco. Aquí «canoso».
2345 Como ya se ha indicado en la Introducción, p. 27, Lope
     alude a los 39 años de su edad. Probablemente hay un
     juego de palabras, porque el 39 es también un punto del
     juego de cartas, como puede observarse por la siguiente alu-
     sión del propio Lope: «... esto es enredo, donde también
     ha querido poner a Juan de Piña y pondrá a todo el mundo,
     porque tiene dos treinta y nueve de bellaco y de loco, y
     se descarta del que quiere» (*Epistolario,* III, p. 303).
2350 Alude a la leyenda de la Cava y don Rodrigo, bien conocida
     a través del romancero.

PERIBÁÑEZ

¿Ya íbades a la escuela?

BELARDO

Pudiera juraros yo
de lo que entonces sabía;
2355   pero mil dan a entender
que apenas supe leer,
y es lo más cierto, a fe mía;
que como en gracia se lleva
danzar, cantar o tañer,
2360   yo sé escribir sin leer,
que a fe que es gracia bien nueva.

CASILDA

¡Ah, gallardo capitán
de mis tristes pensamientos!

PERIBÁÑEZ

¡Ah, dama la del balcón,
2365   por quien la bandera tengo!

CASILDA

¿Vaisos de Ocaña, señor?

PERIBÁÑEZ

Señora, voy a Toledo,
a llevar estos soldados,
que dicen que son mis celos.

CASILDA
2370   Si soldados los lleváis,
ya no ternéis pena dellos;
que nunca el honor quebró
en soldándose los celos.

2369 Aubrun-Montesinos entienden: «tan numerosos como los cuidados que me dan los celos». No está claro el sentido. Quizá
«que dicen [impersonal] que están bajo mi mando y, por
consiguiente, debo celar ("cuidar") de ellos».
2373 *soldándose*. De *soldar* que «metafóricamente vale componer,
enmendar y disculpar algún desacierto con algunas acciones
o palabras, para que quede satisfecho quien las notó» (*Autoridades*).

PERIBÁÑEZ

No los llevo tan soldados,
2375 que no tenga mucho miedo,
no de vos, mas de la causa
por quien sabéis que los llevo;
que si celos fueran tales
que yo los llamara vuestros,
2380 ni ellos fueran donde van,
ni yo, señora, con ellos.
La seguridad, que es paz
de la guerra en que me veo,
me lleva a Toledo, y fuera
2385 del mundo al último extremo.
A despedirme de vos
vengo, y a decir que os dejo _leave_
a vos de vos misma en guarda,
porque en vos y con vos quedo;
2390 y que me deis el favor
que a los capitanes nuevos
suelen las damas, que esperan
de su guerra los trofeos. _victory_
¿No parece que ya os hablo
2395 a lo grave y caballero?
¡Quién dijera que un villano
que ayer al rastrojo seco
dientes menudos ponía
de la hoz corva de acero,
2400 los pies en las tintas uvas,
rebosando el mosto negro
por encima del lagar,
o la tosca mano al hierro
del arado, hoy os hablara
2405 en lenguaje soldadesco,
con plumas de presunción _boldness_
y espada de atrevimiento!
Pues sabed que soy hidalgo, _noble_
y que decir y hacer puedo;
2410 que el Comendador, Casilda,
me la ciñó, cuando menos.

Pero este *menos,* si el *cuando*
viene a ser cuando sospecho,
por ventura será *más;*

2415   pero yo no menos bueno.

CASILDA

Muchas cosas me decís
en lengua que ya no entiendo.
El favor, sí; que yo sé
que es bien debido a los vuestros.

2420   Mas ¿qué podrá una villana
dar a un capitán?

PERIBÁÑEZ

                    No quiero
que os tratéis ansí.

CASILDA

                    Tomad,
mi Pedro, este listón negro.

PERIBÁÑEZ

¿Negro me lo dais, esposa?

CASILDA

2425   Pues, ¿hay en la guerra agüeros?

PERIBÁÑEZ

Es favor desesperado:
promete luto o destierro.

BLAS

Y vos, señora Costanza,
¿no dais por tantos requiebros

2430   alguna prenda a un soldado?

2423 *listón:* cinta de seda.
2425 Quiere decir: «Pues ¿es posible que en la guerra se pueda
esperar otra cosa que la muerte?». De ahí que Peribáñez
responda que «es favor sin esperanza». Habitualmente las damas entregaban a sus galanes cintas de color verde como
señal de esperanza.

COSTANZA

    Blas, esa cinta de perro,
    aunque tú vas donde hay tantos,
    que las podrás hacer de ellos.

BLAS

     ¡Plega a Dios que los moriscos
2435   las hagan de mi pellejo,
    si no dejare matados
    cuantos me fueren huyendo!

INÉS

    ¿No pides favor, Belardo?

BELARDO

    Inés, por soldado viejo,
2440   ya que no por nuevo amante,
    de tus manos le merezco.

INÉS

    Tomad aqueste chapín.

BELARDO

    No, señora, deteneldo;
    que favor de chapinazo,
2445   desde tan alto, no es bueno.

INÉS

    Traedme un moro, Belardo.

BELARDO

    Días ha que ando tras ellos.
    Mas, si no viniere en prosa,
    desde aquí le ofrezco en verso.

2439 *soldado viejo:* «el militar que ha servido muchos años» (*Autoridades*).
2449 Sobre estas alusiones, *vid.* Introducción, p. 28.

Leonardo, capitán, caja y bandera, y compañía de hidalgos.

LEONARDO
2450   Vayan marchando, soldados,
          con el orden que decía.

INÉS
          ¿Qué es esto?

COSTANZA
                         La compañía
          de los hidalgos cansados.

INÉS
          Más lucidos han salido
2455   nuestros fuertes labradores.

COSTANZA
          Si son las galas mejores,
          los ánimos no lo han sido.

PERIBÁÑEZ
          ¡Hola! Todo hombre esté en vela
          y muestre gallardos bríos.

BELARDO
2460   ¡Que piensen estos judíos
          que nos mean la pajuela!

2453 Sobre *cansado* con la acepción de judío converso, *vid.* J. Sil-
     verman, «Los hidalgos *cansados*...». De todas formas, y sin
     negar el matiz citado, el adjetivo parece tener la acepción
     habitual de «fatigado, decaído», como puede verse por el
     parlamento de Inés, en el que *lucidos* se refiere no al traje
     sino al espíritu de los «fuertes» labradores. En otras pala-
     bras, en este pasaje *cansados* se opone semánticamente a
     lucidos. Evidentemente, son *cansados* porque no trabajan. En
     los contextos citados por Silverman en que la frase «hidalgo
     cansado», «cansados pelones», de otras obras de Lope, po-
     dría tener esta acepción o la de «perseverante en demostrar
     su hidalguía, con lo que llega a cansar». Y repito que, por
     supuesto, el matiz antijudaico es claro, y, desde luego, más
     explícito en el v. 2460.
2461 *mear la pajuela:* aventajarse.

Déles un gentil barzón
muesa gente por delante.

PERIBÁÑEZ

¡Hola! Nadie se adelante:
2465 siga a ballesta lanzón.

Vaya una compañía al derredor de la otra, mirándose.

BLAS

Agora es tiempo, Belardo,
de mostrar brío.

BELARDO

Callad;
que a la más caduca edad
suple un ánimo gallardo.

LEONARDO
2470 ¡Basta que los labradores
compiten con los hidalgos!

BELARDO

Estos huirán como galgos.

BLAS

No habrá ciervos corredores
como éstos, en viendo un moro,
2475 y aun basta oírlo decir.

BELARDO

Ya los vi a todos hüir
cuando corrimos el toro.

Entranse los labradores.

2462 *barzón:* rodeo.
2465 Vayan detrás los labradores con las lanzas y delante los hi-
      dalgos con las ballestas.
2473 *ciervos.* En el texto de 1614 *cuervos,* errata evidente subsa-
      nada por Hartzenbusch.

LEONARDO

Ya se han traspuesto.— ¡Ce! ¡Inés!

INÉS

¿Eres tú, mi capitán?

LEONARDO
2480   ¿Por qué tus primas se van?

INÉS

¿No sabes ya por lo que es?
Casilda es como una roca.
Esta noche hay mal humor.

LEONARDO

¿No podrá el Comendador
verla, [Inés]?

INÉS
2485   Punto en boca;
que yo le daré lugar
cuando imagine que llega
Pedro a alojarse.

LEONARDO

Pues ciega,
si me quieres obligar,

2485 Los editores siguen la enmienda de Hartzenbusch «verla
[un rato]». Prefiero suplir la pérdida con [Inés] que se
explica mejor por una sencilla haplografía, puesto que Lope
escribe un solo verso «verla, [Inés]. Inés.—Punto en boca».
En este caso se produciría una compensación silábica al ser
palabra aguda. De todas formas, si se admite la enmienda
de Hartzenbusch, mejor que [un rato] sería preferible [un
punto], que explicaría más verosímilmente la pérdida.
2486 *lugar:* oportunidad, ocasión.
2487 Aubrun-Montesinos sobrentienden «[ella], Casilda» como sujeto de imagine, pero parece claro que es Inés la que imagina («conjetura») que Pedro ha llegado ya a Toledo donde
estará alojado como soldado.
2488 *alojarse:* «con más propiedad se usa esta voz hablando de
las marchas de los soldados cuando pasan de unas partes a
otras» (*Autoridades*). Cf. v. 2515.

2490   los ojos de esta mujer
         que tanto mira su honor;
         porque está el Comendador
         para morir desde ayer.

INÉS

         Dile que venga a la calle.

LEONARDO

         ¿Qué señas?

INÉS
2495   Quien cante bien.

LEONARDO

         Pues adiós.

INÉS

                     ¿Vendrás también?

LEONARDO

         Al alférez pienso dalle
         estos bravos españoles,
         y yo volverme al lugar.

INÉS

         Adiós.

LEONARDO
2500   Tocad a marchar;
         que ya se han puesto dos soles.

                    Vanse.

El Comendador, en casa, con ropa *, y Luján, lacayo.

COMENDADOR

         En fin, ¿le viste partir?

---
* *con ropa:* «con la ropa de casa: en calzas y jubón» (Aubrun-
Montesinos).

LUJÁN

Y en una yegua marchar,
notable para alcanzar
2505   y famosa para hüir.
        Si vieras cómo regía
Peribáñez sus soldados,
te quitara mil cuidados.

COMENDADOR

Es muy gentil compañía;
2510   pero a la de su mujer
tengo más envidia yo.

LUJÁN

Quien no siguió, no alcanzó.

COMENDADOR

Luján, mañana a comer
en la ciudad estarán.

LUJÁN
2515   Como esta noche alojaren.

COMENDADOR

Yo te digo que no paren
soldados ni capitán.

LUJÁN

Como es gente de labor,
y es pequeña la jornada,
2520   y va la danza engañada
con el son del atambor,
        no dudo que sin parar
vayan a Granada ansí.

COMENDADOR

¿Cómo pasará por mí
2525   el tiempo que ha de tardar
desde aquí a las diez?

LUJÁN

                              Ya son
        casi las nueve. No seas
        tan triste, que, cuando veas
        el cabello a la Ocasión,
2530   pierdas el gusto esperando;
        que la esperanza entretiene.

COMENDADOR

        Es, cuando el bien se detiene,
        esperar desesperando.

LUJÁN

        Y Leonardo, ¿ha de venir?

COMENDADOR
2535   ¿No ves que el concierto es
        que se case con Inés,
        que es quien la puerta ha de abrir?

LUJÁN

        ¿Qué señas ha de llevar?

COMENDADOR

        Unos músicos que canten.

LUJÁN
2540   ¿Cosa que la caza espanten?

COMENDADOR

        Antes nos darán lugar
            para que con el rüido
        nadie sienta lo que pasa
        de abrir ni cerrar la casa.

LUJÁN
2545   Todo está bien prevenido;
            mas dicen que en un lugar

2540 *¿Cosa que...?: ¿No será que...?*

una parentela toda
se juntó para una boda,
ya a comer y ya a bailar.
2550   Vino el cura y desposado,
la madrina y el padrino,
y el tamboril también vino
con un salterio extremado.
          Mas dicen que no tenía[n]
2555 de la desposada el sí,
porque decía que allí
sin su gusto la traían.
          Junta, pues, la gente toda,
el cura [le] preguntó;
2560 dijo tres veces que no,
y deshízose la boda.

COMENDADOR

          ¿Quieres decir que nos falta
entre tantas prevenciones
el sí de Casilda?

LUJÁN

                              Pones
2565 el hombro a empresa muy alta
de parte de su dureza,
y era menester el sí.

COMENDADOR

          No va mal trazado así;
que su villana aspereza
2570   no se ha de rendir por ruegos;
por engaños ha de ser.

2554 En los textos de 1614 *tenía*. La enmienda, necesaria, de
Hartzenbusch.
2559 En el texto de 1614 *lo preguntó*. La enmienda ya en Hartzenbusch.
2566 *de parte de:* «a causa de, siendo dada» (Aubrun-Montesinos).
Quiere decir: «por culpa de su dureza te expones a una
acción muy alta y era necesario el sí de antemano».

LUJÁN

 Bien puede bien suceder;
 mas pienso que vamos ciegos.

 Un Criado * y los Músicos.

PAJE

 Los músicos han venido.

MÚSICO 1.º
2575 Aquí, señor, hasta el día
 tiene vuesa señoría
 a Lisardo y a Leonido.

COMENDADOR

 ¡Oh, amigos! Agradeced
 que este pensamiento os fío;
2580 que es de honor y, en fin, es mío.

MÚSICO 2.º

 Siempre nos haces merced.

COMENDADOR

 ¿Dan las once?

LUJÁN

 Una, dos, tres...
 No dio más.

MÚSICO 2.º

 Contaste mal.
 Ocho eran dadas.

COMENDADOR

 ¿Hay tal?
2585 ¡Que aun de mala gana des
 las que da el reloj de buena!

LUJÁN

 Si esperas que sea más tarde,
 las tres cuento.

---

* Aquí, *un criado,* pero en el diálogo *un paje.*

COMENDADOR

No hay que aguarde.

LUJÁN

Sosiégate un poco, y cena.

COMENDADOR
2590   ¡Mala Pascua te dé Dios!
¿Que cene dices?

LUJÁN

Pues bebe
siquiera.

COMENDADOR

¿Hay nieve?

PAJE

No hay nieve.

COMENDADOR

Repartilda entre los dos.

PAJE

La capa tienes aquí.

COMENDADOR

Muestra. ¿Qué es esto?

PAJE
2595   Bayeta.

COMENDADOR

Cuanto miro me inquïeta.
Todos se burlan de mí.
¡Bestias! ¿De luto? ¿A qué efeto?

PAJE

¿Quieres capa de color?

2592 Las bebidas se refrescaban con *nieve* traída de las montañas
y conservada en lugares fríos.
2595 *bayeta*: tela habitualmente de color negro que se utilizaba
en los lutos.

LUJÁN

2600   Nunca a las cosas de amor
va de color el discreto.
    Por el color se dan señas
de un hombre en un tribunal.

COMENDADOR

    ¡Muestra color, animal!
2605   ¿Sois crïados, o sois dueñas?

PAJE

    Ves aquí color.

COMENDADOR

              Yo voy,
amor, donde tú me guías.
Da una noche a tantos días
cuando en tu servicio estoy.

LUJÁN

    ¿Iré [yo] contigo?

COMENDADOR

2610   Sí,
pues que Leonardo no viene.
Templad, para ver si tiene
templanza este fuego en mí.

Entrense.

Salga Peribáñez.

PERIBÁÑEZ

    ¡Bien haya el que tiene bestia
2615   de éstas de hüir y alcanzar,—

2606 Probablemente, la capa era de color morado, símbolo de la
pasión, o verde, esperanza.
2610 La adición es de Hartzenbuch. Podría admitirse: «¿Iré contigo [yo]?—Sí».
2612 *Templad* los instrumentos musicales.

con que puede caminar
sin pesadumbre y molestia!
        Alojé mi compañía,
y con ligereza extraña
2620   he dado la vuelta a Ocaña.
¡Oh, cuán bien decir podría
«Oh, caña», la del honor,
pues que no hay tan débil caña
como el honor, a quien daña
2625   de cualquier viento el rigor!
        ¡Caña de honor quebradiza,
caña hueca y sin sustancia,
de hojas de poca importancia,
con que su tronco entapiza!
2630   ¡Oh, caña, todo aparato,
caña fantástica y vil,
para quebrada sutil,
y verde tan breve rato!
        ¡Caña compuesta de ñudos,
2635   y honor al fin de ellos lleno,
sólo para sordos bueno
y para vecinos mudos!
        Aquí naciste en Ocaña
conmigo al viento ligero:
2640   yo te cortaré primero
que te quiebres, débil caña.
        No acabo de agradecerme
el haberte sustentado,
yegua, que con tal cuidado
2645   supiste a Ocaña traerme.
        ¡Oh, bien haya la cebada
que tantas veces te di!
Nunca de ti me serví
en ocasión más honrada.
2650   Agora el provecho toco,
contento y agradecido.
Otras veces me has traído,
pero fue pesando poco;

─────────────
2631 *fantástica:* soberbia, presuntuosa.

que la honra mucho alienta,
2655 y que te agradezca es bien
que hayas corrido tan bien
con la carga de mi afrenta.
    Préciese de buena espada
y de buena cota un hombre,
2660 del amigo de buen nombre
y de opinión siempre honrada,
    de un buen fieltro de camino
y de otras cosas así:
que una bestia es para mí
2665 un socorro peregrino.
    ¡Oh, yegua! ¡En menos de un hora
tres leguas! Al viento igualas,
que, si le pintan con alas,
tú las tendrás desde agora.
2670   Esta es la casa de Antón,
cuyas paredes confinan
con las mías, que ya inclinan
su peso a mi perdición.
    Llamar quiero; que he pensado
2675 que será bien menester.
¡Ah de casa!

Dentro, Antón.

ANTÓN

¡Hola, mujer!
¿No os parece que han llamado?

PERIBÁÑEZ

Peribáñez.

ANTÓN

¿Quién golpea
a tales horas?

2662 *fieltro de camino*: capa de lana impermeabilizada con goma.

PERIBÁÑEZ

                    Yo soy,
        Antón.

ANTÓN
2680   Por la voz ya voy,
        aunque lo que fuere sea.
            ¿Quién es?

PERIBÁÑEZ

                        Quedo, Antón amigo.
            Peribáñez soy.

ANTÓN

                        ¿Quién?

PERIBÁÑEZ

                                Yo,
        a quien hoy el cielo dio
2685   tan grave y crüel castigo.

ANTÓN

                Vestido me eché [a dormir],
        porque pensé madrugar;
        ya me agradezco el no estar
        desnudo. ¿Puédoos servir?

PERIBÁÑEZ
2690   Por vuesa casa, mi Antón,
        tengo de entrar en la mía;
        que ciertas cosas de día
        sombras por la noche son.
                Ya sospecho que en Toledo
2695   algo entendiste de mí.

ANTÓN

            Aunque callé, lo entendí.
        Pero aseguraros puedo
            que Casilda...

_____

2686 En el texto de 1614 «vestido me eché *dormido*». La corrección ya en Hartzenbusch.

PERIBÁÑEZ

No hay qué hablar:
por ángel tengo a Casilda.

ANTÓN

2700   Pues regalalla y servi[ld]a.

PERIBÁÑEZ

Hermano, dejadme estar.

ANTÓN

Entrad; que si puerta os doy,
es por lo que de ella sé.

PERIBÁÑEZ

Como yo seguro esté,
2705   suyo para siempre soy.

ANTÓN

¿Dónde dejáis los soldados?

PERIBÁÑEZ   second lt.
Mi alférez con ellos va;
que yo no he traído acá
sino sólo mis cuidados.   mare
2710   Y no hizo la yegua poco
en traernos a los dos,
porque hay cuidado, por Dios,
que basta a volverme loco.

Entrense.

shields
Salga el Comendador, Luján, con broqueles *, y los Músicos.

COMENDADOR

Aquí podéis comenzar,
2715   para que os ayude el viento.

───────────────────────────

2700 servidla, por error, en el texto de 1614. La corrección en
Hartzenbusch.
  * broqueles: escudos pequeños.

MÚSICO 2.º
> Va de letra.

COMENDADOR

> ¡Oh, cuánto siento
> esto que llaman templar!

> Músicos canten.

> *Cogióme a tu puerta el toro,*
> *linda casada;*
2720   *no dijiste: «¡Dios te valga!»*

> *El novillo de tu boda*
> *a tu puerta me cogió;*
> *de la vuelta que me dio*
> *se rió la villa toda;*
2725   *y tú, grave y burladora,*
> *linda casada,*
> *no dijiste:«¡Dios te valga!»*

> Inés, a la puerta.

INÉS

> Cese, señor don Fadrique.

COMENDADOR
> ¿Es Inés?

INÉS

> La misma soy.

COMENDADOR
2730   En pena a las once estoy.
> Tu cuenta el perdón me aplique,
> para que salga de pena.

2730 «La creencia popular hacía salir a las almas en pena a media-
noche. El Comendador dice que ya lo está una hora antes»
(Zamora).
2731 *cuenta de perdón:* «una cuenta a modo de las del Rosario,
a quien se dice que el Papa tiene concedida alguna indul-
gencia en favor de las ánimas del Purgatorio» *(Autoridades).*

INÉS

    ¿Viene Leonardo?

COMENDADOR

               Asegura
a Peribáñez. Procura,
2735 Inés, mi entrada, y ordena
       que vea esa piedra hermosa;
que ya Leonardo vendrá.

INÉS

    ¿Tardará mucho?

COMENDADOR

             No hará;
pero fue cosa forzosa
2740 asegurar un marido
tan malicioso.

INÉS

          Yo creo
que a estas horas el deseo
de que le vean vestido
de capitán en Toledo
2745 le tendrá cerca de allá.

COMENDADOR

Durmiendo acaso estará.
¿Puedo entrar? Dime si puedo.

INÉS

    Entra; que te detenía
por si Leonardo llegaba.

LUJÁN

Luján, ¿ha de entrar?

2736 *piedra:* piedra preciosa.
2745 *tendrá:* mantendrá.

COMENDADOR
2750   Acaba,
    Lisardo. Adiós hasta el día.

                    Éntranse, quedan los Músicos.

MÚSICO 1.º
    El cielo os dé buen suceso.

MÚSICO 2.º
    ¿Dónde iremos?

MÚSICO 1.º
                        [A] acostar.

MÚSICO 2.º
    ¡Bella moza!

MÚSICO 1.º
                    Eso... callar.

MÚSICO 2.º
2755   Que tengo envidia confieso.

                            Vanse.

                    Peribáñez solo en su casa.

PERIBÁÑEZ
        Por las tapias de la huerta
    de Antón en mi casa entré,
    y de este portal hallé
    la de mi corral abierta;
2760   en el gallinero quise
    estar oculto; mas hallo
    que puede ser que algún gallo
    mi cuidado los avise.

Con la luz de las esquinas
2765   le quise ver y advertir,
y vile en medio dormir
de veinte o treinta gallinas.
  «Que duermas, dije, me espantas,
en tan dudosa fortuna.
2770   No puedo yo guardar una,
¡y quieres tú guardar tantas!»
  No duermo yo, que sospecho,
y me da mortal congoja
un gallo de cresta roja
2775   porque la tiene en el pecho.
  Salí al fin, y, cual ladrón
de casa, hasta aquí me entré;
con las palomas topé,
que de amor ejemplo son;
2780   y como las vi arrullar,
y con requiebros tan ricos
a los pechos por los picos
las almas comunicar,
  dije: «¡Oh, maldígale Dios,
2785   aunque grave y altanero,
al palomino extranjero
que os alborota a los dos!»
  Los gansos han despertado,
gruñe el lechón y los bueyes
2780   braman; que de honor las leyes,
hasta el jumentillo atado
  al pesebre con la soga,
desasosiegan por mí,
que soy su dueño; hoy aquí
2795   ven que ya el cordel me ahoga.

2775 Alude a la cruz de Santiago.
2776 *ladrón de casa:* el que roba en la casa donde trabaja.
Era frase hecha.
2794 La corrección que propone Bonilla, y es aceptada por los
editores, *que soy su dueño, y aquí* es buena. Mantengo la
primitiva porque, aunque tiene el aspecto de ser una errata,
tiene sentido.

        Gana me da de llorar;
        lástima tengo de verme
        en tanto mal... —Mas, ¿si duerme
        Casilda?—Aquí siento hablar.
2800   En esta saca de harina
        me podré encubrir mejor;
        que, si es el Comendador,
        lejos de aquí me imagina.

                        Escóndese.

                    Inés y Casilda.

CASILDA

        Gente digo que he sentido.

INÉS
2805   Digo que te has engañado.

CASILDA

        Tú con un hombre has hablado.

INÉS

        ¿Yo?

CASILDA

            Tú, pues.

INÉS

                    Tú, ¿lo has oído?

CASILDA

        Pues si no hay malicia aquí,
        mira que serán ladrones.

INÉS
2810   ¡Ladrones! Miedo me pones.

CASILDA

    Da voces.

INÉS

        Yo no.

CASILDA

          Yo sí.

INÉS

    Mira que es alborotar
la vecindad sin razón.

        Entren el Comendador y Luján.

COMENDADOR

    Ya no puede mi afición
2815 sufrir, temer ni callar.
      Yo soy el Comendador,
yo soy tu señor.

CASILDA

             No tengo
señor más que a Pedro.

COMENDADOR

              Vengo
esclavo, aunque señor.
2820   Duélete de mí, o diré
que te hallé con el lacayo
que miras.

CASILDA

        Temiendo el rayo,
del trueno no me espanté.
    Pues, prima, ¡tú me has vendido!

2820 En el texto de 1614 *diréte*, error claro.

INÉS
2825   Anda; que es locura ahora,
            siendo pobre labradora
            y un villano tu marido,
            · dejar morir de dolor
            a un príncipe; que más va
2830   en su vida, ya que está
            en casa, que no en tu honor.
                Peribáñez fue a Toledo.

CASILDA

            ¡Oh prima crüel y fiera,
            vuelta de prima, tercera!

COMENDADOR
2835   Dejadme, a ver lo que puedo.

LUJÁN

                Dejémoslos; que es mejor.
            A solas se entenderán.

                            Váyanse.

CASILDA

                Mujer soy de un capitán,
            si vos sois Comendador.
2840   Y no os acerquéis a mí,
            porque a bocados y a coces
            os haré…

COMENDADOR

                Paso, y sin voces.

                [Sale] Peribáñez.

2834 Manido juego de palabras entre *prima,* «primera», y *tercera,*
     «alcahueta».
2841 *coces:* patadas. No tenía la acepción restringida actual.
2842 *Paso:* quedo, en silencio.

PERIBÁÑEZ

>   (¡Ay, honra! ¿Qué aguardo aquí?
>   Mas soy pobre labrador.
2845 Bien será llegar y hablalle.
>   ¡Pero mejor es matalle!)
>   Perdonad, Comendador,
>   que la honra es encomienda
>   de mayor autoridad.

COMENDADOR

2850 ¡Jesus! Muerto soy. ¡Piedad!

PERIBÁÑEZ

>   No temas, querida prenda;
>   mas sígueme por aquí.

CASILDA

>   No te hablo, de turbada.

Entrense.

Siéntese el Comendador en una silla.

COMENDADOR

>   Señor, tu sangre sagrada
2855 se duela agora de mí,
>   pues me ha dejado la herida
>   pedir perdón a un vasallo.

Leonardo entre.

LEONARDO

>   Todo en confusión lo hallo.
>   ¡Ah, Inés! ¿Estás escondida?
>   ¡Inés!

COMENDADOR
2860   Voces oyo aquí.
         ¿Quién llama?

LEONARDO

                    Yo soy, Inés.

COMENDADOR
         ¡Ay, Leonardo! ¿No me ves?

LEONARDO
         ¿Mi señor?

COMENDADOR

                    Leonardo, sí.

LEONARDO
                    ¿Qué te ha dado? Que parece
2865   que muy desmayado estás.

COMENDADOR
         Diome la Muerte no más.
         Mas el que ofende merece.

LEONARDO
                    ¿Herido? ¿De quién?

COMENDADOR

                                       No quiero
         voces ni venganzas ya.
2870   Mi vida en peligro está,
         sola la del alma espero.
                    No busques, ni hagas extremos,
         pues me han muerto con razón.
         Llévame a dar confesión,
2875   y las venganzas dejemos.
                    A Peribáñez perdono.

2860 *oyo*: oigo. Es forma etimológica, aunque podría tratarse de
     una errata por *oy[g]o*.
2866 El sujeto es la Muerte.

LEONARDO

    ¿Que un villano te mató,
    y que no lo vengo yo?
    Esto siento.

COMENDADOR

             Yo le abono.

2880   No es villano, es caballero;
    que pues le ceñí la espada
    con la guarnición dorada,
    no ha empleado mal su acero.

LEONARDO

    Vamos, llamaré a la puerta
    del Remedio.

COMENDADOR
2885

             Sólo es Dios.

           Váyanse.

Luján, enharinado *; Inés, Peribáñez, Casilda.

PERIBÁÑEZ

    Aquí moriréis los dos.

INÉS

    Ya estoy, sin heridas, muerta.

LUJÁN

    Desventurado Luján,
    ¿dónde podrás esconderte?

2885 «En muchos lugares existía la Cofradía y Hospital de Nuestra Señora de los Remedios; no es forzoso pensar en Ocaña
para localizar tal hospital o refugio» (Zamora).
  * *enharinado.* Sobre la tradición popular de arrojarse harina
y su carácter cómico, *vid.* N. Salomon, *Recherches,* páginas
582-588.

PERIBÁÑEZ
2890   Ya no se excusa tu muerte.

LUJÁN
              ¿Por qué, señor capitán?

PERIBÁÑEZ
              Por fingido segador.

INÉS
          Y a mí, ¿por qué?

PERIBÁÑEZ
                              Por traidora.

          Huya Luján, herido, y luego Inés.

LUJÁN
          ¡Muerto soy!

INÉS
                              ¡Prima y señora!

CASILDA
2895   No hay sangre donde hay honor.

          [*Vuelve Peribáñez.*]

PERIBÁÑEZ
          Cayeron en el portal.

CASILDA
          Muy justo ha sido el castigo,

PERIBÁÑEZ
          ¿No irás, Casilda, conmigo?

CASILDA
          Tuya soy al bien o al mal.

PERIBÁÑEZ

2900   A las ancas de esa yegua
amanecerás conmigo
en Toledo.

CASILDA

Y a pie, digo.

PERIBÁÑEZ

Tierra en medio es buena tregua
en todo acontecimiento,
2905   y no aguardar al rigor.

CASILDA

Dios haya al Comendador.
Matóle su atrevimiento.

Váyanse.

Entre el rey Enrique, y el Condestable.

ENRIQUE

Alégrame de ver con qué alegría
Castilla toda a la jornada viene.

CONDESTABLE

2910   Aborrecen, señor, la monarquía
que en nuestra España el africano tiene.

ENRIQUE

Libre pienso dejar la Andalucía,
si el ejército nuestro se previene,
antes que el duro invierno con su yelo
2915   cubra los campos y enternezca el suelo.
Iréis, Juan de Velasco, previniendo,
pues que la Vega da lugar bastante,

2905 *rigor:* «se toma asimismo por el último término a que pueden llegar las cosas» *(Autoridades).*
2917 La Vega de Toledo.

           el alarde famoso que pretendo,
           porque la fama del concurso espante
2920   por ese Tajo aurífero, y subiendo
           al muro por escalas de diamante,
           mire de pabellones y de tiendas
           otro Toledo por las verdes sendas.
                 Tiemble en Granada el atrevido moro
2925   de las rojas banderas y pendones;
           convierta su alegría en triste lloro.

CONDESTABLE
           Hoy me verás formar los escuadrones.

ENRIQUE
           La Reina viene, su presencia adoro.
           No ayuda mal en estas ocasiones.

REINA
2930   Si es de importancia, volveréme luego.

ENRIQUE
           Cuando lo sea, que no os vais os ruego.
                 ¿Qué puedo yo tratar de paz, señora,
           en que vos no podáis darme consejo?
           Y si es de guerra lo que trato agora,
2935   ¿cuándo con vos, mi bien, no me aconsejo?
           ¿Cómo queda don Juan?

REINA
                                   Por veros llora.

2918 *alarde:* parada militar.
2920 El Tajo era en la antigüedad famoso por llevar oro en sus
     arenas.
2920-21 Aubrun-Montesinos entienden que el sujeto de *subiendo*
     es la Fama. Hill-Harlan dan como sujeto el Tajo; el *muro*
     sería la garganta por donde discurre el río, y las *escalas
     de diamante,* los distintos desniveles de las paredes de la
     garganta. ¿No serán las *escalas de diamante* una alusión al
     artificio de Juanelo que elevaba el agua hasta la ciudad?
2930 La reina era Catalina de Lancaster.
2931 *cuando:* aunque. *vais:* vayáis.
2936 Alude al futuro don Juan el Segundo. Había nacido en 1405
     y tenía a la sazón dos años, como el propio Lope indica en
     el v. 2948.

ENRIQUE

>Guárdelo Dios; que es un divino espejo,
>donde se ven agora retratados,
>mejor que los presentes, los pasados.

REINA
2940

>El príncipe don Juan es hijo vuestro;
>con esto sólo encarecido queda.

ENRIQUE

>Mas con decir que es «vuestro», siendo «nuestro»,
>él mismo dice la virtud que [hereda].

REINA

>Hágale el cielo en imitaros diestro;
2945
>que con esto no más que le conceda,
>le ha dado todo el bien que le deseo.

ENRIQUE

>De vuestro generoso amor lo creo.

REINA

>Como tiene dos años, le quisiera
>de edad que esta jornada acompañara
>vuestras banderas.

ENRIQUE
2950
>   ¡Ojalá pudiera,
>y a ensalzar la de Cristo comenzara!
>¿Qué caja es ésa?

Gómez Manrique entre

GÓMEZ

>   Gente de la Vera
>y Extremadura.

2943 *hereda.* Todos los editores mantienen la lección de 1614
  encierra, que no guarda la rima. Creo que la lección propuesta por Hill-Harlan, *hereda,* salva esta deficiencia y el
  sentido mejora.
2952 *caja:* tropa, por sinécdoque.

CONDESTABLE

                    De Guadalajara
y Atienza pasa gente.

ENRIQUE

                              ¿Y la de Ocaña?

GÓMEZ
2955   Quédase atrás por una triste hazaña.

ENRIQUE
        ¿Cómo

GÓMEZ

                Dice la gente que ha llegado
que a don Fadrique un labrador ha muerto.

ENRIQUE

        ¡A don Fadrique, y al mejor soldado
que trujo roja cruz!

REINA

                              ¿Es cierto?

GÓMEZ

                                        Y muy cierto.

ENRIQUE
2960   En el alma, señora, me ha pesado.
        ¿Cómo fue tan notable desconcierto?

GÓMEZ

        Por celos.

ENRIQUE

                    ¿Fueron justos?

2959 El parlamento *¿Es cierto?* se atribuye en el texto de 1614
     también al *Rey*. Hartzenbusch enmienda la hipermetría su-
     primiendo *Es*. En los textos de 1614 los versos están trans-
     critos: «que trujo roja Cruz. *Rey*. Es cierto? / *Go*. Y muy
     cierto. *Rey*. En el alma señora me / ha pesado, / cómo fue
     tan notable desconcierto...»

GÓMEZ

Fueron locos.

REINA

Celos, señor, y cuerdos, habrá pocos.

ENRIQUE

¿Está preso el villano?

GÓMEZ

Huyóse luego
con su mujer.

ENRIQUE
2965   ¡Qué desvergüenza extraña!
¡Con estas nuevas a Toledo llego!
¿Así de mi justicia tiembla España?
Dad un pregón en la ciudad, os ruego,
Madrid, Segovia, Talavera, Ocaña,
2970   que a quien los diere presos o sean muertos,
tendrán de renta mil escudos ciertos.
Id, y que ninguno encubra
ni pueda dar sustento ni otra cosa,
so pena de la vida.

GÓMEZ

Voy.

Vase.

ENRIQUE

¡Que cubra
2975   el cielo aquella mano rigurosa! —cruel

2970 Algunos editores, siguiendo a Hartzenbusch, enmiendan erró-
neamente en *o sea*.
2972 Verso falto de tres sílabas. Hartzenbusch, a quien siguen los
editores, enmienda *Id* [*luego*] *y que ninguno* [*los*] *encubra*.
Existe la posibilidad de que Lope hubiera escrito esto, pero
no es normal la pérdida en dos lugares separados de un
mismo verso.
2974 *cubra*: encubra.
2975 *rigurosa*: cruel.

REINA

Confiad que tan presto se descubra,
cuanto llega la fama codiciosa
del oro prometido.

Un Paje entre.

PAJE

                    Aquí está Arceo,
acabado el guión.

ENRIQUE

                    Verle deseo.

Entre un Secretario con un pendón rojo, y en él las armas de
Castilla, con una mano arriba que tiene una espada, y en la otra
banda un Cristo crucificado.

SECRETARIO
2980   Este es, señor, el guión.

ENRIQUE

Mostrad. Paréceme bien;
que este capitán también
lo fue de mi redención

REINA

        ¿Qué dicen las letras?

ENRIQUE

                                Dicen:
2985   «Juzga tu causa, Señor.»

REINA

Palabras son de temor.

_____

2985 Del Salmo LXXXIII, 22: «Exurge Deus, iudica causam
tuam». (ap. Hill-Harlan).

ENRIQUE

   Y es razón que atemoricen.

REINA

   Destotra parte, ¿qué está?

ENRIQUE

   El castillo y el león,
2990 y esta mano por blasón,
   que va castigando ya.

REINA

   ¿La letra?

ENRIQUE

       Sólo mi nombre.

REINA

   ¿Cómo?

ENRIQUE

     «Enrique Justiciero»;
   que ya, en lugar del Tercero,
2995 quiero que este nombre asombre.

Entre Gómez.

GÓMEZ

   Ya se van dando pregones,
   con llanto de la ciudad.

REINA

   Las piedras mueve a piedad.

ENRIQUE

   ¡Basta que los azadones
3000 a las cruces de Santiago
   se igualan! ¿Cómo, o por dónde?

REINA
            ¡Triste de él si no se esconde!

ENRIQUE
            Voto y juramento hago
            de hacer con él un castigo
3005   que ponga al mundo temor.

PAJE
            Aquí dice un labrador
            que le importa hablar contigo.

Entre Peribáñez, todo de labrador, con capa larga, y su mujer.

ENRIQUE
            Señora, tomemos sillas.

CONDESTABLE
            Este algún aviso es.

PERIBÁÑEZ
3010   Dame, gran señor, tus pies.

ENRIQUE
            Habla, y no estés de rodillas.

PERIBÁÑEZ
            ¿Cómo, señor, puedo hablar
            si me ha faltado la habla
            y turbado los sentidos
3015   después que miré tu cara?
            Pero, siéndome forzoso,
            con la justa confïanza
            que tengo de tu justicia,
            comienzo tales palabras.
            Yo soy Peribáñez.

_____

3009 *aviso*. Aquí parece tratarse de un sustantivo agente, «el que
      trae noticias»; *avisos* eran los navíos que volvían con noti-
      cias de América.

ENRIQUE
3020   ¿Quién?

PERIBÁÑEZ
        Peribáñez el de Ocaña.

ENRIQUE
        ¡Matalde, guardas, matalde!

REINA
        No en mis ojos. ¡Teneos, guardas!

ENRIQUE
        Tened respeto a la Reina.

PERIBÁÑEZ
3025   Pues ya que matarme mandas,
        ¿no me oirás siquiera, Enrique,
        pues Justiciero te llaman?

REINA
        Bien dice. Oídle, señor.

ENRIQUE
        Bien decís; no me acordaba
3030   que las partes se han de oír,
        y más cuando son tan flacas.
        Prosigue.

PERIBÁÑEZ
                Yo soy un hombre,
        aunque de villana casta,
        limpio de sangre, y jamás
3035   de hebrea o mora manchada.
        Fui el mejor de mis iguales,
        y, en cuantas cosas trataban,
        me dieron primero voto,
        y truje seis años vara.

3038 *primero voto:* el primer voto.
3039 Es decir, «fui alcalde».

3040   Caséme con la que ves,
        también limpia, aunque villana;
        virtüosa, si la ha visto
        la envidia asida a la fama.
        El Comendador Fadrique,
3045   de vuesa villa de Ocaña
        señor y comendador,
        dio, como mozo, en amarla.
        Fingiendo que por servicios,
        honró mis humildes casas
3050   de unos reposteros, que eran
        cubiertos de tales cargas.
        Diome un par de mulas buenas,
        mas no tan buenas, que sacan
        este carro de mi honra
3055   de los lodos de mi infamia.
        Con esto intentó una noche,
        que ausente de Ocaña estaba,
        forzar mi mujer, mas fuese
        con la esperanza burlada.
3060   Vine yo, súpelo todo,
        y de las paredes bajas
        quité las armas, que al toro
        pudieran servir de capa.
        Advertí mejor su intento;
3065   mas llamóme una mañana,
        y díjome que tenía
        de vuestras altezas cartas
        para que con gente alguna
        le sirviese esta jornada;
3070   en fin, de cien labradores
        me dio la valiente escuadra.
        Con nombre de capitán
        salí con ellos de Ocaña;
        y como vi que de noche

3051 *cubiertos*. Alguna ediciones modernas, no sé si por errata
     o para salvar un presunto error del texto de 1614, leen *cu
     biertas*, que es lección muy verosímil.
3068 *gente alguna*. Vid. *Fuente Ovejuna*, n. al, v. 163.

3075   era mi deshonra clara,
en una yegua a las diez
de vuelta en mi casa estaba;
que oí decir a un hidalgo,
que era bienaventuranza
3080   tener en las ocasiones
dos yeguas buenas en casa.
Hallé mis puertas rompidas
y mi mujer destocada,
como corderilla simple
3085   que está del lobo en las garras.
Dio voces, llegué, saqué
la misma daga y espada
que ceñí para servirte,
no para tan triste hazaña;
3090   paséle el pecho, y entonces
dejó la cordera blanca,
porque yo, como pastor,
supe del lobo quitarla.
Vine a Toledo, y hallé
3095   que por mi cabeza daban
mil escudos; y, así, quise
que mi Casilda me traiga.
Hazle esta merced, señor;
que es quien agora la gana,
3100   porque vïuda de mí,
no pierda prenda tan alta.

ENRIQUE

    ¿Qué os parece?

REINA

            Que he llorado;
que es la respuesta que basta
para ver que no es delito,
sino valor.

ENRIQUE
3105   ¡Cosa extraña!
¡Que un labrador tan humilde

estime tanto su fama!
¡Vive Dios, que no es razón
matarle! Yo le hago gracia
3110 de la vida... Mas, ¿qué digo?
Esto justicia se llama.
Y a un hombre de este valor
le quiero en esta jornada
por capitán de la gente
3115 misma que sacó de Ocaña.
Den a su mujer la renta,
y cúmplase mi palabra;
y después de esta ocasión,
para la defensa y guarda
3120 de su persona, le doy
licencia de traer armas
defensivas y ofensivas.

PERIBÁÑEZ

Con razón todos te llaman
don Enrique el Justiciero.

REINA
3125 A vos, labradora honrada,
os mando de mis vestidos
cuatro, porque andéis con galas,
siendo mujer de soldado.

PERIBÁÑEZ
Senado, con esto acaba
3130 la tragicomedia insigne
del *Comendador de Ocaña*.

3126 *os mando:* os regalo.

HABLAN EN ELLA LAS PERSONAS SIGUIENTES:

FERNÁN GÓMEZ [de Guzmán, Comendador Mayor de la Orden de Calatrava]
ORTUÑO [criado de Fernán Gómez]
FLORES [criado de Fernán Gómez]
EL MAESTRE DE CALATRAVA [Rodrigo Téllez Girón]
PASCUALA [labradora]
LAURENCIA [labradora]
MENGO [labrador]
BARRILDO [labrador]
FRONDOSO [labrador]
JUAN ROJO [labrador, tío de Laurencia]
ESTEBAN [padre de Laurencia]

[Y] ALONSO Alcaldes
REY DON FERNANDO
REINA DOÑA ISABEL
DON MANRIQUE
[Dos Regidores de Ciudad Real]
UN REGIDOR [1.º de Fuente Ovejuna]
[Otro Regidor de Fuente Ovejuna, llamado Cuadrado]
CIMBRANOS [soldado]
JACINTA [labradora]
UN MUCHACHO
Algunos labradores
UN JUEZ [pesquisidor]
La música
[Leonelo, licenciado por Salamanca]

ACTO PRIMERO

Salen el Comendador, Flores y Ortuño, criados.

COMENDADOR
　　　¿Sabe el Maestre que estoy
　　en la villa?

FLORES
　　　　　　Ya lo sabe.

ORTUÑO
　　　　Está, con la edad, más grave.

---

2 «Se refiere a la villa de Almagro, donde tenía la orden de
Calatrava su casa, y habitaba en ella el Maestre» (López Estrada).

COMENDADOR

     ¿Y sabe también que soy
5   Fernán Gómez de Guzmán?

FLORES

     Es muchacho, no te asombre.

COMENDADOR

     Cuando no sepa mi nombre,
     ¿no le sobra el que me dan
     de Comendador mayor?

ORTUÑO
10   No falta quien le aconseje
     que de ser cortés se aleje.

COMENDADOR

     Conquistará poco amor.
     Es llave la cortesía
     para abrir la voluntad;
15   y para la enemistad,
     la necia descortesía.

ORTUÑO

     Si supiese un descortés
     cómo lo aborrecen todos
     y querrían de mil modos
20   poner la boca a sus pies
     antes que serlo ninguno,
     se dejaría morir.

FLORES

     ¡Qué cansado es de sufrir!
     ¡Qué áspero y qué importuno!

---

5 y ss. Critica Lope el nuevo modelo de *homo politicus* que
forjan los tacitistas. El «secreto», como adjunto intrínseco de
la prudencia, podía confundirse con la descortesía. Cf. v. 28.
20 No documento la frase. Parece que quiere decir: «querrían en-
mudecer, pisarse la lengua».

25   Llaman la descortesía
necedad en los iguales,
porque es entre desiguales
linaje de tiranía.
        Aquí no te toca nada:
30   que un muchacho aún no ha llegado
a saber qué es ser amado.

COMENDADOR

        La obligación de la espada
que le ciñó el mismo día
que la Cruz de Calatrava
35   le cubrió el pecho, bastaba
para aprender cortesía.

FLORES

        Si te han puesto mal con él,
presto le conocerás.

ORTUÑO

        Vuélvete, si en duda estás.

COMENDADOR
40   Quiero ver lo que hay en él.

Sale el Maestre de Calatrava y acompañamiento.

MAESTRE

        Perdonad, por vida mía,
Fernán Gómez de Guzmán,
que agora nueva me dan
que en la villa estáis.

COMENDADOR

                Tenía
45   muy justa queja de vos;

---

33 Los editores desde Hartzenbusch enmiendan *se ciñó*. Dejó
la lección de 1619 porque puede entenderse una correlación:
«la cruz le cubrió el pecho… la espada le ciñó [la cintura]».
Cuando se arma caballero, éste no *se* ciñe la espada, sino que
se *la* ciñen.

> que el amor y la crianza
> me daban más confianza
> por ser, cual somos los dos,
> vos, Maestre en Calatrava,
50 yo, vuestro Comendador
> y muy vuestro servidor.

MAESTRE

> Seguro, Fernando, estaba
> de vuestra buena venida.
> Quiero volveros a dar
55 los brazos.

COMENDADOR

> Debéisme honrar,
> que he puesto por vos la vida
> entre diferencias tantas,
> hasta suplir vuestra edad
> el Pontífice.

MAESTRE

> Es verdad.
60 Y por las señales santas
> que a los dos cruzan el pecho,
> que os pago en estimaros
> y, como a mi padre, honraros.

COMENDADOR

> De vos estoy satisfecho.

MAESTRE
65 ¿Qué hay de guerra por allá?

COMENDADOR

> Estad atento, y sabréis
> la obligación que tenéis.

---

52 *Seguro:* Descuidado.
58 La Orden pidió al papa Pío II que supliese la edad de don
Rodrigo, que sólo contaba ocho años cuando fue propuesto
para el maestrazgo. Las *diferencias* son los partidos rivales.

MAESTRE
        Decid, que ya lo estoy, ya.

COMENDADOR
        Gran Maestre don Rodrigo
70   Téllez Girón, que a tan alto
        lugar os trajo el valor
        de aquel vuestro padre claro,
        que, de ocho años, en vos
        renunció su Maestrazgo,
75   que después por más seguro
        juraron y confirmaron
        Reyes y Comendadores,
        dando el Pontífice santo
        Pío Segundo sus bulas,
80   y después las suyas, Paulo,
        para que don Juan Pacheco,
        gran Maestre de Santiago,
        fuese vuestro coadjutor;
        ya que es muerto, y que os han dado
85   el gobierno sólo a vos,
        aunque de tan pocos años,
        advertid que es honra vuestra
        seguir en aqueste caso
        la parte de vuestros deudos;
90   porque muerto Enrique cuarto,
        quieren que al rey don Alonso
        de Portugal, que ha heredado,
        por su mujer, a Castilla,
        obedezcan sus vasallos;
95   que, aunque pretenden lo mismo
        por Isabel don Fernando,
        gran Príncipe de Aragón,

---

69 y ss. Este extenso romance en que se relatan, como es habi-
    tual en Lope, los preludios de la acción, sigue con bastante
    literalidad la *Crónica* de Rades. *Vid.* Intr., p. 38.
95 Los editores, desde Hartzenbusch, enmiendan *pretende*. Dejo
    el anacoluto porque podría ser el propio Lope que interpreta
    como sujeto no a Fernando sólo, sino a Fernando, Isabel y
    sus deudos.

　　　　　no con derecho tan claro
　　　　　a vuestros deudos; que, en fin,
100　　　no presumen que hay engaño
　　　　　en la sucesión de Juana,
　　　　　a quien vuestro primo hermano
　　　　　tiene agora en su poder.
　　　　　Y así, vengo a aconsejaros
105　　　que juntéis los caballeros
　　　　　de Calatrava en Almagro,
　　　　　y a Ciudad Real toméis,
　　　　　que divide como paso
　　　　　a Andalucía y Castilla,
110　　　para mirarlos a entrambos.
　　　　　Poca gente es menester,
　　　　　porque tiene por soldados
　　　　　solamente sus vecinos
　　　　　y algunos pocos hidalgos,
115　　　que defienden a Isabel
　　　　　y llaman rey a Fernando.
　　　　　Será bien que deis asombro,
　　　　　Rodrigo, aunque niño, a cuantos
　　　　　dicen que es grande esa Cruz
120　　　para vuestros hombros flacos.
　　　　　Mirad los Condes de Urueña,
　　　　　de quien venís, que mostrando
　　　　　os están desde la fama
　　　　　los laureles que ganaron;
125　　　los Marqueses de Villena,
　　　　　y otros capitanes, tantos,
　　　　　que las alas de la fama
　　　　　apenas pueden llevarlos.
　　　　　Sacad esa blanca espada,
130　　　que habéis de hacer, peleando,
　　　　　tan roja como la Cruz;

---

99 Entiéndase: «coino el derecho que tienen vuestros deudos».
100 Los deudos del Maestre no consideraban que fuese ilegítimo
　　　el nacimiento de doña Juana la Beltraneja.
110 *entrambos*: a ambos reinos, de Andalucía y Castilla.
112 *tienen B*. Parece mejor *tiene* de *A,* cuyo sujeto sería Ciudad
　　　Real.

porque no podré llamaros
Maestre de la Cruz roja
que tenéis al pecho, en tanto
135   que tenéis blanca la espada:
que una al pecho y otra al lado,
entrambas han de ser rojas,
y vos, Girón soberano,
capa del templo inmortal
140   de vuestros claros pasados.

MAESTRE

    Fernán Gómez, estad cierto
que en esta parcialidad,
porque veo que es verdad,
con mis deudos me concierto.
145   Y si importa, como paso
a Ciudad Real, mi intento,
veréis que, como violento
rayo, sus muros abraso.
    No porque es muerto mi tío,
150   piensen de mis pocos años
los propios y los extraños
que murió con él mi brío.
    Sacaré la blanca espada,
para que quede su luz
155   de la color de la Cruz.
de roja sangre bañada.

---

135 Los editores, desde Hartzenbusch, enmiendan *blanca la espada,*
que es muy verosímil. Dejo, sin embargo, la lección de 1619,
porque es admisible (cf. vv. 129 y 153). La *blanca espada* es
la del caballero novel.

139 Juego de palabras entre *girón* y *capa.* «En la portada de la
Arcadia (1598) dedicada al Girón, entonces Duque de Osuna,
situó una leyenda: "Este Girón para el suelo sacó de su capa
el cielo"» (López-Estrada).

145-146 Creo que quiere decir: «Y si importa mi intento ("actuación") como medio para pasar a tomar a Ciudad Real...». Los
editores puntúan «Y si importa, como paso, / a Ciudad Real
mi intento, / veréis...», pero no explican qué significa el pasaje así puntuado.

Vos, ¿adónde residís?
¿Tenéis algunos soldados?

COMENDADOR

Pocos, pero mis criados;
160   que si de ellos os servís,
            pelearán como leones.
Ya veis que en Fuente Ovejuna
hay gente humilde y alguna,
no enseñada en escuadrones,
165   sino en campos y labranzas.

MAESTRE

¿Allí residís?

COMENDADOR

Allí
de mi Encomienda escogí
casa entre aquestas mudanzas.

[MAESTRE]

Vuestra gente se registre.

[COMENDADOR]
170   Que no quedará vasallo.

MAESTRE

Hoy me veréis a caballo,
poner la lanza en el ristre.

---

163 *alguna*. No está claro el sentido. Tanto aquí como en el v. 3068
        de *Peribáñez* («Y díjome que tenía / de vuestras altezas
        cartas / para que con *gente alguna* / le sirviese esta jornada»)
        podría significar con «poca gente», pero también *gente vulgar,
        plebeya*.
169-170 López Estrada adiciona con buen criterio los nombres de
        los interlocutores. El error nació, probablemente, al producirse
        la pérdida de *Ma(estre)* por asimilarse a *Vra (< Vuestra)*
        lo que originó la supresión de *Comendador,* que resultaba in-
        necesario.

Vanse, y salen Pascual[a] y Laurencia.

LAURENCIA

    ¡Mas que nunca acá volviera!

PASCUALA

    Pues, ¡a la he!, que pensé
175 que cuando te lo conté,
    más pesadumbre te diera.

LAURENCIA

    ¡Plega al cielo que jamás
    le vea en Fuente Ovejuna!

PASCUALA

    Yo, Laurencia, he visto alguna
180 tan brava, y pienso que más,
    y tenía el corazón
    brando como una manteca.

LAURENCIA

    Pues ¿hay encina tan seca
    como esta mi condición?

PASCUALA
185   ¡Anda ya! Que nadie diga:
    «de esta agua no beberé».

LAURENCIA

    ¡Voto al sol, que lo diré,
    aunque el mundo me desdiga!

---

173 *¡Mas que...!:* ¡Ojalá que...! *Vid.* la extensa nota de Profeti
    que entiende también la expresión con valor optativo, pero
    transcribiendo «Mas ¡qué nunca...!».
174 *¡a la hé!:* ¡a la fe! Es una exclamación habitual en el teatro
    pastoril.
182 *brando:* «blando», rusticismo.
188 *desdiga:* contradiga.

        ¿A qué efeto fuera bueno
190   querer a Fernando yo?
        ¿Casárame con él?

PASCUALA

                No.

LAURENCIA

        Luego la infamia condeno.
           ¡Cuántas mozas en la villa,
        del Comendador fiadas,
195   andan ya descalabradas!

PASCUALA

        Tendré yo por maravilla
           que te escapes de su mano.

LAURENCIA

        Pues en vano es lo que ves,
        porque ha que me sigue un mes,
200   y todo, Pascual[a], en vano.
           Aquel Flores, su alcahuete,
        y Ortuño, aquel socarrón,
        me mostraron un jubón,
        una sarta y un copete.
205   Dijéronme tantas cosas
        de Fernando, su señor,
        que me pusieron temor;
        mas no serán poderosas
           para contrastar mi pecho.

PASCUALA
210   ¿Dónde te hablaron?

LAURENCIA

                  Allá
        en el arroyo, y habrá
        seis días.

---

204 *copete:* un tupé postizo, o quizá un sombrerito.
209 *contrastar.* Parece tener la acepción de «vencer, alterar, cambiar mi opinión».

PASCUALA

> Y yo sospecho
> que te han de engañar, Laurencia.

LAURENCIA

> ¿A mí?

PASCUALA

> Que no, sino al cura.

LAURENCIA

215 Soy, aunque polla, muy dura
yo para su reverencia.
  Pardiez, más precio poner,
Pascuala, de madrugada,
un pedazo de lunada
220 al huego para comer,
con tanto zalacatón
de una rosca que yo amaso,
y hurtar a mi madre un vaso
del pegado canjilón;
225   y más precio al mediodía
ver la vaca entre las coles,
haciendo mil caracoles
con espumosa armonía;
  y concertar, si el camino
230 me ha llegado a causar pena,
casar una berenjena
con otro tanto tocino;
  y después un pasatarde,
mientras la cena se aliña,
235 de una cuerda de mi vida,
que Dios de pedrisco guarde;
  y cenar un salpicón

---

19 *lunada:* pernil.
20 *huego:* fuego. Con *h-* aspirada.
21 *zalacatón.* Sin documentar al parecer más que en otro pasaje
   de Lope con la variante *zalacatrón.* Creo que debe significar
   «trozo, pedazo grande».
24 *pegado:* con *pega,* que es «el baño que se da con la pez a los
   vasos» (Covarrubias). *canjilón:* recipiente.

          con su aceite y su pimienta,
          y irme a la cama contenta,
240   y al «inducas tentación»
              rezalle mis devociones;
          que cuantas raposerías,
          con su amor y sus porfías,
          tienen estos bellacones,
245   porque todo su cuidado,
          después de darnos disgusto,
          es anochecer con gusto
          y amanecer con enfado.

PASCUALA
              Tienes, Laurencia, razón;
250   que en dejando de querer,
          más ingratos suelen ser
          que al villano el gorrïón.
              En el invierno, que el frío
          tiene los campos helados,
255   decienden de los tejados,
          diciéndole «tío, tío»,
              hasta llegar a comer
          las migajas de la mesa;
          mas luego que el frío cesa,
260   y el campo ven florecer,
              no bajan diciendo «tío»,
          del beneficio olvidados,
          mas saltando en los tejados
          dicen: «judío, judío».
265   Pues tales los hombres son:
          cuando nos han menester,
          somos su vida, su ser,
          su alma, su corazón;
              pero pasadas las ascuas,
270   las tías somos judías,
          y en vez de llamarnos tías,
          anda el nombre de las Pascuas.

_____

240 Alude, claro está, al *Padre nuestro.*
272 *nombre de las Pascuas:* «Es decir a alguno palabras injuriosa
    o sensibles» *(Autoridades).*

LAURENCIA

    ¡No fiarse de ninguno!

PASCUALA

    Lo mismo digo, Laurencia.

       Salen Mengo y Barrildo y Frondoso.

FRONDOSO

275   En aquesta diferencia
    andas, Barrildo, importuno.

BARRILDO

    A lo menos, aquí está
    quien nos dirá lo más cierto.

MENGO

    Pues hagamos un concierto
280   antes que lleguéis allá;
      y es, que si juzgan por mí,
    me dé cada cual la prenda,
    precio de aquesta contienda.

BARRILDO

    Desde aquí digo que sí.
285   Mas si pierdes, ¿qué darás?

MENGO

    Daré mi rabel de boj,
    que vale más que una troj,
    porque yo le estimo en más.

BARRILDO

    Soy contento.

---

275 *diferencia:* contienda, cuestión debatida.
283 *precio:* premio.
287 *troj:* granero.

FRONDOSO

Pues lleguemos.

290   Dios os guarde, hermosas damas.

LAURENCIA

¿Damas, Frondoso, nos llamas?

FRONDOSO

Andar al uso queremos:
al bachiller, licenciado;
al ciego, tuerto; al bisojo,
295   bizco; resentido, al cojo,
y buen hombre, al descuidado.
Al ignorante, sesudo;
al mal galán, soldadesca;
a la boca grande, fresca,
300   y al ojo pequeño, agudo.
Al pleitista, diligente;
gracioso, al entremetido;
al hablador, entendido,
y al insufrible, valiente.
305   Al cobarde, para poco;
al atrevido, bizarro;
compañero, al que es un jarro,
y desenfadado, al loco.

---

292 Frondoso y Laurencia desarrollan a continuación un viejo tópico retórico que ya se menciona en la *Retórica* de Aristóteles,
consistente en amplificar o disminuir el campo semántico de
una virtud o de un vicio hasta llegar a la inversión de los
valores, dado que, de acuerdo con la *Etica* aristotélica, la
virtud se hallaba flanqueada por los vicios contrarios y no era
fácil mantener el justo medio. Sobre el tópico, *vid.* Raimundo
Lida, «Para la *Hora de todos*», *Homenaje a Rodríguez
Moñino*, Madrid, Castalia, 1966, I, pp. 313-315.
294 *bisojo*. Desconozco la diferencia de grado que establece Lope
entre *bisojo* y *bizco*.
298 *soldadesca:* soldado, «el gentilhombre que sirve en la milicia»
(Covarrubias).
302 El texto de 1619 lee *al gracioso, entremetido,* que difícilmente podría ser un lapso del propio Lope. La enmienda
ya en Hartzenbusch.
307 *jarro:* necio.

Gravedad, al descontento;
310 a la calva, autoridad;
donaire, a la necedad,
y al pie grande, buen cimiento.
Al buboso, resfriado;
comedido, al arrogante;
315 al ingenioso, constante;
al corcovado, cargado.
Esto llamaros imito,
damas, sin pasar de aquí;
porque fuera hablar así
320 proceder en infinito.

LAURENCIA

Allá en la ciudad, Frondoso,
llámase por cortesía
de esa suerte; y a fe mía,
que hay otro más riguroso
325 y peor vocabulario
en las lenguas descorteses.

FRONDOSO

Querría que lo dijeses.

LAURENCIA

Es todo a esotro contrario:
al hombre grave, enfadoso;
330 venturoso, al descompuesto,
melancólico, al compuesto,
y al que reprehende, odioso.
Importuno, al que aconseja;
al liberal, moscatel;
335 al justiciero, cruel,
y al que es piadoso, madeja.

---

313 Es decir, el que padece una enfermedad venérea que se manifiesta en la bubas que acaban destruyendo el tejido nasal.
315 *ingenioso*. Parece tener aquí la acepción de «maníaco».
330 *descompuesto:* «Vale también inmodesto, atrevido, osado»
(*Autoridades*).
334 Los textos de 1619 leen *liberal al moscatel,* error ya subsanado
por Hartzenbusch. *moscatel:* infeliz, ingenuo.
336 *madeja:* «Se llama también al hombre flojo y sin fuerzas»
(*Autoridades*).

        Al que es constante, villano;
        al que es cortés, lisonjero;
        hipócrita, al limosnero,
340   y pretendiente, al cristiano.
        Al justo mérito, dicha;
        a la verdad, imprudencia;
        cobardía, a la paciencia,
        y culpa, a lo que es desdicha.
345   Necia, a la mujer honesta;
        mal hecha, a la hermosa y casta,
        y a la honrada... Pero basta,
        que esto basta por respuesta.

MENGO

        Digo que eres el dimuño.

BARRILDO
350   ¿Soncas que lo dice mal?

MENGO

        Apostaré que la sal
        la echó el cura con el puño.

LAURENCIA

        ¿Qué contienda os ha traído,
        si no es que mal lo entendí?

FRONDOSO
355   Oye, por tu vida.

LAURENCIA

                    Di.

FRONDOSO

        Préstame, Laurencia, oído.

---

349 *dimuño:* demonio.
350 *¿Soncas que...?* Aquí parece tener la acepción dubitativa de
     «¿Acaso está mal dicho?» (*vid.* Gillet, *Propalladia,* III
     pp. 210-211). Los editores transcriben habitualmente *¡Soncas
     que lo dice mal!,* con valor exclamativo («a fe, en verdad, por
     cierto»).

LAURENCIA
            ¿Cómo prestado? Y aun dado.
        Desde agora os doy el mío.

FRONDOSO
            En tu discreción confío.

LAURENCIA
    360   ¿Qué es lo que habéis apostado?

FRONDOSO
            Yo y Barrildo contra Mengo.

LAURENCIA
            ¿Qué dice Mengo?

BARRILDO
                        Una cosa
        que, siendo cierta y forzosa,
        la niega.

MENGO
                    A negarla vengo,
    365   porque yo sé que es verdad.

LAURENCIA
            ¿Qué dice?

BARRILDO
                    Que no hay amor.

LAURENCIA
        Generalmente, es rigor.

BARRILDO
        Es rigor y es necedad.
            Sin amor, no se pudiera
    370   ni aun el mundo conservar.

───────────────────────

367 *generalmente:* en general.

MENGO

>Yo no sé filosofar;
>leer, ¡ojalá supiera!
>   Pero si los elementos
>en discordia eterna viven,
>375 y de los mismos reciben
>nuestros cuerpos alimentos
>—cólera y melancolía,
>flema y sangre—, claro está.

BARRILDO

>   El mundo de acá y de allá,
>380 Mengo, todo es armonía.
>   Armonía es puro amor,
>porque el amor es concierto.

MENGO

>   Del natural, os advierto
>que yo no niego el valor.
>385   Amor hay, y el que entre sí
>gobierna todas las cosas,
>correspondencias forzosas
>de cuanto se mira aquí;
>   y yo jamás he negado
>390 que cada cual tiene amor
>correspondiente a su humor
>que le conserva en su estado.
>   Mi mano al golpe que viene
>mi cara defenderá;
>395 mi pie, huyendo, estorbará
>el daño que el cuerpo tiene.
>   Cerraránse mis pestañas
>si al ojo le viene mal,
>porque es amor natural.

PASCUALA

>400 Pues ¿de qué nos desengañas?

---

391 Es decir, de acuerdo con el humor que predomina en él (colé
rico, melancólico, flemático o sanguíneo).

MENGO

>   De que nadie tiene amor
> más que a su misma persona.

PASCUALA

>   Tú mientes, Mengo, y perdona;
> porque ¿es materia el rigor
> 405   con que un hombre a una mujer
> o un animal quiere y ama
> su semejante?

MENGO

>   Eso llama
> amor propio, y no querer.
> ¿Qué es amor?

LAURENCIA

>   Es un deseo
> 410   de hermosura.

MENGO

>   Esa hermosura
> ¿por qué el amor la procura?

LAURENCIA

> Para gozarla.

MENGO

>   Eso creo.
> Pues ese gusto que intenta,
> ¿no es para él mismo?

LAURENCIA

>   Es así.

---

404 Algunos editores, siguiendo a Hartzenbusch, enmiendan *es mentira*, absurdamente. Lope está utilizando los conceptos *materia* y *forma* de la tradición aristotélica que, como cualquier estudiante de la época, había aprendido en los *Physicorum libri*. Para Mengo, el amor es *materia;* para Laurencia, en la tradición neoplatónica, *forma*.

MENGO
415   Luego, ¿por quererse a sí
              busca el bien que le contenta?

LAURENCIA
                 Es verdad.

MENGO
                           Pues de ese modo
              no hay amor, sino el que digo,
              que por mi gusto le sigo,
420   y quiero dármele en todo.

BARRILDO
                 Dijo el cura del lugar
              cierto día en el sermón
              que había cierto Platón
              que nos enseñaba a amar;
425   que éste amaba el alma sola
              y la virtud de lo amado.

PASCUALA
              En materia habéis entrado
              que, por ventura, acrisola
                 los caletres de los sabios
430   en las cademias y escuelas.
              Muy bien dice, y no te muelas
              en persuadir sus agravios.

LAURENCIA
                 Da gracias, Mengo, a los cielos,
              que te hicieron sin amor.

MENGO
435   ¿Amas tú?

LAURENCIA
                           Mi propio honor.

---

430 *cademias:* academias.

FRONDOSO

>Dios te castigue con celos.

BARRILDO

>¿Quién gana?

PASCUALA

>>Con la quistión
>podéis ir al sacristán,
>porque él o el cura os darán
440 bastante satisfación.
>>Laurencia no quiere bien;
>yo tengo poca experiencia.
>¿Cómo daremos sentencia?

FRONDOSO

>¿Qué mayor que ese desdén?

Sale Flores.

FLORES
445 Dios guarde a la buena gente.

PASCUALA

>Este es del Comendador
>criado.

LAURENCIA

>>¡Gentil azor!
>¿De adónde bueno, pariente?

FLORES

>¿No me veis a lo soldado?

LAURENCIA
450 ¿Viene don Fernando acá?

FLORES

> La guerra se acaba ya,
> puesto que nos ha costado
> alguna sangre y amigos.

FRONDOSO

> Contadnos cómo pasó.

FLORES
455

> ¿Quién lo dirá como yo,
> siendo mis ojos testigos?
>   Para emprender la jornada
> de esta ciudad, que ya tiene
> nombre de Ciudad Real,

460

> juntó el gallardo Maestre
> dos mil lucidos infantes
> de sus vasallos valientes,
> y trecientos de a caballo,
> de seglares y de freiles;

465

> porque la Cruz roja obliga
> cuantos al pecho la tienen,
> aunque sean de orden sacro;
> mas contra moros se entiende.
> Salió el muchacho bizarro

470

> con una casaca verde,
> bordada de cifras de oro,
> que sólo los brazaletes
> por las mangas descubrían,
> que seis alamares prenden.

---

452 *puesto que:* aunque.

457-64 Lope sigue fielmente otro pasaje de la *Crónica* de Rades: «En este tiempo, el Maestre juntó en Almagro trescientos de caballos entre freiles de su orden y seglares, con otros dos mil peones, y fue contra Ciudad Real con intento de tomarla para su orden».

471 *cifras de oro:* «... También puede ser enlazando las letras, que muchas veces son las primeras de los nombres y apellidos de las personas, que gustan traerlos grabados, pintados o bordados en armas, carrozas, reposteros y en otras cosas» (*Autoridades*).

474 *alamar:* «Botón de macho y hembra, hecho de trenzas de seda de oro» (Covarrubias).

475   Un corpulento bridón,
        rucio rodado, que al Betis
        bebió el agua, y en su orilla
        despuntó la grama fértil;
        el codón, labrado en cintas
480   de ante; y el rizo copete,
        cogido en blancas lazadas,
        que con las moscas de nieve
        que bañan la blanca piel
        iguales labores teje.
485   A su lado Fernán Gómez,
        vuestro señor, en un fuerte
        melado, de negros cabos,
        puesto que con blanco bebe,
        sobre turca jacerina,
490   peto y espaldar luciente,
        con naranjada [casaca],
        que de oro y perlas guarnece;

---

475 *bridón:* caballo que lleva *bridones,* que son «los estribos largos y la pierna tendida, propia caballería para hombres de armas» (Covarrubias).

476 *rucio rodado:* caballo de color pardo claro, que comúnmente se llama tordo; y se dice rodado cuando sobre su piel aparecen a la vista ciertas ondas o ruedas, formadas de su pelo» (*Autoridades*). Pero aquí parece ser de piel blanca (Cf. v. 483).

479 En *B* (y *A₂*) *colón.* Es preferible la forma *codón* de *A* y *A₁* porque es la utilizada habitualmente por Lope (para las correspondencias, *vid.* la extensa nota de Profeti). El *codón* es la bolsa para cubrir la cola del caballo.

480 *rizo:* rizado.

482 *moscas de nieve.* López Estrada anota que Lope se refiere a las manchas oscuras: «las manchas son como *moscas* que se encuentran detenidas sobre la blanca piel [blanca como la nieve] del caballo». Pero el contexto parece indicar que se trata de manchas blancas, más blancas aún que la piel.

487-488 De color miel, con las extremidades negras, excepto el morro que es blanco.

489 *turca jacerina:* cota de malla muy fina.

491 En los textos de 1619 *con naranjada las saca;* error evidente subsanado con acierto por D. Cruickshank («Some uses of paleographic and ortographical evidence in *Comedia* editing», *Bulletin of the Comediantes,* 34 [1972], pp. 41-42). Si el color verde de la casaca del Maestre simboliza la esperanza, el naranjado de la de Fernán Gómez, la firmeza.

el morrïón, que corona
con blancas plumas, parece
495   que del color naranjado
aquellos azares vierte.
Ceñida al brazo una liga
roja y blanca, con que mueve
un fresno entero por lanza,
500   que hasta en Granada le temen.
La ciudad se puso en arma;
dicen que salir no quieren
de la corona real,
y el patrimonio defienden.
505   Entróla, bien resistida;
y el Maestre a los rebeldes
y a los que entonces trataron
su honor injuriosamente,
mandó cortar las cabezas,
510   y a los de la baja plebe,
con mordazas en la boca,
azotar públicamente.
Queda en ella tan temido
y tan amado, que creen
515   que quien en tan pocos años
pelea, castiga y vence,
ha de ser en otra edad
rayo del Africa fértil,
que tantas lunas azules
520   a su roja Cruz sujete.
Al Comendador y a todos
ha hecho tantas mercedes,
que el saco de la ciudad
el de su hacienda parece.

---

493 En *A₂* y *B* se lee *coronado.* Como ya se ha indicado en la
Introducción, p. 34, en mi opinión, la lección correcta es
corona de *AA₁,* y *morrion,* al igual que ocurre en el v. 1107,
debe leerse como trisílabo. Obsérvese, además, que *corona* es
correlato de *guarnece* del v. 492.
496 *azares:* azahares.
501-512 Lope sigue con fidelidad la *Crónica* de Rades.

525   Mas ya la música suena:
        recebilde alegremente,
        que al triunfo, las voluntades
        son los mejores laureles.

Sale el Comendador y Ortuño; músicos; Juan Rojo y Esteban,
                  Alonso, Alcaldes *.

                        Cantan.

            Sea bien venido
530   *el Comendadore*
        de rendir las tierras
        y matar los hombres.
        ¡Vivan los Guzmanes!
        ¡Vivan los Girones!
535   *Si en las paces blando,*
        dulce en las razones.
        Venciendo moricos,
        fuertes como un roble,
        de Ciudad Reale
540   *viene vencedore;*
        que a Fuente Ovejuna
        trae sus pendones
        ¡Viva muchos años,
        viva Fernán Gómez!

COMENDADOR
545   Villa, yo os agradezco justamente
        el amor que me habéis aquí mostrado.

ALONSO
        Aun no muestra una parte del que siente.
        Pero, ¿qué mucho que seáis amado,
        mereciéndolo vos?

---

* *Alcaldes. Vid.* * v. 943.
529 Para estas canciones de bienvenida, *vid.* Noël Salomon, *Recherches,* pp. 724 y ss.
538 Profeti enmienda en *fuerte,* considerando al Comendador como antecedente y no los moriscos. Es enmienda plausible.
542 En *B* se lee *trae los sus. Vid.* Introducción, p. 34.

ESTEBAN

Fuente Ovejuna,

550 y el Regimiento que hoy habéis honrado,
  que recibáis os ruega y importuna
  un pequeño presente, que esos carros
  traen, señor, no sin vergüenza alguna,
  de voluntades y árboles bizarros,
555 más que de ricos dones. Lo primero
  traen dos cestas de polidos barros;
  de gansos viene un ganadillo entero,
  que sacan por las redes las cabezas,
  para cantar vueso valor guerrero.
560 Diez cebones en sal, valientes piezas,
  sin otras menudencias y cecinas,
  y más que guantes de ámbar, sus cortezas.
  Cien pares de capones y gallinas,
  que han dejado viudos a sus gallos
565 en las aldeas que miráis vecinas.
  Acá no tienen armas ni caballos,
  no jaeces bordados de oro puro,
  si no es oro el amor de los vasallos.

---

552 y ss. Este tipo de ofrendas eran las que en tiempos de Lope
presentaban las ciudades al paso de los reyes. Véase el siguiente ejemplo procedente de una relación de la entrada de
los reyes en Zaragoža en 1626: «Agradecida la ciudad, presen-
tó a su Majestad ciento y cuarenta mil doblones; trecientos
perniles de tocino; docientos capones de leche; docientos
pares de conejos; trecientos pares de gallinas; otros tantos de
perdices: cinco pavos; quinientos carneros; cincuenta vacas
y docientos quesos, que puestos al sol se podían juzgar por
espejos». (J. Alenda y Mira, *Relaciones de solemnidades y
fiestas públicas en España*, I, Madrid, 1903, p. 249 *b*).
554 *árboles*: «mástiles que sostienen la carga» (López Estrada).
Están adornados bizarramente.
556 *barros*: vasijas de barro, búcaros.
561 *menudencias*: «Se llaman, asimismo, los despojos y partes
pequeñas que quedan de las canales de tocino después de
destrozadas ["hechas trozos"]. Y también se llaman así las
morcillas, longanizas y otras cosas que se hacen» (*Autoridades*).
562 *guantes de ámbar*: guantes perfumados con ámbar.

        Y porque digo puro, os aseguro
570   que vienen doce cueros, que aun en cueros
      por enero podéis guardar un muro,
        si de ellos aforráis vuestros guerreros
      mejor que de las armas aceradas:
      que el vino suele dar lindos aceros.
575   De quesos y otras cosas no excusadas
      no quiero daros cuenta: justo pecho
      de voluntades que tenéis ganadas;
      y a vos y a vuestra casa, ¡buen provecho!

COMENDADOR

        Estoy muy agradecido.
580   Id, Regimiento, en buen hora.

ALONSO

      Descansad, señor, agora,
      y seáis muy bien venido;
        que esta espadaña que veis
      y juncia a vuestros umbrales,
585   fueran perlas orientales
      y mucho más, merecéis,
        a ser posible a la villa.

COMENDADOR

      Así lo creo, señores.
      Id con Dios.

ESTEBAN

                    ¡Ea, cantores,
590   vaya otra vez la letrilla!

                    Cantan.

      Sea bien venido
      el Comendadore
      de rendir las tierras
      y matar los hombres.

                    Vanse.

---

569 *puro:* vino puro.
576 *pecho:* tributo.
583 Para estas tradiciones de origen pagano, *vid.* N. Salomon,
      Recherches, pp. 635 y ss.

COMENDADOR
595   Esperad vosotras dos.

LAURENCIA
          ¿Qué manda su señoría?

COMENDADOR
          ¿Desdenes el otro día,
          pues, conmigo? ¡Bien, por Dios!

LAURENCIA
          ¿Habla contigo, Pascuala?

PASCUALA
600   Conmigo no, ¡tirte ahuera!

COMENDADOR
          Con vos hablo, hermosa fiera,
          y con esotra zagala.
          ¿Mías no sois?

PASCUALA

                    Sí, señor;
          mas no para cosas tales.

COMENDADOR
605   Entrad, pasad los umbrales;
          hombres hay, no hayáis temor.

LAURENCIA
          Si los alcaldes entraran,
          que de uno soy hija yo,
          bien huera entrar; mas si no...

COMENDADOR
610   ¡Flores!

---

600 *¡tirte ahuera!*: ¡Tírate afuera! ¡Apártate!
609 *huera*: fuera.

FLORES

        Señor...

COMENDADOR

            ¿Qué reparan
en no hacer lo que les digo?

FLORES

      Entrá, pues.

LAURENCIA

         No nos agarre.

FLORES

      Entrad, que sois necias.

PASCUALA

             ¡Harre,
que echaréis luego el postigo!

FLORES
615

      Entrad, que os quiere enseñar
lo que trae de la guerra.

COMENDADOR

      Si entraren, Ortuño, cierra.

LAURENCIA

      Flores, dejadnos pasar.

ORTUÑO

      ¡También venís presentadas
620 con lo demás!

---

12 *Entrá:* Entrad. Era forma normal del imperativo.
13 *¡Harre!:* Exclamación de diversos matices, cuyo sentido aquí
queda claro por el contexto. Se pronunciaba con aspiración
de la *h-*.
14 *luego:* inmediatamente.
19 *presentadas:* entregadas como presente.

PASCUALA

                        ¡Bien a fe!
        Desvíese, no le dé...

FLORES

        Basta, que son extremadas.

LAURENCIA

                ¿No basta a vueso señor
        tanta carne presentada?

ORTUÑO
 625   La vuestra es la que le agrada.

LAURENCIA

        ¡Reviente de mal dolor!

                        Vanse.

FLORES

                ¡Muy buen recado llevamos!
        No se ha de poder sufrir
        lo que nos ha de decir
 630   cuando sin ellas nos vamos.

ORTUÑO

        Quien sirve se obliga a esto.
        Si en algo desea medrar,
        o con paciencia ha de estar,
        o ha de despedirse presto.

Vanse los dos y salgan el rey don Fernando, la reina doña Isabel
                Manrique y acompañamiento.

ISABEL
 635   Digo, señor, que conviene
        el no haber descuido en esto
_____

622 *extremadas:* obstinadas.
634 *o ha despedirse de presto* en *A,* que es errata clara subsa-
    nada por *B.*

por ver Alfonso en tal puesto,
y su ejército previene.
        Y es bien ganar por la mano
640   antes que el daño veamos;
que si no lo remediamos,
el ser muy cierto está llano.

REY

        De Navarra y de Aragón
está el socorro seguro,
645   y de Castilla procuro
hacer la reformación
de modo que el buen suceso
con la prevención se vea.

ISABEL

        Pues vuestra Majestad crea
650   que el buen fin consiste en [eso].

MANRIQUE

        Aguardando tu licencia
dos regidores están
de Ciudad Real: ¿entrarán?

REY

No les nieguen mi presencia.

637-638 Los editores no anotan este pasaje, pero confieso que no
        entiendo bien qué quiere decir Lope, que, como es habitual
        en él, abre la escena en medio de una conversación de los
        personajes. Quizá: «pues vemos que Alfonso está determinado
        a hacer tal acción (*puesto en tal*) y que previene su ejército»;
        o «pues vemos a Alfonso en tal lugar y que su ejército pre-
        viene». ¿Habrá quizá una errata por *que su ejército* en vez
        de *y su ejército* («dispuesto a tal, que...»)? ¿O «por ver el
        Maestre a Alfonso en tal puesto —en el de rey— y [a] su
        ejército previene»? Esta última solución me parece, desde lue-
        go, más inverosímil, porque los Reyes parecen sorprenderse
        del ataque del Maestre a Ciudad Real.
650 *esto AB*. Error claro subsanado ya por Hartzenbusch.

Salen dos Regidores de Ciudad Real.

REGIDOR 1.°

655   Católico rey Fernando,
         a quien ha enviado el cielo
         desde Aragón a Castilla
         para bien y amparo nuestro:
         en nombre de Ciudad Real
660   a vuestro valor supremo
         humildes nos presentamos,
         el real amparo pidiendo.
         A mucha dicha tuvimos
         tener título de vuestros,
665   pero pudo derribarnos
         de este honor el hado adverso.
         El famoso don Rodrigo
         Téllez Girón, cuyo esfuerzo
         es en valor extremado,
670   aunque es en la edad tan tierno,
         Maestre de Calatrava,
         él, ensanchar pretendiendo
         el honor de la Encomienda,
         nos puso apretado cerco.
675   Con valor nos prevenimos,
         a su fuerza resistiendo,
         tanto, que arroyos corrían
         de la sangre de los muertos.
         Tomó posesión, en fin;
680   pero no llegara a hacerlo,
         a no le dar Fernán Gómez
         orden, ayuda y consejo.
         El queda en la posesión,
         y sus vasallos seremos;
685   suyos, a nuestro pesar,
         a no remediarlo presto.

REY

         ¿Dónde queda Fernán Gómez?

REGIDOR 1.º

En Fuente Ovejuna creo,
por ser su villa y tener
690 en ella casa y asiento.
Allí, con más libertad
de la que decir podemos,
tiene a los súbditos suyos
de todo contento ajenos.

REY
695 ¿Tenéis algún capitán?

REGIDOR 2.º

Señor, el no haberle es cierto,
pues no escapó ningún noble
de preso, herido o de muerto.

ISABEL

Ese caso no requiere
700 ser de espacio remediado,
que es dar al contrario osado
el mismo valor que adquiere.
Y puede el de Portugal,
hallando puerta segura,
705 entrar por Extremadura
y causarnos mucho mal.

REY

Don Manrique, partid luego,
llevando dos compañías;
remediad sus demasías,
710 sin darles ningún sosiego.

El conde de Cabra ir puede
con vos, que es Córdoba osado,
a quien nombre de soldado
todo el mundo le concede;
715 que éste es el medio mejor
que la ocasión nos ofrece.

MANRIQUE

> El acuerdo me parece
> como de tan gran valor.
>   Pondré límite a su exceso,
> 720 si el vivir en mí no cesa.

ISABEL

> Partiendo vos a la empresa,
> seguro está el buen suceso.

Vanse todos y salen Laur[enci]a y Frondoso.

LAURENCIA

>   A medio torcer los paños,
> quise, atrevido Frondoso.
> 725 para no dar que decir,
> desviarme del arroyo;
> decir a tus demasías
> que murmura el pueblo todo,
> que me miras y te miro,
> 730 y todos nos traen sobre ojo.
> Y como tú eres zagal
> de los que huellan brioso
> y, excediendo a los demás,
> vistes bizarro y costoso,
> 735 en todo el lugar no hay moza
> o mozo en el prado o soto,
> que no se afirme diciendo
> que ya para en uno somos;
> y esperan todos el día
> 740 que el sacristán Juan Chamorro
> nos eche de la tribuna,
> en dejando los piporros.

---

741 *tribuna*: «lugar levantado a modo de corredor adonde cantan
   los que ofician la misa y vísperas y las demás Horas» (Covarrubias).
742 *piporro*: instrumento musical de viento.

Y mejor sus trojes vean
de rubio trigo en agosto
745   atestadas y colmadas,
y sus tinajas de mosto,
que tal imaginación
me ha llegado a dar enojo:
ni me desvela ni aflige,
750   ni en ella el cuidado pongo.

FRONDOSO

Tal me tienen tus desdenes,
bella Laurencia, que tomo,
en el peligro de verte,
la vida, cuando te oigo.
755   Si sabes que es mi intención
el desear ser tu esposo,
mal premio das a mi fe.

LAURENCIA

Es que yo no sé dar otro.

FRONDOSO

¿Posible es que no te duelas
760   de verme tan cuidadoso,
y que, imaginando en ti,
ni bebo, duermo ni como?
¿Posible es tanto rigor
en ese angélico rostro?
765   ¡Viven los cielos, que rabio!

LAURENCIA

¡Pues salúdate, Frondoso!

FRONDOSO

Ya te pido yo salud,
y que ambos como palomos

---

750 *descuido pongo* en *B,* que parece «descuido» claro del cajista.
760 *cuidados:* con cuidado, congojoso.
766 *salúdate:* acude al saludador para que le cure la rabia. *Saludar* es «curar del mal de rabia por medio del soplo, saliva y otras ceremonias que usan» *(Autoridades).*

estemos, juntos los picos,
770   con arrullos sonorosos,
después de darnos la Iglesia.

LAURENCIA

Dilo a mi tío Juan Rojo,
que, aunque no te quiero bien,
ya tengo algunos asomos.

FRONDOSO
775   ¡Ay de mí! El señor es éste.

LAURENCIA

Tirando viene [a] algún corzo.
¡Escóndete en esas ramas!

FRONDOSO

¡Y con qué celos me escondo!

Sale el Comendador.

COMENDADOR

No es malo venir siguiendo
780   un corcillo temeroso,
y topar tan bella gama.

LAURENCIA

Aquí descansaba un poco
de haber lavado unos paños.
Y así, al arroyo me torno,
785   si manda su Señoría.

COMENDADOR

Aquesos desdenes toscos
afrentan, bella Laurencia,
las gracias que el poderoso
cielo te dio, de tal suerte
790   que vienes a ser un monstro.

---

790 *monstro:* monstruo. Es la forma habitual en la época.

Mas si otras veces pudiste
huir mi ruego amoroso,
agora no quiere el campo,
amigo secreto y solo;
795 que tú sola no has de ser
tan soberbia, que tu rostro
huyas al señor que tienes,
teniéndome a mí en tan poco.
¿No se rindió Sebastiana,
800 mujer de Pedro Redondo,
con ser casadas entrambas,
y la de Martín del Pozo,
habiendo apenas pasado
dos días del desposorio?

LAURENCIA
805 Esas, señor, ya tenían,
de haber andado con otros,
el camino de agradaros,
porque también muchos mozos
merecieron sus favores.
810 Id con Dios, tras vueso corzo;
que a no veros con la Cruz,
os tuviera por demonio,
pues tanto me perseguís.

COMENDADOR
¡Qué estilo tan enfadoso!
815 Pongo la ballesta en tierra,

799-804 López Estrada sugiere que *entrambas,* con sintaxis muy
violenta, se referiría a Sebastiana y a la mujer de Martín del
Pozo. Otra sugerencia del mismo editor acerca de un posible
error por *y la de Pedro Redondo,* no es muy verosímil. Probablemente, faltan dos versos entre el v. 800 y el v. 801,
donde se aludiría a otra mujer siguiendo una enumeración
tripartita, como sucede en la escena V del Acto II, en la que
el Comendador y Ortuño mencionan a Pascuala, Olalla e Inés.
Además, el *desposorio* tenía la acepción de «promesa de matrimonio», aunque, desde luego, las diferencias entre *casada* y
desposada no siempre se mantienen con nitidez en textos de
la época.

y a la prática de manos
reduzgo melindres.

LAURENCIA

¡Cómo!
¿Eso hacéis? ¿Estáis en vos?

Sale Frondoso y toma la ballesta.

COMENDADOR

No te defiendas.

FRONDOSO

(Si tomo
820   la ballesta, ¡vive el cielo,
que no la ponga en el hombro...!)

COMENDADOR

Acaba, ríndete.

LAURENCIA

¡Cielos,
ayudadme agora!

COMENDADOR

Solos
estamos; no tengas miedo.

FRONDOSO
825   Comendador generoso,
dejad la moza o creed
que de mi agravio y enojo
será blanco vuestro pecho,
aunque la Cruz me da asombro.

---

815 Falta, a continuación, un verso con rima o-o exigida por el
    romance, pero puede tratarse de un lapso del propio Lope.
817 *reduzgo:* reduzco. Con el sentido de «entregar, llevar». Es
    decir, «entrego los melindres a la práctica de las manos».
829 *asombro:* temor.

COMENDADOR

830   ¡Perro villano!

FRONDOSO

                        ¡No hay perro!
          ¡Huye, Laurencia!

LAURENCIA

                              ¡Frondoso,
          mira lo que haces!

                        Vase.

FRONDOSO

                              ¡Vete!

COMENDADOR

          ¡Oh, mal haya el hombre loco,
          que se desciñe la espada!
835   Que, de no espantar medroso
          la caza, me la quité.

FRONDOSO

          Pues pardiez, señor, si toco
          la nuez, que os he de apiolar.

COMENDADOR

          Ya es ida. ¡Infame, alevoso,
840   suelta la ballesta luego!
          ¡Suéltala, villano!

FRONDOSO

                              ¿Cómo?
          Que me quitaréis la vida.
          Y advertid que amor es sordo,
          y que no escucha palabras
845   el día que está en su trono.

---

838 *nuez:* «nuez de ballesta, donde prende la cuerda y se encaja
     el virote [la flecha]» (Covarrubias). *apiolar:* atar las patas
     del animal muerto para colgarlo por ellas.

COMENDADOR

> ¿Pues la [espalda] ha de volver
> un hombre tan valeroso
> a un villano? ¡Tira, infame,
> tira, y guárdate, que rompo
> 850   las leyes de caballero!

FRONDOSO

> Eso, no. Yo me conformo
> con mi estado, y, pues me es
> guardar la vida forzoso,
> con la ballesta me voy.

COMENDADOR

> 855   ¡Peligro extraño y notorio!
> Mas yo tomaré venganza
> del agravio y del estorbo.
> ¡Que no cerrara con él!
> ¡Vive el cielo, que me corro!

ACTO SEGUNDO

Salen Esteban y Regidor 1.º

ESTEBAN

> 860   Así tenga salud, como parece,
> que no se saque más agora el pósito.
> El año apunta mal, y el tiempo crece,

---

846 En *A* y *B espada*. La corrección ya en Hartzenbusch.
847 *valeroso*. Aquí «de tal valía social».
858 *cerrara con:* atacar a.
860-861 «Que yo conserve la salud, como así parece, si no me
    equivoco en recomendar que no se saquee más el granero
    municipal».
862 *el tiempo crece:* Parece decir que el día se alarga y pronto
    vendrá la siega.

y es mejor que el sustento esté en depósito,
aunque lo contradicen más de trece.

REGIDOR 1.º

865 Yo siempre he sido, al fin, de este propósito,
en gobernar en paz esta república.

ESTEBAN

Hagamos de ello a Fernán Gómez súplica.
No se puede sufrir que estos astrólogos,
en las cosas futuras y ignorantes,
870 nos quieran persuadir con largos prólogos
los secretos a Dios sólo importantes.
¡Bueno es que, presumiendo de teólogos,
hagan un tiempo el que después y antes,
y pidiendo el presente lo importante,
875 al más sabio veréis más ignorante!
¿Tienen ellos las nubes en su casa,
y el proceder de las celestes lumbres?
¿Por dónde ven lo que en el cielo pasa,
para darnos con ello pesadumbres?
880 Ellos en [el] sembrar nos ponen tasa:
«Daca el trigo, cebada y las legumbres,
calabazas, pepinos y mostazas...»
¡Ellos son, a la fe, las calabazas!
Luego cuentan que muere una cabeza,
885 y después viene a ser en Trasilvania;

---

869 Algunos editores enmiendan *futuras ignorantes* que es verosímil. Los que respetan el texto puntúan *futuras, y ignorantes*
como *A* y *B*. Creo que ignorantes está con la acepción de
«que deben ser ignoradas». Sería extraño que Lope mantu-
viera las mismas palabras rimas en los versos 875-876 de esta
misma octava. También *importantes* está en el v. 871 como
participio de presente («que sólo importa a Dios»).
873 «Conviertan en un mismo tiempo el que [será] después y el
que [ha sido] antes».
881 *Daca:* da acá.
884 *cabeza:* «Se llama también al Rey, los grandes personajes, los
que presiden los consejos, juntas y otras funciones» *(Autoridades).* Lope se refiere a las continuas muertes violentas que
ocurrían en Transilvania, azotada constantemente por guerras
internas y externas.

que el vino será poco, y la cerveza
sobrará por las partes de Alemania;
que se helará en Gascuña la cereza,
y que habrá muchos tigres en Hircania.
890   Y al cabo al cabo, se siembre o no se siembre,
el año se remata por diciembre.

Salen el licenciado Leonelo y Barrildo.

LEONELO

A fe, que no ganéis la palmatoria,
porque ya está ocupado el mentidero.

BARRILDO
¿Cómo os fue en Salamanca?

LEONELO

Es larga historia.

BARRILDO
895   Un Bártulo seréis.

LEONELO

Ni aun un barbero.
Es, como digo, cosa muy notoria
en esta facultad lo que os refiero.

BARRILDO
Sin duda que venís buen estudiante.

---

890 *al cabo al cabo.* La repetición, sin coma, es normal en ciertas
expresiones, como *en fin fin.* El verso resulta dodecasílabo,
pero no parece existir error de copia.
892 *ganaba la palmatoria* (o *palmeta*) el muchacho que llegaba
primero a clase. Ejecutaba con ella los castigos impuestos por
el maestro.
893 *mentidero:* «el sitio o lugar donde se junta la gente ociosa
a conversación» *(Autoridades).*
895 *Bártulo.* Es el nombre de un celebérrimo jurista italiano del
siglo XIV, que se convirtió en proverbial y hasta en sustantivo
común («llevar los bártulos»).

LEONELO
> Saber he procurado lo importante.

BARRILDO
900
> Después que vemos tanto libro impreso,
> no hay nadie que de sabio no presuma.

LEONELO
> Antes que ignoran más siento por eso,
> por no se reducir a breve suma,
> porque la confusión, con el exceso,
905
> los intentos resuelve en vana espuma;
> y aquel que de leer tiene más uso,
> de ver letreros sólo está confuso.
> No niego yo que [de] imprimir el arte
> mil ingenios sacó de entre la jerga,
910
> y que parece que en sagrada parte
> sus obras guarda y contra el tiempo alberga;
> éste las distribuye y las reparte.
> Débese esta invención a Gutemberga,
> un famoso tudesco de Maguncia,
915
> en quien la Fama su valor renuncia.
> Mas muchos que opinión tuvieron grave,
> por imprimir sus obras la perdieron;
> tras esto, con el nombre del que sabe,
> muchos sus ignorancias imprimieron.

---

905 *resuelve:* disuelve, convierte.
907 *letreros:* los títulos en los lomos de los libros.
908 En *A* y *B del imprimir.* La corrección ya en Hartzenbusch.
909 *jerga:* «gente rústica», probablemente, dado que la *jerga* (o *xerga,* como traen las ediciones antiguas) era una tela rústica y basta. Creo, con Profeti, que es preferible esta significación a la de «los que hablan la jerga o jerigonza», que trae López Estrada. De todas formas, como existe la frase *estar en jerga,* que Covarrubias define «es haberse empezado [una cosa] y no perficionado», no es imposible que Lope se refiera a las obras manuscritas, en borrador, que sólo a través de la imprenta hicieron famosos a sus ingenios. *Autoridades* ejemplifica la frase con el síguiente pasaje de Cervantes: «Las comedias de Luis Vélez de Guevara, y las que agora están en xerga del ingenio de D. Antonio de Galarza» (Prólogo a las *Comedias y Entremeses*).
913 Castellanización de Gutemberg.

920   Otros, en quien la baja envidia cabe,
           sus locos desatinos escribieron,
           y con nombre de aquel que aborrecían,
           impresos por el mundo los envían.

BARRILDO

           No soy de esa opinión.

LEONELO

                                              El ignorante
925   es justo que se vengue del letrado.

BARRILDO

           Leonelo, la impresión es importante.

LEONELO

           Sin ella muchos siglos se han pasado,
           y no vemos que en éste se levante
           un Jerónimo santo, un Agustino.

BARRILDO
930   Dejaldo y asentaos, que estáis mohíno.

           Salen Juan Rojo y otro labrador.

JUAN ROJO
                      No hay en[tre] cuatro haciendas para un dote,
           si es que las vistas han de ser al uso;

---

920 y ss. Las alusiones de Lope a las comedias que circulaban
    a su nombre son muy frecuentes.
928 Falta un verso a continuación para completar la octava, pero
    parece ser olvido del propio Lope.
930 *mohíno*: «el que fácilmente se enoja, hinchándosele las nari-
    ces, que es la parte que más se altera en el hombre cuando
    se enoja» (Covarrubias). La distinción entre la acepción anti-
    gua y la moderna, «triste apesadumbrado», es importante por-
    que afecta a la teoría clásica de los humores. La clásica se
    refiere a la cólera; la actual, a la melancolía.
931 Todos los editores mantienen *en cuatro*, como *A* y *B*. Creo
    que la corrección es necesaria porque Lope no suele aspirar

que el hombre que es curioso es bien que note
que en esto el barrio y vulgo anda confuso.

LABRADOR
935   ¿Qué hay del Comendador? ¡No os alborote!

JUAN ROJO
¡Cuál a Laurencia en ese campo puso!

LABRADOR
¿Quién fue cual él tan bárbaro y lascivo?
¡Colgado le vea yo del aquel olivo!

Salen el Comendador, Ortuño y Flores.

COMENDADOR
Dios guarde la buena gente.

REGIDOR
940   ¡Oh, señor!

COMENDADOR
¡Por vida mía,
que se estén!

ALCALDE *
Vusiñoría,
a donde suele se siente,
que en pie estaremos muy bien.

---

la h- ni siquiera en boca de personajes rústicos si no es en
casos excepcionales, y el verso es decasílabo. Pero, además, el
sentido exige la preposición *entre*, puesto que se trata de una
hipérbole que con *en* perdería todo su valor. Juan Rojo parece escandalizarse de la nueva costumbre de entregar cuantiosas
dotes en las vistas de las bodas.

934 *confuso:* «Vale también turbado, temeroso y en cierto modo
atónito, admirado, pasmado» *(Autoridades).* Es decir, la gente comienza a inquietarse ante esos usos nuevos.

  * «López Estrada cree que los vv. 943-45, 999-1000, 1111-12,
1319-26, 1340-44, 1347-52, atribuidos en *A, A₁, B* genérica-

COMENDADOR

¡Digo que se han de sentar!

ESTEBAN

945   De los buenos es honrar,
que no es posible que den
honra los que no la tienen.

COMENDADOR

Siéntense; hablaremos algo.

ESTEBAN

¿Vio vusiñoría el galgo?

COMENDADOR

950   Alcalde, espantados vienen
esos criados de ver
tan notable ligereza.

ESTEBAN

Es una extremada pieza.
Pardiez, que puede correr
955   a un lado de un delincuente
o de un cobarde en quistión.

COMENDADOR

Quisiera en esta ocasión
que le hiciérades pariente
a una liebre que por pies
960   por momentos se me va.

---

mente a "Alcalde", pertenecen a Esteban, y añade esta indica-
ción en todos los lugares mencionados. Pero en las escenas
relativas figuran también, correctamente indicadas, unas inter-
venciones de Esteban: así que cabe pensar que "Alcalde" se
refiera a otro personaje, y precisamente a Alonso, mencionado
justo como tal en la lista inicial, al lado de Esteban, y que
vuelve a aparecer en los vv. 529-593. Los alcaldes actúan
juntos también en la escena final, vv. 2387-2454» (Profeti).
En la tercera edición revisada, López Estrada atribuye el parlamento a Alonso.
956 *en quistión*: en cuestión, en competencia.
958 *hiciérades pariente*: la pusiérais de pareja para competir.

ESTEBAN

Sí haré, por Dios. ¿Dónde está?

COMENDADOR

Allá. Vuestra hija es.

ESTEBAN

¿Mi hija?

COMENDADOR

Sí.

ESTEBAN

Pues ¿es buena
para alcanzada de vos?

COMENDADOR

965   Reñilda, alcalde, por Dios.

ESTEBAN

¿Cómo?

COMENDADOR

Ha dado en darme pena.
Mujer hay, y principal,
de alguno que está en la plaza,
que dio, a la primera traza,
970   traza de verme.

ESTEBAN

Hizo mal.
Y vos, señor, no andáis bien
en hablar tan libremente.

COMENDADOR

¡Oh, qué villano elocuente!
¡Ah, Flores!, haz que le den
975   la *Política*, en que lea,
de Aristóteles.

ESTEBAN

                 Señor,
debajo de vuestro honor
vivir el pueblo desea.
        Mirad que en Fuente Ovejuna
980   hay gente muy principal.

LEONELO

     ¿Vióse desvergüenza igual?

COMENDADOR

     Pues ¿he dicho cosa alguna
de que os pese, Regidor?

REGIDOR

     Lo que decís es injusto;
985   no lo digáis, que no es justo
que nos quitéis el honor.

COMENDADOR

       ¿Vosotros honor tenéis?
¡Qué freiles de Calatrava!

REGIDOR

     Alguno acaso se alaba
990   de la Cruz que le ponéis,
      que no es de sangre tan limpia.

COMENDADOR

     ¿Y ensúciola yo juntando
la mía a la vuestra?

REGIDOR

              Cuando
que el mal más tiñe que alimpia.

COMENDADOR
995   De cualquier suerte que sea,
vuestras mujeres se honran.

---

981 Probablemente se trata de un *aparte* de Leonelo referido
    comportamiento del Comendador.
993-994 *cuando que:* puesto que, siendo dada.

ALCALDE

      Esas palabras les honran;
      las obras no hay quien las crea.

COMENDADOR

          ¡Qué cansado villanaje!
1000   ¡Ah, bien hayan las ciudades,
      que a hombres de calidades
      no hay quien sus gustos ataje!
         Allá se precian casados
      que visiten sus mujeres.

ESTEBAN
1005   No harán, que con esto quieres
      que vivamos descuidados.
         En las ciudades hay Dios,
      y más presto quien castiga.

COMENDADOR

      ¡Levantaos de aquí!

ALCALDE

                     ¡Que diga
1010   lo que escucháis por los dos!

COMENDADOR

      ¡Salí de la plaza luego!
      No quede ninguno aquí.

ESTEBAN

      Ya nos vamos.

---

97 Los editores, desde Hartzenbusch, enmiendan *Esas palabras
deshonran*. Algunos editores corrigen, además, en el verso siguiente *obras* por *otras,* que es inaceptable. Creo que la única
lectura apropiada es la del texto de 1619, porque mantiene
la antítesis entre *palabras y obras* que las enmiendas hacen
desaparecer. Aunque el sentido no es claro. Parece querer
decir: «Se honran según la ley del vasallaje —esto es, las
palabras—, pero no según la realidad —las *obras*». En la
edición revisada, López Estrada opta por la puntuación
«¡Esas palabras deshonran / las obras! ¡No hay quien las
crea!».

COMENDADOR

¡Pues no ansí!

FLORES

Que te reportes te ruego.

COMENDADOR

1015   ¡Querrían hacer corrillo
los villanos en mi ausencia!

ORTUÑO

Ten un poco de paciencia.

COMENDADOR

De tanta me maravillo.
Cada uno de por sí
1020   se vayan hasta sus casas.

LEONELO

¡Cielo, que por esto pasas...!

ESTEBAN

Ya yo me voy por aquí.

Vanse.

COMENDADOR

¿Qué os parece de esta gente?

ORTUÑO

No sabes disimular,
1025   que no quieren escuchar
el disgusto que se siente.

1015 *corrillo:* «la junta que se hace de pocos, pero para cosa
perjudiciales; en éstos se hallan los murmuradores, los ma
dicientes, los cizañosos» (Covarrubias).

1019 *de por sí:* solo, aisladamente.

1025 Pasaje ambiguo. Algunos editores enmiendan *que no quiere*
Otros corrigen el v. 1024 en *no saben,* pero es mala corre
ción, porque el sujeto es el Comendador, como se comprueb

COMENDADOR

¿Estos se igualan conmigo?

FLORES

Que no es aqueso igualarse.

COMENDADOR

Y el villano... ¿ha de quedarse
1030   con ballesta y sin castigo?

FLORES

Anoche pensé que estaba
a la puerta de Laurencia;
y a otro, que su presencia
y su capilla imitaba,
1035   de oreja a oreja le di
un beneficio famoso.

COMENDADOR

¿Dónde estará aquel Frondoso?

FLORES

Dicen que anda por ahí.

COMENDADOR

¿Por ahí se atreve a andar
1040   hombre que matarme quiso?

FLORES

Como el ave sin aviso
o como el pez, viene a dar
al reclamo o al anzuelo.

---

por el v. 1052 («Yo he disimulado, Ortuño») y como corresponde al consejo maquiavélico de su criado. En realidad, no
queda claro quién es el que no quiere escuchar —si no se
trata de una errata por *escusar (excusar)*— ni quién siente
el disgusto. Ni tan siquiera podemos saber si *sentirse* no está
utilizado aquí con la acepción de «oírse, advertir». Teresa J.
Kirschner, tras criticar injustamente a los editores, no da
tampoco ninguna solución *(El protagonista colectivo..., p. 81).*
1036 Es decir, «le hice una herida en el rostro, que, como los
beneficios perpetuos, le durará de por vida».

COMENDADOR

> ¡Que a un capitán cuya espada
> 1045 tiemblan Córdoba y Granada,
> un labrador, un mozuelo,
>   ponga una ballesta al pecho!
> El mundo se acaba, Flores.

FLORES

> Como eso pueden amores.
> 1050 Y pues que vives, sospecho
>   que grande amistad le debes.

COMENDADOR

> Yo he disimulado, Ortuño,
> que si no, de punta a puño,
> antes de dos horas breves
> 1055   pasara todo el lugar;
> que hasta que llegue ocasión
> al freno de la razón
> hago la venganza estar.
>   ¿Qué hay de Pascuala?

FLORES

>   Responde
> 1060 que anda agora por casarse.

COMENDADOR

> Hasta allá quiere fiarse.

FLORES

> En fin, te remite donde
>   te pagarán de contado.

COMENDADOR

> ¿Qué hay de Olalla?

ORTUÑO

>   Una graciosa
> 1065 respuesta.

1061-1063 «Juego de palabras entre *fiarse* y *pagar de contado*, e
decir, "pagar inmediatamente"» (Profeti).

COMENDADOR

        Es moza briosa.
¿Cómo?

ORTUÑO

        Que su desposado
anda tras ella estos días
celoso de mis recados
y de que con tus criados
1070 a visitalla venías.
      Pero que, si se descuida,
entrarás como primero.

COMENDADOR

¡Bueno, a fe de caballero!
Pero el villanejo cuida.

ORTUÑO
1075   Cuida, y anda por los aires.

COMENDADOR

  ¿Qué hay de Inés?

FLORES

              ¿Cuál?

COMENDADOR

                 La de Antón.

FLORES

Para cualquier ocasión
te ha ofrecido sus donaires.

1066 *desposado:* prometido.
1075 *cuida y anda por los aires:* vigila, sospecha, pero no advierte
nada. *Ir por los aires* «es andar levantado de pensamiento»
(Covarrubias). Aunque quizá haya que interpretar el pasaje
en el sentido opuesto: «Sospecha y está todo el día vigi-
lante».

Habléla por el corral,
1080   por donde has de entrar si quieres.

COMENDADOR

A las fáciles mujeres
quiero bien y pago mal.
    ¡Si éstas supiesen, oh Flores,
estimarse en lo que valen!

FLORES
1085   No hay disgustos que se igualen
a contrastar sus favores.
    Rendirse presto, desdice
de la esperanza del bien;
mas hay mujeres también
1090   por que el Filósofo dice
    que apetecen a los hombres
como la forma desea
la materia; y que esto sea
así, no hay de que te asombres.

COMENDADOR
1095   Un hombre de amores loco
huélgase que a su accidente
se le rindan fácilmente,
mas después las tiene en poco;
    y el camino de olvidar,
1100   al hombre más obligado,
es haber poco costado
lo que pudo desear.

1086 *contrastar:* resistir, oponerse.
1090 Algunos editores enmiendan *y el filósofo lo dice. A* y *B* traen
     la lección correcta *por que,* «por quienes». Sobre el uso del
     del tópico aristotélico —«Materia appetit forma rerum, ut
     femina virum turpe honestum» *(Physicorum Libri,* I, ca-
     pítulo IX)—, *vid.* Peter N. Dunn, «*Materia la mujer, el
     hombre forma:* Notes on the Development of a Lopean To-
     pos», *Homenaje a W. L. Fichter,* Madrid, Castalia, 1971,
     pp. 189-200.
1096 Quiere decir: «le gusta que cuando padece la enfermedad
     ("el accidente") de amor...»

Sale Cimbranos, soldado.

[CIMBRANOS], SOLDADO
    ¿Está aquí el Comendador?

ORTUÑO
    ¿No le ves en tu presencia?

[CIMBRANOS], SOLDADO
1105   ¡Oh, gallardo Fernán Gómez!
    Trueca la verde montera
    en el blanco morrïon,
    y el gabán en armas nuevas;
    que el Maestre de Santiago,
1110   y el Conde de Cabra cercan
    a don Rodrigo Girón,
    por la castellana Reina,
    en Ciudad Real, de suerte
    que no es mucho que se pierda
1115   lo que en Calatrava sabes
    que tanta sangre le cuesta.
    Ya divisan con las luces,
    desde las altas almenas,
    los castillos y leones
1120   y barras aragonesas.
    Y aunque el Rey de Portugal
    honrar a Girón quisiera,
    no hará poco en que el Maestre
    a Almagro con vida vuelva.
1125   Ponte a caballo, señor,
    que sólo con que te vean,
    se volverán a Castilla.

COMENDADOR
    No prosigas; tente, espera.
    Haz, Ortuño, que en la plaza
1130   toquen luego una trompeta.
    ¿Qué soldados tengo aquí?

ORTUÑO
>Pienso que tienes cincuenta.

COMENDADOR
>Pónganse a caballo todos.

[CIMBRANOS], SOLDADO
>Si no caminas apriesa,
1135 Ciudad Real es del Rey.

COMENDADOR
>No hayas miedo que lo sea.

>Vanse.

Salen Mengo y Laurencia y Pascuala, huyendo.

PASCUALA
>No te apartes de nosotras.

MENGO
>Pues ¿aquí tenéis temor?

LAURENCIA
>Mengo, a la villa es mejor
1140 que vamos unas con otras,
>pues que no hay hombre ninguno,
>porque no demos con él.

MENGO
>¡Que este demonio crüel
>nos sea tan importuno!

LAURENCIA
1145 No nos deja a sol ni a sombra.

───────────

1140 *vamos:* vayamos.

MENGO

    ¡Oh, rayo del cielo baje,
    que sus locuras ataje!

LAURENCIA

    Sangrienta fiera le nombra,
       arsénico y pestilencia
1150 del lugar.

MENGO

           Hanme contado
    que Frondoso, aquí, en el prado,
    para librarte, Laurencia,
       le puso al pecho una jara.

LAURENCIA

    Los hombres aborrecía,
1155 Mengo, mas desde aquel día
    los miro con otra cara.
       ¡Gran valor tuvo Frondoso!
    Pienso que le ha de costar
    la vida.

MENGO

        Que del lugar
1160 se vaya, será forzoso.

LAURENCIA

      Aunque ya le quiero bien,
    eso mismo le aconsejo;
    mas recibe mi consejo
    con ira, rabia y desdén.
1165   ¡Y jura el Comendador
    que le ha de colgar de un pie!

PASCUALA

    ¡Mal garrotillo le dé!

1153 *jara:* saeta.

MENGO

Mala pedrada es mejor.
¡Voto al sol, si la tirara
1170   con la que llevo al apero,
que al sonar el crujidero
al casco se la encajara!
    No fue Sábalo, el romano,
tan vicioso por jamás.

LAURENCIA
1175   Heliogábalo dirás,
más que una fiera inhumano.

MENGO

    Pero Galván (o quién fue,
que yo no entiendo de historia),
más su cativa memoria
1180   vencida de éste se ve.
    ¿Hay hombre en Naturaleza
como Fernán Gómez?

PASCUALA

                                No,
que parece que le dio
de una tigre la aspereza.

Sale Jacinta.

JACINTA
1185   ¡Dadme socorro, por Dios,
si la amistad os obliga!

1171 *crujidero:* «el ruido de las cuerdas al saltar la piedra de la
    honda» (López Estrada).
1173 *Sábalo:* deturpación rústica de Heliogábalo.
1177 *Pero Galván:* Incluso Galván. Alude a un conocido perso-
    naje del romancero, raptor de Moriana, a la que más tarde
    ordena dar muerte («Moriana en un castillo...»).
1179 *cativa:* mala.
1184 *tigre.* Era femenino, como en la poesía latina.

LAURENCIA
　　　¿Qué es esto, Jacinta amiga?

PASCUALA
　　　Tuyas lo somos las dos.

JACINTA
　　　　　Del Comendador criados,
1190　que van a Ciudad Real,
　　　más de infamia natural
　　　que de noble acero armados,
　　　　　me quieren llevar a él.

LAURENCIA
　　　Pues, Jacinta, Dios te libre,
1195　que cuando contigo es libre,
　　　conmigo será crüel.

　　　　　　　　　Vase.

PASCUALA
　　　　　Jacinta, yo no soy hombre
　　　que te puedo defender.

　　　　　　　　　Vase.

MENGO
　　　　　Yo sí lo tengo de ser,
1200　porque tengo el ser y el nombre.
　　　　　Llégate, Jacinta, a mí.

JACINTA
　　　¿Tienes armas?

MENGO
　　　　　　　　　Las primeras
　　　del mundo.

JACINTA
　　　　　　　　　¡Oh, si las tuvieras!

MENGO

> Piedras hay, Jacinta, aquí.

Salen Flores y Ortuño.

FLORES
1205

> ¿Por los pies pensabas irte?

JACINTA

> Mengo, ¡muerta soy!

MENGO

> Señores,
> ¿a estos pobres labradores...?

ORTUÑO

> Pues ¿tú quieres persuadirte
> a defender la mujer?

MENGO
1210

> Con los ruegos la defiendo,
> que soy su deudo y pretendo
> guardalla, si puede ser.

FLORES

> Quitalde luego la vida.

MENGO

> ¡Voto al sol, si me emberrincho
> 1215   y el cáñamo me descincho,
> que la llevéis bien vendida!

Salen el Comendador y Cimbranos.

COMENDADOR

> ¿Qué es eso? ¿A cosas tan viles
> me habéis de hacer apear?

1215 *cáñamo:* «honda».

FLORES

       Gente de este vil lugar,
220   que ya es razón que aniquiles
         pues en nada te da gusto,
    a nuestras armas se atreve.

MENGO

       Señor, si piedad os mueve
    de soceso tan injusto,
225   castigad estos soldados
    que con vuestro nombre agora
    roban una labradora
    [a] esposo y padres honrados,
      y dadme licencia a mí
230   que se la pueda llevar.

COMENDADOR

       Licencia les quiero dar...
    para vengarse de ti.
      ¡Suelta la honda!

MENGO

                     ¡Señor! ...

COMENDADOR

       Flores, Ortuño, Cimbranos,
235   con ella le atad las manos.

MENGO

       ¿Así volvéis por su honor?

COMENDADOR

       ¿Qué piensan Fuente Ovejuna
    y sus villanos de mí?

MENGO

       Señor, ¿en qué os ofendí,
240   ni el pueblo, en cosa ninguna?

---

224 *soceso:* «suceso».

FLORES

>   ¿Ha de morir?

COMENDADOR

>   No ensuciéis
> las armas que habéis de honrar
> en otro mejor lugar.

ORTUÑO

>   ¿Qué mandas?

COMENDADOR

>   Que lo azotéis.
> 1245 Llevadle, y en ese roble
> le atad y le desnudad,
> y con las riendas...

MENGO

>   ¡Piedad,
> piedad, pues sois hombre noble!

COMENDADOR

>   ...azotalde hasta que salten
> 1250 los hierros de las correas.

MENGO

>   ¡Cielos! ¿A hazañas tan feas
> queréis que castigos falten?

>   *Vanse.*

COMENDADOR

>   Tú, villana, ¿por qué huyes?
> ¿Es mejor un labrador
> 1255 que un hombre de mi valor?

JACINTA

>   ¡Harto bien me restituyes
> el honor que me han quitado
> en llevarme para ti!

COMENDADOR

    ¿En quererte llevar?

JACINTA

                        Sí,
1260   porque tengo un padre honrado,
        que si en alto nacimiento
        no te iguala, en las costumbres
        te vence.

COMENDADOR

                Las pesadumbres
        y el villano atrevimiento
1265   no tiemplan bien un airado.
        ¡Tira por ahí!

JACINTA

                    ¿Con quién?

COMENDADOR

    Conmigo.

JACINTA

                Míralo bien.

COMENDADOR

    Para tu mal lo he mirado.
        Ya no mía, del bagaje
1270   del ejército has de ser.

JACINTA

    No tiene el mundo poder
        para hacerme, viva, ultraje.

COMENDADOR

        ¡Ea, villana, camina!

JACINTA

    ¡Piedad, señor!

COMENDADOR

                No hay piedad.

JACINTA
1275   Apelo de tu crueldad
            a la justicia divina.

            Llévanla y vanse, y salen Laurencia y Frondoso.

LAURENCIA
                 ¿Cómo así a venir te atreves,
            sin temer tu daño?

FRONDOSO
                              Ha sido
            dar testimonio cumplido
1280   de la afición que me debes.
                 Desde aquel recuesto vi
            salir al Comendador,
            y, fiado en tu valor,
            todo mi temor perdí.
1285   ¡Vaya donde no le vean
            volver!

LAURENCIA
                 Tente en maldecir,
            porque suele más vivir
            al que la muerte desean.

FRONDOSO
                 Si es eso, viva mil años,
1290   y así se hará todo bien,
            pues deseándole bien,
            estarán ciertos sus daños.
                 Laurencia, deseo saber
            si vive en ti mi cuidado,
1295   y si mi lealtad ha hallado
            el puerto de merecer.

1280 *afición:* «amor».

Mira que toda la villa
ya para en uno nos tiene;
y de cómo a ser no viene,
1300   la villa se maravilla.
    Los desdeñosos extremos
deja, y responde «no» o «sí».

LAURENCIA

Pues a la villa y a ti
respondo que lo seremos.

FRONDOSO
1305   Deja que tus plantas bese
por la merced recebida,
pues el cobrar nueva vida
por ella es bien que confiese.

LAURENCIA

    De cumplimientos acorta,
1310   y, para que mejor cuadre,
habla, Frondoso, a mi padre,
pues es lo que más importa,
    que allí viene con mi tío;
y fía que ha de tener
1315   ser, Frondoso, tu mujer
buen suceso.

FRONDOSO

¡En Dios confío!

Escóndese.

Salen Esteban, Alcalde * y el Regidor.

ALCALDE

Fue su término de modo
que la plaza alborotó.

1298 *para en uno:* «para casados».
1317 *término:* «actuación», al parecer.
  * Parece claro que, aunque en las acotaciones de entradas de
personajes sólo se diga *Alcalde* y *Regidor,* el primero es Este-

En efeto, procedió
1320   muy descomedido en todo.
          No hay a quien admiración
sus demasías no den.
La pobre Jacinta es quien
pierde por su sinrazón.

REGIDOR
1325   Ya [a] los Católicos Reyes,
que este nombre les dan ya,
presto España les dará
la obediencia de sus leyes.
          Ya sobre Ciudad Real,
1330   contra el Girón que la tiene,
Santiago a caballo viene
por capitán general.
          Pésame, que era Jacinta
doncella de buena pro.

ALCALDE
1335   Luego, ¿a Mengo le azotó?

REGIDOR
          No hay negra bayeta o tinta
como sus carnes están.

ALCALDE
          Callad, que me siento arder,
viendo su mal proceder
1340   y el mal nombre que le dan.
          Yo ¿para qué traigo aquí
este palo sin provecho?

---

ban y el segundo Juan Rojo. Profeti sugiere que quizá estén
en escena Esteban, el alcalde Alonso y los dos regidores,
Cuadrado y Juan Rojo. Dado el tipo de conversación privada
y familiar que llevan los personajes no parece muy verosímil
esto último.
1336 *bayeta:* «tela habitualmente negra que se utilizaba en los
lutos».

REGIDOR

>Si sus criados lo han hecho,
>¿de qué os afligís ansí?

ALCALDE

1345 >>¿Queréis más? Que me contaron
>que a la de Pedro Redondo
>un día que en lo más hondo
>de este valle la encontraron,
>>después de sus insolencias,
1350 >a sus criados la dio.

REGIDOR

>Aquí hay gente. ¿Quién es?

FRONDOSO

>>>>>>>Yo,
>que espero vuestras licencias.

REGIDOR

>>Para mi casa, Frondoso,
>licencia no es menester;
1355 >debes a tu padre el ser,
>y a mí otro ser amoroso.
>>Hete criado, y te quiero
>como a hijo.

FRONDOSO

>>>>>Pues, señor,
>fiado en aquese amor,
1360 >de ti una merced espero.
>>Ya sabes de quién soy hijo.

ESTEBAN

>¿Hate agraviado ese loco
>de Fernán Gómez?

FRONDOSO

>>>>>No poco.

ESTEBAN
>   El corazón me lo dijo.

FRONDOSO
1365   Pues, señor, con el seguro
         del amor que habéis mostrado,
         de Laurencia enamorado,
         el ser su esposo procuro.
            Perdona si en el pedir
1370   mi lengua se ha adelantado;
         que he sido en decirlo osado,
         como otro lo ha de decir.

ESTEBAN
            Vienes, Frondoso, a ocasión
         que me alargarás la vida,
1375   por la cosa más temida
         que siente mi corazón.
            Agradezco, hijo, al cielo
         que así vuelvas por mi honor,
         y agradézcole a tu amor
1380   la limpieza de tu celo.
            Mas, como es justo, es razón
         dar cuenta a tu padre de esto;
         sólo digo que estoy presto,
         en sabiendo su intención;
1380   que yo dichoso me hallo
         en que aqueso llegue a ser.

REGIDOR
         De la moza el parecer
         tomad, antes de acetallo.

ALCALDE
            No tengáis de eso cuidado,
1390   que ya el caso está dispuesto;
         antes de venir a esto,
         entre ellos se ha concertado.

_____

1372 «Como otro [mi padre] lo ha de decir, he osado antici-
     parme».

En el dote, si advertís,
se puede agora tratar,
1395 que por bien os pienso dar
algunos maravedís.

FRONDOSO

Yo dote no he menester.
De eso no hay que entristeceros.

REGIDOR

¡Pues que no la pide en cueros,
1400 lo podéis agradecer!

ESTEBAN

[Tomar] el parecer de ella,
si os parece, será bien.

FRONDOSO

Justo es: que no hace bien
quien los gustos atropella.

ESTEBAN
1405   ¡Hija Laurencia!

LAURENCIA

Señor.

ESTEBAN

Mirad si digo bien yo.
¡Ved qué presto respondió!
Hija Laurencia, mi amor
    a preguntarte ha venido...
1410 (apártate aquí)... si es bien
que a Gila, tu amiga, den
a Frondoso por marido,
    que es un honrado zagal,
si le hay en Fuente Ovejuna.

LAURENCIA
1415   ¿Gila se casa?

1401 En *A* y *B* *tomará,* que aceptan los editores modernos. Me
parece error evidente, pues el orden es: «Si os parece, será
bien tomar el parecer de ella».

ESTEBAN

                    Y si alguna
le merece y es su igual...

LAURENCIA

           Yo digo, señor, que sí.

ESTEBAN

           Sí, mas yo digo que es fea,
           y que harto mejor se emplea
1420   Frondoso, Laurencia, en ti.

LAURENCIA

              ¿Aún no se te han olvidado
           los donaires con la edad?

ESTEBAN

           ¿Quiéresle tú?

LAURENCIA

                    Voluntad
           le he tenido y le he cobrado,
1425   pero, por lo que tú sabes.

ESTEBAN

           ¿Quieres tú que diga sí?

LAURENCIA

           Dilo tú, señor, por mí.

ESTEBAN

           ¿Yo? Pues tengo yo las llaves,
              hecho está. Ven, buscaremos.
1430   a mi compadre en la plaza.

REGIDOR

           Vamos.

ESTEBAN

                    Hijo, y en la traza
           del dote, ¿qué le diremos?

1425 *pero*: parece tener la acepción de «además», como en v. 1177.

Que yo bien te puedo dar
cuatro mil maravedís.

FRONDOSO

1435   Señor, ¿eso me decís?
¡Mi honor queréis agraviar!

ESTEBAN

Anda, hijo, que eso es
cosa que pasa en un día;
que si no hay dote, a fe mía,
1440   que se echa menos después.

Vanse, y queda Frondoso y Laurencia.

LAURENCIA

Di, Frondoso, ¿estás contento?

FRONDOSO

¡Cómo si lo estoy! ¡Es poco,
pues que no me vuelvo loco
de gozo del bien que siento!
1445   Risa vierte el corazón
por los ojos, de alegría,
viéndote, Laurencia mía,
en tan dulce posesión.

Salen el Maestre, el Comendador, Flores y Ortuño.

COMENDADOR

Huye, señor, que no hay otro remedio.

MAESTRE

1450   La flaqueza del muro lo ha causado,
y el poderoso ejército enemigo.

1447 *Viéndote.* El sentido no queda claro; probablemente se trata de un error por *viéndose.*

COMENDADOR

Sangre les cuesta, y infinitas vidas.

MAESTRE

Y no se alabarán que en sus despojos
pondrán nuestro pendón de Calatrava,
1455 que a honrar su empresa y los demás bastaba.

COMENDADOR

Tus desinios, Girón, quedan perdidos.

MAESTRE

¿Qué puedo hacer, si la Fortuna ciega
a quien hoy levantó, mañana humilla?

Dentro.

[GENTE]

¡Vitoria por los reyes de Castilla!

MAESTRE
1460 Ya coronan de luces las almenas,
y las ventanas de las torres altas
entoldan con pendones vitoriosos.

COMENDADOR

Bien pudieran de sangre que les cuesta.
A fe que es más tragedia que no fiesta.

MAESTRE
1465 Yo vuelvo a Calatrava, Fernán Gómez.

COMENDADOR

Y yo a Fuente Ovejuna, mientras tratas
o seguir esta parte de tus deudos
o reducir la tuya al Rey Católico.

MAESTRE

Yo te diré por cartas lo que intento.

1455 «Que bastaba a honrar su empresa y a los demás pendone
(o, quizá, despojos)».
1456 *desinios:* designios.
1460 «En señal de triunfo y fiesta». Cf. *Peribáñez*, v. 1032.
1468 *reducir:* «volver».

COMENDADOR
470   El tiempo ha de enseñarte.

MAESTRE

                                ¡Ah, pocos años,
        sujetos al rigor de sus engaños!

ale la boda, músicos, Mengo, Frondoso, Laurencia, Pascuala,
          Barrildo, Esteban y Alcalde *.

MÚSICOS
           ¡Vivan muchos años
        los desposados!
        ¡Vivan muchos años!

MENGO
475   A fe que no os ha costado
        mucho trabajo el cantar.

BARRILDO
           ¿Supiéraslo tú trovar
        mejor que él está trovado?

FRONDOSO
           Mejor entiende de azotes
480   Mengo que de versos ya.

MENGO
           Alguno en el valle está,
        para que no te alborotes,
           a quien el Comendador...

BARRILDO
           No lo digas, por tu vida,
485   que este bárbaro homicida
        a todos quita el honor.

---

* Vid. * v. 943. Algunos editores enmiendan *Esteban, alcalde.*
   Sigo las indicaciones de Profeti.
482 *alborotes:* «alboroces», «alegres».

MENGO

      Que me azotasen a mí
cien soldados aquel día...
Sola una honda tenía;
1490   [harto desdichado fui].
      Pero que le hayan echado
una melecina a un hombre,
que, aunque no diré su nombre,
todos saben que es honrado,
1495   llena de tinta y de chinas,
¿cómo se puede sufrir?

BARRILDO

Haríalo por reír.

MENGO

No hay risa con melecinas,
    que aunque es cosa saludable,
1500   yo me quiero morir luego.

FRONDOSO

    ¡Vaya la copla, te ruego,
si es la copla razonable!

[BARRILDO]

    *¡Vivan muchos años juntos
los novios, ruego a los cielos,*

1490 Falta en *A.*
1492 *melecina:* «lavativa».
1495 *chinas.* Podría tratarse de piedrecitas, pero quizá aquí se
alude a la planta llamada *china* que «es muy semejante a la
raíz del lirio y notablemente aguda y mordaz. Cocida en
agua provoca a sudor» *(Autoridades).*
1503 La copla va en boca de Mengo en *A* y *B,* así como el parlamento de los vv. 1510-11. Los editores, desde Hartzenbusch,
ponen estos últimos en boca de Frondoso. Es evidente, sin
embargo, que el autor de la copla es Barrildo, como se desprende del v. 1512 en el que se excusa por la prisa con que
ha tenido que componerla (cf. v. 2.044). Los vv. 1510-11,
por el tono y las correspondencias con los vv. 1475-1478, no
deben pertenecer a Frondoso, como sugiere la crítica, sino
a Mengo. Por consiguiente, la copla estaría cantada por Barrildo, como edito, o por los *Músicos,* lo que explicaría mejor
el error *(Musi.-Men.).*

1505   *y por envidia ni celos*
       ni riñan ni anden en puntos!
       Lleven a entrambos difuntos,
       de puro vivir cansados.
       ¡Vivan muchos años!

MENGO
1510   ¡Maldiga el cielo el poeta
       que tal coplón arrojó!

BARRILDO
       ¡Fue muy presto!

MENGO
                Pienso yo
       una cosa de esta seta:
       ¿no habéis visto un buñolero,
1515   en el aceite abrasando,
       pedazos de masa echando,
       hasta llenarse el caldero?
       Que unos le salen hinchados,
       otros tuertos y mal hechos,
1520   ya zurdos y ya derechos,
       ya fritos y ya quemados.
       Pues así imagino yo
       un poeta componiendo,
       la materia previniendo,
1525   que es quien la masa le dio.
       Va arrojando verso aprisa
       al caldero del papel,
       confiado en que la miel
       cubrirá la burla y risa.
1530   Mas poniéndolo en el pecho,
       apenas hay quien los tome;
       tanto, que sólo los come
       el mismo que los ha hecho.

1505 *envidias* B, que podría ser buena, aunque fuera conjetural.
    Cf.: «y muerto envidias y celos» *(El caballero de Olmedo,*
    v. 2468).
1513 *seta:* secta.

BARRILDO
>   ¡Déjate ya de locuras!
1535   Deja los novios hablar.

LAURENCIA
>   Las manos nos da a besar.

JUAN
>   Hija, ¿mi mano procuras?
>   Pídela a tu padre luego
>   para ti y para Frondoso.

ESTEBAN
1540   Rojo, a ella y a su esposo
>   que se la dé, el cielo ruego,
>   con su larga bendición.

FRONDOSO
>   Los dos a los dos la echad.

JUAN
>   ¡Ea, tañed y cantad,
1545   pues que para en uno son!

MÚSICOS
>   *Al val de Fuente Ovejuna*
>   *la niña en cabellos baja;*
>   *el caballero la sigue*
>   *de la Cruz de Calatrava.*
1550   *Entre las ramas se esconde,*
>   *de vergonzosa y turbada;*
>   *fingiendo que no le ha visto,*
>   *pone delante las ramas.*

>   *¿Para qué te ascondes,*
1555   *niña gallarda?*

1546 Sobre la génesis y función de esta canción en la obra, *vid.* Ló-
     pez Estrada, «La canción "Al val de Fuente Ovejuna..."»
     Cf. Introducción, p. 14.
1547 *en cabello B.* La forma habitual es *en cabello,* es decir, la
     doncella que va con el cabello sin cubrir. Mantengo la lec-
     ción de *A* porque es admisible.

> *Que mis linces deseos*
> *paredes pasan.*
>
> *Acercóse el caballero,*
> *y ella, confusa y turbada,*
1560 *hacer quiso celosías*
> *de las intricadas ramas.*
> *Mas, como quien tiene amor*
> *los mares y las montañas*
> *atraviesa fácilmente,*
1565 *la dice tales palabras:*
>
> *«¿Para qué te escondes,*
> *niña gallarda?*
> *Que mis linces deseos*
> *paredes pasan.»*

Salen el Comendador, Flores, Ortuño y Cimbranos.

COMENDADOR
1570   Estése la boda queda,
    y no se alborote nadie.

JUAN

    No es juego aqueste, señor,
    y basta que tú lo mandes.
1575   ¿Quieres lugar? ¿Cómo vienes
    con tu belicoso alarde?
    ¿Venciste? Mas ¿qué pregunto?

FRONDOSO

    ¡Muerto soy! ¡Cielos, libradme!

LAURENCIA

    Huye por aquí, Frondoso.

COMENDADOR

    Eso, no. ¡Prendelde, atalde!

1561 *intricadas*. Es la forma etimológica.

JUAN
1580   Date, muchacho, a prisión.

FRONDOSO
          Pues ¿quieres tú que me maten?

JUAN
          ¿Por qué?

COMENDADOR
                    No soy hombre yo
          que mato sin culpa a nadie,
          que si lo fuera, le hubieran
1585   pasado de parte a parte
          esos soldados que traigo.
          Llevarle mando a la cárcel,
          donde la culpa que tiene
          sentencie su mismo padre.

PASCUALA
1590   Señor, mirad que se casa.

COMENDADOR
          ¿Qué me obliga a que se case?
          ¿No hay otra gente en el pueblo?

PASCUALA
          Si os ofendió, perdonadle,
          por ser vos quien sois.

COMENDADOR
                              No es cosa,
1595   Pascuala, en que yo soy parte.
          Es esto contra el Maestre
          Téllez Girón, que Dios guarde;
          es contra toda su Orden,
          es su honor, y es importante
1600   para el ejemplo, el castigo;
          que habrá otro día quien trate
          de alzar pendón contra él,

                pues ya sabéis que una tarde
                al Comendador mayor
1605   — ¡qué vasallos tan leales! —
                puso una ballesta al pecho.

ESTEBAN

                Supuesto que el disculparle
                ya puede tocar a un suegro,
                no es mucho que en causas tales
1610   se descomponga con vos
                un hombre, en efeto, amante.
                Porque si vos pretendéis
                su propia mujer quitarle,
                ¿que mucho que la defienda?

COMENDADOR
1615   Majadero sois, alcalde.

ESTEBAN

                Por vuestra virtud, señor.

COMENDADOR

                Nunca yo quise quitarle
                su mujer, pues no lo era.

ESTEBAN

                ¡Sí quisistes...! Y esto baste,
1620   que Reyes hay en Castilla,
                que nuevas órdenes hacen,
                con que desórdenes quitan.
                Y harán mal, cuando descansen
                de las guerras, en sufrir
1625   en sus villas y lugares
                a hombres tan poderosos
                por traer cruces tan grandes.
                Póngasela el Rey al pecho,
                que para pechos reales
1630   es esa insignia, y no más.

1616 Parece una frase hecha de matiz irónico («A vos os lo debo»),
     que no he podido documentar.

COMENDADOR

>   ¡Hola!   ¡La vara quitalde!

ESTEBAN

>   Tomad, señor, norabuena.

COMENDADOR

>   ¡Pues con ella quiero dalle,
>   como a caballo brioso!

ESTEBAN

1635   Por señor os sufro. Dadme.

PASCUALA

>   ¿A un viejo de palos das?

LAURENCIA

>   Si le das porque es mi padre,
>   ¿qué vengas en él de mí?

COMENDADOR

>   Llevadla, y haced que guarden
1640   su persona diez soldados.

>   Vase él y los suyos.

ESTEBAN

>   ¡Justicia del cielo baje!

>   Vase.

PASCUALA

>   ¡Volvióse en luto la boda!

>   Vase.

BARRILDO

>   ¿No hay aquí un hombre que hable?

1631 *¡Hola!* Es exclamación para llamar a un inferior.
1639 *llevadle B,* que podría referirse a Frondoso.

MENGO

Yo tengo ya mis azotes,
1645   que aun se ven los cardenales
sin que un hombre vaya a Roma.
Prueben otros a enojarle.

JUAN

Hablemos todos.

MENGO

Señores,
aquí todo el mundo calle.
1650   Como ruedas de salmón
me puso los atabales.

ACTO TERCERO

Salen Esteban, Alonso y Barrildo.

ESTEBAN

¿No han venido a la junta?

BARRILDO

No han venido.

ESTEBAN

Pues más apriesa nuestro daño corre.

BARRILDO

Ya está lo más del pueblo prevenido.

---

650 *ruedas:* «rodajas».
651 *atabal:* «instrumento bélico [musical] que se compone de
una caja de metal en la figura de una media esfera, cubierta
por encima de pergamino» *(Autoridades).*

ESTEBAN
1655   ¡Frondoso con prisiones en la torre,
           y mi hija Laurencia en tanto aprieto!
           Si la piedad de Dios no lo socorre...

           Salen Juan Rojo y el Regidor.

JUAN
           ¿De qué dais voces, cuando importa tanto
           a nuestro bien, Esteban, el secreto?

ESTEBAN
1660   Que doy tan pocas es mayor espanto.

           Sale Mengo.

MENGO
           También vengo yo a hallarme en esta junta.

ESTEBAN
           Un hombre cuyas canas baña el llanto,
           labradores honrados, os pregunta
              qué obsequias debe hacer toda esta gente
1665   a su patria sin honra, ya perdida.
           Y si se llaman honras justamente,
              ¿cómo se harán, si no hay entre nosotros
           hombre a quien este bárbaro no afrente?
           Respondedme: ¿hay alguno de vosotros
1670   que no esté lastimado en honra y vida?
           ¿No os lamentáis los unos de los otros?
           Pues si ya la tenéis todos perdida,
              ¿a qué aguardáis? ¿Qué desventura es ésta

JUAN
           La mayor que en el mundo fue sufrida.

_____

1655 *con prisiones:* «encadenado».

1675   Mas pues ya se publica y manifiesta
         que en paz tienen los Reyes a Castilla,
      y su venida a Córdoba se apresta,
      vayan dos regidores a la villa,
         y, echándose a sus pies, pidan remedio.

BARRILDO

1680   En tanto que Fernando, aquel que humilla,
      ha tantos enemigos, otro medio
         será mejor, pues no podrá, ocupado,
      hacernos bien con tanta guerra en medio.

REGIDOR

      Si mi voto de vos fuera escuchado,
1685   desamparar la villa doy por voto.

JUAN

      ¿Cómo es posible en tiempo limitado?

MENGO

      ¡A la fe, que si entiende el alboroto,
      que ha de costar la junta alguna vida!

REGIDOR

      Ya todo el árbol de paciencia roto,
1690   corre la nave de temor perdida.
         La hija quitan con tan gran fiereza
      a un hombre honrado, de quien es regida
      la patria en que vivís, y en la cabeza
         la vara quiebran tan injustamente.
1695   ¿Qué esclavo se trató con más bajeza?

1680-81 Como en *A* y *B* se lee *a tantos,* algunos editores enmiendan el verso anterior por suponer que allí existe el error. Hartzenbusch corrigió en «*En tanto que Fernando* al suelo *humilla*»; y López Estrada en «*En tanto que* aquel Rey *Fernando humilla*». Américo Castro, a quien siguen varios editores, deja la frase tal como está en *A* y *B*, y comenta: «La frase está constituida como si hubiese escrito el autor: "En tanto que Fernando humilla a tantos enemigos"». Creo que con la corrección que propongo, *ha* por *a,* el sentido queda claro. La frase *aquel que humilla* equivale al *debellator* clásico.

JUAN

  ¿Qué es lo que quieres tú que el pueblo intente?

REGIDOR

  Morir, o dar la muerte a los tiranos,
pues somos muchos, y ellos poca gente.

BARRILDO

  ¿Contra el señor las armas en las manos?

ESTEBAN
1700

  El rey solo es señor después del cielo,
y no bárbaros hombres inhumanos.
Si Dios ayuda nuestro justo celo,
  ¿qué nos ha de costar?

MENGO

        Mirad, señores,
que vais en estas cosas con recelo.
1705 Puesto que por los simples labradores
  estoy aquí, que más injurias pasan,
más cuerdo represento sus temores.

JUAN

  Si nuestras desventuras se compasan,
  para perder las vidas, ¿qué aguardamos?
1710 Las casas y las viñas nos abrasan;
tiranos son. ¡A la venganza vamos!

    Sale Laurencia, desmelenada.

LAURENCIA

  Dejadme entrar, que bien puedo,
en consejo de los hombres;

1704 *vais:* vayáis.
1711 *vamos:* vayamos.

que bien puede una mujer,
1715 si no a dar voto, a dar voces.
¿Conocéisme?

ESTEBAN

¡Santo cielo!
¿No es mi hija?

JUAN

¿No conoces
a Laurencia?

LAURENCIA

Vengo tal,
que mi diferencia os pone
1720 en contingencia quién soy.

ESTEBAN

¡Hija mía!

LAURENCIA

¡No me nombres
tu hija!

ESTEBAN

¿Por qué, mis ojos,
por qué?

LAURENCIA

¡Por muchas razones!
Y sean las principales,
1725 porque dejas que me roben
tiranos sin que me vengues,
traidores sin que me cobres.
Aún no era yo de Frondoso,
para que digas que tome,
1730 como marido, venganza,
que aquí por tu cuenta corre;
que en tanto que de las bodas
no haya llegado la noche,

del padre y no del marido,
1735   la obligación presupone;
que en tanto que no me entregan
una joya, aunque la compre,
no ha de correr por mi cuenta
las guardas ni los ladrones.
1740   Llevóme de vuestros ojos
a su casa Fernán Gómez;
la oveja al lobo dejáis,
como cobardes pastores.
¿Qué dagas no vi en mi pecho?
1745   ¡Qué desatinos enormes,
qué palabras, qué amenazas,
y qué delitos atroces
por rendir mi castidad
a sus apetitos torpes!
1750   Mis cabellos, ¿no lo dicen?
¿No se ven aquí los golpes,
de la sangre y las señales?
¿Vosotros sois hombres nobles?
¿Vosotros, padres y deudos?
1755   ¿Vosotros, que no se os rompen
las entrañas de dolor,
de verme en tantos dolores?
Ovejas sois, bien lo dice
de Fuente Ovejuna el nombre.
1760   ¡Dadme unas armas a mí,
pues sois piedras, pues sois bronces,
pues sois jaspes, pues sois tigres...!
Tigres no, porque feroces
siguen quien roba sus hijos,
1765   matando los cazadores

1737 *la compren A: le compren B.* La corrección ya en Hartzenbusch.
1763 Alude Lope a las anécdotas que se contaban acerca del gran
amor con que los tigres trataban a sus cachorros, anécdotas
recogidas en los tratados de historia natural y que de allí
pasaron a los bestiarios y a los libros de emblemas. La fuente
de ésta parece ser San Ambrosio *(Hexameron,* VI, 4) y
divulgada por San Alberto Magno en el *De animalibus.*

antes que entren por el mar
y por sus ondas se arrojen.
Liebres cobardes nacisteis;
bárbaros sois, no españoles.
1770   ¡Gallinas, vuestras mujeres
sufrís que otros hombres gocen!
¡Poneos ruecas en la cinta!
¿Para qué os ceñís estoques?
¡Vive Dios, que he de trazar
1775   que solas mujeres cobren
la honra, de estos tiranos,
la sangre, de estos traidores!
¡Y que os han de tirar piedras,
hilanderas, maricones,
1780   amujerados, cobardes!
¡Y que mañana os adornen
nuestras tocas y basquiñas,
solimanes y colores!
A Frondoso quiere ya,
1785   sin sentencia, sin pregones,
colgar el Comendador
del almena de una torre;
de todos hará lo mismo;
y yo me huelgo, medio hombres,
1790   porque quede sin mujeres
esta villa honrada, y torne
aquel siglo de amazonas,
eterno espanto del orbe.

ESTEBAN

Yo, hija, no soy de aquellos
1795   que permiten que los nombres
con esos títulos viles.
Iré solo, si se pone
todo el mundo contra mí.

1779 Conviene recordar que *maricones* tenía la acepción de «afe-
minados», pero sin la violencia semántica actual.
1783 El *solimán* era un tipo de cosmético muy frecuente.

JUAN

Y yo, por más que me asombre
1800   la grandeza del contrario.

REGIDOR

Muramos todos.

BARRILDO

                              Descoge
un lienzo al viento en un palo,
y mueran estos inormes.

JUAN

¿Qué orden pensáis tener?

MENGO
1805   Ir a matarle sin orden.
Juntad el pueblo a una voz,
que todos están conformes
en que los tiranos mueran.

ESTEBAN

Tomad espadas, lanzones,
1810   ballestas, chuzos y palos.

MENGO

¡Los reyes, nuestros señores,
vivan!

TODOS

                     ¡Vivan muchos años!

MENGO

¡Mueran tiranos traidores!

TODOS

¡Traidores tiranos mueran!

1799 *asombre*: «atemorice».
1803 *inormes*: enormes, «perversos».

LAURENCIA
1815   Caminad, que el cielo os oye.
     ¡Ah, mujeres de la villa!
     ¡Acudid, porque se cobre
     vuestro honor! ¡Acudid todas!

            Salen Pascuala, Jacinta y otras mujeres.

PASCUALA
     ¿Qué es esto? ¿De qué das voces?

LAURENCIA
1820   ¿No veis cómo todos van
     a matar a Fernán Gómez,
     y hombres, mozos y muchachos,
     furiosos, al hecho corren?
     ¿Será bien que solos ellos
1825   de esta hazaña el honor gocen,
     pues no son de las mujeres
     sus agravios los menores?

JACINTA
     Di, pues, qué es lo que pretendes.

LAURENCIA
     Que puestas todas en orden,
1830   acometamos un hecho
     que dé espanto a todo el orbe.
     Jacinta, tu grande agravio
     que sea cabo responde
     de una escuadra de mujeres.

1831 *espanto:* «asombro», como en el v. 1793.
1832-3 «A tu gran agravio corresponde ser cabo de una escuadra
de mujeres», con un anacoluto notable. Los editores puntúan: «que sea cabo; responde», considerando a Jacinta
como sujeto de *responde,* «sé responsable», que es igualmente verosímil.

JACINTA
1835   ¿No son los tuyos menores?

LAURENCIA
            Pascuala, alférez serás.

PASCUALA
            Pues déjame que enarbole
            en un asta la bandera.
            Verás si merezco el nombre.

LAURENCIA
1840   No hay espacio para eso,
            pues la dicha nos socorre;
            bien nos basta que llevemos
            nuestras tocas por pendones.

PASCUALA
            Nombremos un capitán.

LAURENCIA
1845   ¡Eso no!

PASCUALA
                    ¿Por qué?

LAURENCIA
                              Que adonde
            asiste mi gran valor,
            no hay Cides ni Rodamontes.

Sale Frondoso, atadas las manos; Flores, Ortuño y Cimbranos
                y el Comendador.

COMENDADOR
            De ese cordel que de las manos sobra
            quiero que le colguéis, por mayor pena.

_____

1835 En el texto antiguo con interrogación, que mantengo. Los
     editores modernos dan la frase como exclamación.
1847 *Rodamontes:* Rodamonte, célebre personaje del *Orlando fu-
     rioso.*

FRONDOSO
1850   ¿Qué nombre, gran señor, tu sangre cobra?

COMENDADOR
          Colgalde luego en la primera almena.

FRONDOSO
          Nunca fue mi intención poner por obra
          tu muerte entonces.

FLORES
                              Grande ruido suena.

          Ruido suene.

COMENDADOR
          ¿Rüido?

FLORES
                  Y de manera que interrompen
1855   tu justicia, señor.

ORTUÑO
                              ¡Las puertas rompen!

          Ruido.

COMENDADOR
          ¡La puerta de mi casa, y siendo casa
          de la Encomienda!

FLORES
                              ¡El pueblo junto viene!

JUAN
                  Dentro.

          ¡Rompe, derriba, hunde, quema, abrasa!

ORTUÑO
          Un popular motín mal se detiene.

COMENDADOR
1860   ¿El pueblo, contra mí?

FLORES
                              La furia pasa
tan adelante, que las puertas tiene
echadas por la tierra.

COMENDADOR
                              Desatalde.
Templa, Frondoso, ese villano Alcalde.

FRONDOSO
Yo voy, señor, que amor les ha movido.

                              Vase.

MENGO (Dentro.)
1865   ¡Vivan Fernando y Isabel, y mueran
los traidores!

FLORES
                              Señor, por Dios te pido
que no te hallen aquí.

COMENDADOR
                              Si perseveran,
este aposento es fuerte y defendido.
Ellos se volverán.

FLORES
                              Cuando se alteran
1870   los pueblos agraviados, y resuelven,
nunca sin sangre o sin venganza vuelven.

COMENDADOR
En esta puerta así como rastrillo,
su furor con las armas defendamos.

_____

1872 *rastrillo:* «compuerta formada como una reja o verja fuerte
      y espesa que se echa en las puertas de las plazas de armas
      para defender la entrada y se levanta cuando se quiere dejar
      libre» *(Autoridades).*

FRONDOSO (Dentro.)
    ¡Viva Fuente Ovejuna!

COMENDADOR
                   ¡Qué caudillo!
1875   Estoy porque a su furia acometamos.

FLORES
    De la tuya, señor, me maravillo.

ESTEBAN
    Ya el tirano y los cómplices miramos.
    ¡Fuente Ovejuna, y los tiranos mueran!

                Salen todos.

COMENDADOR
    ¡Pueblo esperad!

TODOS
             ¡Agravios nunca esperan!

COMENDADOR
1880   Decídmelos a mí, que iré pagando,
    a fe de caballero, esos errores.

TODOS
    ¡Fuente Ovejuna! ¡Viva el rey Fernando!
    ¡Mueran malos cristianos, y traidores!

COMENDADOR
    ¿No me queréis oír? Yo estoy hablando.
1885   ¡Yo soy vuestro señor!

TODOS
                   ¡Nuestros señores
    son los Reyes Católicos!

COMENDADOR

¡Espera!

TODOS

¡Fuente Ovejuna, y Fernán Gómez muera!

Vanse, y salen las mujeres armadas.

LAURENCIA

Parad en este puesto de esperanzas,
soldados atrevidos, no mujeres.

PASCUALA

1890 Lo que mujeres son en las venganzas.
En él beban su sangre es bien que esperes.

JACINTA

¡Su cuerpo recojamos en las lanzas!

PASCUALA

Todas son de esos mismos pareceres.

ESTEBAN (Dentro.)
¡Muere, traidor Comendador!

COMENDADOR

¡Ya muero!
1895 ¡Piedad, Señor, que en tu clemencia espero!

1888 *Parad:* «Haced la parada militar».
1890 Quiere decir: «Las mujeres en la venganza son soldados
atrevidos. Así que sólo se puede esperar que beban en él su
sangre». Algunos editores, siguiendo a Hartzenbusch, enmiendan *¿Los que mujeres...;* los restantes entienden el pasaje como una serie de exclamaciones interrumpidas: *¡Lo
que mujeres son en las venganzas! / ¡En él beban su sangre! ¡Es bien que esperes!*

BARRILDO (Dentro.)
> Aquí está Flores.

MENGO
> ¡Dale a ese bellaco!
> Que ése fue el que me dio dos mil azotes.

FRONDOSO (Dentro.)
> No me vengo, si el alma no le saco.

LAURENCIA
> ¡No excusamos entrar!

PASCUALA
> No te alborotes.
1900 Bien es guardar la puerta.

BARRILDO (Dentro.)
> ¡No me aplaco
> con lágrimas agora, marquesotes!

LAURENCIA
> Pascuala, yo entro dentro, que la espada
> no ha de estar tan sujeta ni envainada.

Vase.

BARRILDO (Dentro.)
> Aquí está Ortuño.

FRONDOSO (Dentro.)
> Córtale la cara.

Sale Flores huyendo, y Mengo tras él.

FLORES
1905 ¡Mengo, piedad, que no soy yo el culpado!

MENGO
> Cuando ser alcahuete no bastara,
> bastaba haberme el pícaro azotado.

PASCUALA

    ¡Dánoslo a las mujeres, Mengo! ¡Para,
acaba, por tu vida!

MENGO

                    Ya está dado,
1910   que no le quiero yo mayor castigo.

PASCUALA

    Vengaré tus azotes.

MENGO

                 Eso digo.

JACINTA

    ¡Ea, muera el traidor!

FLORES

                  ¿Entre mujeres?

JACINTA

    ¿No le viene muy ancho?

PASCUALA

                  ¿Aqueso lloras?

JACINTA

    ¡Muere, concertador de sus placeres!

PASCUALA
1915   ¡Ea, muera el traidor!

FLORES

                 ¡Piedad, señoras!

      Sale Ortuño huyendo de Laurencia.

ORTUÑO

    ¡Mira que no soy yo!

LAURENCIA

¡Ya sé quién eres!
¡Entrad, teñid las armas vencedoras
en estos viles!

PASCUALA

¡Moriré matando!

TODAS

¡Fuente Ovejuna, y viva el rey Fernando!

Vanse, y salen el rey Fernando y la reina doña Isabel, y don Manrique, Maestre.

MANRIQUE

1920   De modo la prevención
fue, que el efeto esperado
llegamos a ver logrado,
con poca contradición.
    Hubo poca resistencia,
1925 y supuesto que la hubiera,
sin duda ninguna fuera
de poca o ninguna esencia.
    Queda el de Cabra ocupado
en conservación del puesto,
1930 por si volviere dispuesto
a él el contrario osado.

REY

    Discreto el acuerdo fue,
y que asista es conveniente,
y reformando la gente,
1935 el paso tomado esté;
    que con eso se asegura
no podernos hacer mal
Alfonso, que en Portugal
tomar la fuerza procura.

1940   Y el de Cabra es bien que esté
            en ese sitio asistente
            y, como tan diligente,
            muestras de su valor dé,
                porque con esto asegura
1945   el daño que nos recela,
            y como fiel centinela
            el bien del Reino procura.

                    Sale Flores, herido.

FLORES

            Católico Rey Fernando,
            a quien el cielo concede
1950   la corona de Castilla,
            como a varón excelente:
            oye la mayor crueldad
            que se ha visto entre las gentes,
            desde donde nace el sol
1955   hasta donde se escurece.

REY

            Repórtate.

FLORES

                    Rey supremo,
            mis heridas no consienten
            dilatar el triste caso,
            por ser mi vida tan breve.
1960   De Fuente Ovejuna vengo,
            donde, con pecho inclemente,
            los vecinos de la villa
            a su señor dieron muerte.
            Muerto Fernán Gómez queda
1965   por sus súbditos aleves,
            que vasallos indignados
            con leve causa se atreven.

_____
1967 *se atreven:* «se determinan».

Con título de tirano,
que le acumula la plebe,
1970 a la fuerza de esta voz
el hecho fiero acometen;
y quebrantando su casa,
no atendiendo a que se ofrece
por la fe de caballero
1975 a que pagará a quien debe,
no sólo no le escucharon,
pero con furia impaciente
rompen el cruzado pecho
con mil heridas crueles;
1980 y por las altas ventanas
le hacen que al suelo vuele,
adonde en picas y espadas
le recogen las mujeres.
Llévanle a una casa muerto,
1985 y, a porfía, quien más puede
mesa su barba y cabello,
y apriesa su rostro hieren.
En efeto, fue la furia
tan grande que en ellos crece,
1990 que las mayores tajadas
las orejas a ser vienen.
Sus armas borran con picas
y a voces dicen que quieren
tus reales armas fijar,
1995 porque aquellas les ofenden.
Saqueáronle la casa,
cual si de enemigos fuese,
y gozosos entre todos
han repartido sus bienes.
2000 Lo dicho he visto escondido,
porque mi infelice suerte
en tal trance no permite
que mi vida se perdiese.

1969 *acumular:* «Vale también imputar o achacar a alguno lo
que no ha hecho» *(Autoridades).*

Y así estuve todo el día
2005   hasta que la noche viene,
y salir pude escondido
para que cuenta te diese.
Haz, señor, pues eres justo
que la justa pena lleven
2010   de tan riguroso caso
los bárbaros delincuentes.
Mira que su sangre a voces
pide que tu rigor prueben.

REY

Estar puedes confiado
2015   que sin castigo no queden.
El triste suceso ha sido
tal, que admirado me tiene;
y que vaya luego un juez
que lo averigüe conviene,
2020   y castigue los culpados
para ejemplo de las gentes.
Vaya un capitán con él,
porque seguridad lleve,
que tan grande atrevimiento
2025   castigo ejemplar requiere.
Y curad a ese soldado
de las heridas que tiene.

Vanse, y salen los labradores y labradoras, con la cabeza * de
Fernán Gómez en una lanza.*

MÚSICOS

*¡Muchos años vivan
Isabel y Fernando,*
2030   *y mueran los tiranos!*

---

* Estas cabezas solían hacerse de cera o cartón. Son frecuentes
sus apariciones en el teatro senequista del siglo XVI.

BARRILDO

¡Diga su copla Frondoso!

FRONDOSO

Ya va mi copla, a la fe;
si le faltare algún pie,
enmiéndelo el más curioso:

2035   *¡Vivan la bella Isabel,*
        y Fernando de Aragón
        pues que para en uno son,
        él con ella, ella con él!
        A los cielos San Miguel
2040   *lleve a los dos de las manos.*
        ¡Vivan muchos años,
        y mueran los tiranos!

LAURENCIA

¡Diga Barrildo!

BARRILDO

Ya va,
que, a [la] fe, que la he pensado.

PASCUALA
2045   Si la dices con cuidado,
        buena y rebuena será.

BARRILDO

¡Vivan los Reyes famosos
muchos años, pues que tienen
la victoria, y a ser vienen
2050   *nuestros dueños venturosos!*

2033 Curiosamente la copla que canta Frondoso tiene un verso
más que las de Barrildo y Mengo. ¿Lo habría añadido —el
v. 2041— algún «curioso»? ¿No habrá ocurrido que el verso
2041 iba, en realidad, después del v. 2042 y puesto en boca
de los músicos que repetirían el estribillo inicial alterando li-
geramente el primer verso como sucede con el v. 2068, que,
lógicamente, debería repetir de nuevo el estribillo?
2044 Los editores mantienen *que a fe que* de *A* y *B,* pero el verso
queda falto de una sílaba porque no es normal la ausencia
de sinalefa en *la he.* Cf. v. 2032.

> *¡Salgan siempre vitoriosos*
> *de gigantes y de enanos,*
> *y mueran los tiranos!*

MÚSICOS

> *¡Muchos años vivan*
> 2055 *[Isabel y Fernando,*
> *y mueran los tiranos!]*

LAURENCIA

> ¡Diga Mengo!

FRONDOSO

>   ¡Mengo diga!

MENGO

> Yo soy poeta donado.

PASCUALA

> Mejor dirás: lastimado
> 2060 el envés de la barriga.

MENGO

> *Una mañana en domingo*
> *me mandó azotar aquél,*
> *de manera que el rabel*
> *daba espantoso respingo;*
> 2065 *pero agora que los pringo,*
> *¡vivan los Reyes Cristiánigos,*
> *y mueran los tiránigos!*

2058 *donado:* «lego».
2064 *respingo:* «ruido, chirrido».
2065 *los pringo.* El sentido no queda claro: «puede ser que entonces los pringa, esto es, que se prepara a gozar del buen gobierno de los Reyes, pues el pringar era antes que el asar
y el comer» (López Estrada). Quizá *pringarlos* aluda al Comendador y sus secuaces («ahora que los castigo»). Podría
incluso referirse al metafórico rabel que tiene ya las cuerdas
pringadas o engrasadas (en ese caso habría una errata por
lo pringo, o *lo empringo* —escrito *loepringo*—). Hay que
reconocer que, si se trata de una frase hecha —*pringarlos*—,
desconocemos por el momento su significación.

MÚSICOS

> *¡Vivan muchos años!*

ESTEBAN

> Quita la cabeza allá.

MENGO
2070

> Cara tiene de ahorcado.

> *Saca un escudo Juan Rojo con las armas.*

REGIDOR

> Ya las armas han llegado.

ESTEBAN

> Mostrá las armas acá.

JUAN

> ¿A dónde se han de poner?

REGIDOR

> Aquí, en el Ayuntamiento.

ESTEBAN
2075

> ¡Bravo escudo!

BARRILDO

> ¡Qué contento!

FRONDOSO

> Ya comienza a amanecer
> con este sol nuestro día.

ESTEBAN

> ¡Vivan Castilla y León,
> y las barras de Aragón,
2080 > y muera la tiranía!
> Advertid, Fuente Ovejuna,
> a las palabras de un viejo,
> que el admitir su consejo
> no ha dañado vez ninguna.

2085   Los Reyes han de querer
        averiguar este caso,
        y más tan cerca del paso
        y jornada que han de hacer.
            Concertaos todos a una
2090   en lo que habéis de decir.

FRONDOSO

        ¿Qué es tu consejo?

ESTEBAN

                            Morir
        diciendo: ¡Fuente Ovejuna!
        Y a nadie saquen de aquí.

FRONDOSO

        Es el camino derecho:
2095   ¡Fuente Ovejuna lo ha hecho!

ESTEBAN

        ¿Queréis responder así?

TODOS

                                    ¡Sí!

ESTEBAN

        Ahora, pues, yo quiero ser
        agora el pesquisidor,
        para ensayarnos mejor
2100   en lo que habemos de hacer.
            Sea Mengo el que esté puesto
        en el tormento.

MENGO

                        ¿No hallaste
        otro más flaco?

ESTEBAN

                        ¿Pensaste
        que era de veras?

MENGO

Di presto.

ESTEBAN
2105   ¿Quién mató al Comendador?

MENGO

¡Fuente Ovejuna lo hizo!

ESTEBAN

Perro, ¿si te martirizo?

MENGO

Aunque me matéis, señor.

ESTEBAN

Confiesa, ladrón.

MENGO

Confieso.

ESTEBAN
2110   Pues ¿quién fue?

MENGO

¡Fuente Ovejuna!

ESTEBAN

Dalde otra vuelta.

MENGO

Es ninguna.

ESTEBAN

¡Cagajón para el proceso!

Sale el Regidor.

REGIDOR

¿Qué hacéis de esta suerte aquí?

FRONDOSO
    ¿Qué ha sucedido, Cuadrado?

REGIDOR
2115   Pesquisidor ha llegado.

ESTEBAN
    Echá todos por ahí.

REGIDOR
    Con él viene un capitán.

ESTEBAN
    ¡Venga el diablo! Ya sabéis
    lo que responder tenéis.

REGIDOR
2120   El pueblo prendiendo van,
    sin dejar alma ninguna.

ESTEBAN
    Que no hay que tener temor.
    ¿Quién mató al Comendador,
    Mengo?

MENGO
    ¿Quién? ¡Fuente Ovejuna!

Vanse, y sale el Maestre y un soldado.

MAESTRE
2125   ¡Que tal caso ha sucedido!
    Infelice fue su suerte.
    Estoy por darte la muerte
    por la nueva que has traído.

SOLDADO
    Yo, señor, soy mensajero,
2130   y enojarte no es mi intento.

MAESTRE

      ¡Que a tal tuvo atrevimiento
un pueblo enojado y fiero!
      Iré con quinientos hombres,
y la villa he de asolar;

2135   en ella no ha de quedar
ni aun memoria de los nombres.

SOLDADO

      Señor, tu enojo reporta,
porque ellos al Rey se han dado,
y no tener enojado

2140   al Rey es lo que te importa.

MAESTRE

      ¿Cómo al Rey se pueden dar,
si de la Encomienda son?

SOLDADO

Con él sobre esa razón
podrás luego pleitear.

MAESTRE
2145   Por pleito ¿cuándo salió
lo que él le entregó en sus manos?
Son señores soberanos,
y tal reconozco yo.
      Por saber que al Rey se han dado,

2150   [se] reportará mi enojo,
y ver su presencia escojo
por lo más bien acertado;

2146 Puede entenderse, como lo hace Américo Castro, «lo que
el pueblo le entregó». López Estrada anota «lo que el [Rey]
entregó a él, en sus manos [de éste]», que resulta ambigua.
Parece que quiere decir que «cuando el Rey Fernando llevó a
pleito algún negocio nunca lo perdió». La enmienda que propone Hartzenbusch, *lo que se entregó,* no es verosímil por
suponer dos yerros.
2150 *me reportará A* y *B.* La enmienda, acertada, es de López
Estrada. Podría ser *me reportaré,* pero la construcción no es
frecuente.

que puesto que tenga culpa
en casos de gravedad,
2155   en todo mi poca edad
viene a ser quien me disculpa.
Con vergüenza voy, mas es
honor quien puede obligarme,
y importa no descuidarme
2160   en tan honrado interés.

Vanse.

Sale Laurencia sola.

LAURENCIA

Amando, recelar daño en lo amado,
nueva pena de amor se considera,
que quien en lo que ama daño espera,
aumenta en el temor nuevo cuidado.
2165   El firme pensamiento desvelado,
si le aflige el temor, fácil se altera,
que no es, a firme fe, pena ligera
ver llevar el temor, el bien robado.
Mi esposo adoro; la ocasión que veo
2170   al temor de su daño me condena,
si no le ayuda la felice suerte.
Al bien suyo se inclina mi deseo:
si está presente, está cierta mi pena;
si está en ausencia, está cierta mi muerte.

Sale Frondoso.

FRONDOSO
2175   ¡Mi Laurencia!

LAURENCIA

¡Esposo amado!
¿Cómo estar aquí te atreves?

FRONDOSO

> ¿Esas resistencias debes
> a mi amoroso cuidado?

LAURENCIA

> Mi bien, procura guardarte,
> 2180 porque tu daño recelo.

FRONDOSO

> No quiera, Laurencia, el cielo
> que tal llegue a disgustarte.

LAURENCIA

> ¿No temes ver el rigor
> que por los demás sucede,
> 2185 y el furor con que procede
> aqueste pesquisidor?
> Procura guardar la vida.
> Huye tu daño, no esperes.

FRONDOSO

> ¿Cómo que procure quieres
> 2190 cosa tan mal recebida?
> ¿Es bien que los demás deje
> en el peligro presente,
> y de tu vista me ausente?
> No me mandes que me aleje,
> 2195 porque no es puesto en razón
> que, por evitar mi daño,
> sea con mi sangre extraño
> en tan terrible ocasión.

> Voces dentro.

> Voces parece que he oído;
> 2200 y son, si yo mal no siento,
> de alguno que dan tormento.
> Oye con atento oído.

> Dice dentro el Juez y responden.

2190 *recebida:* recibida, «admitida por la opinión pública».

JUEZ

>Decid la verdad, buen viejo.

FRONDOSO

>Un viejo, Laurencia mía,
2205 >atormentan.

LAURENCIA

>¡Qué porfía!

ESTEBAN

>Déjenme un poco.

JUEZ

>   Ya os dejo.
>Decid, ¿quién mató a Fernando?

ESTEBAN

>Fuente Ovejuna lo hizo.

LAURENCIA

>¡Tu nombre, padre, eternizo!

FRONDOSO
2210 >   ¡Bravo caso!

JUEZ

>   ¡Ese muchacho!
>¡Aprieta, perro! Yo sé
>que lo sabes. ¡Di quién fue!
>¿Callas? ¡Aprieta, borracho!

NIÑO

>Fuente Ovejuna, señor.

JUEZ
2215 >¡Por vida del Rey, villanos,
>que os ahorque con mis manos!
>¿Quién mató al Comendador?

2209-2210 Falta un verso para completar la redondilla Probable lapso de Lope.

FRONDOSO

> ¡Que a un niño le den tormento,
> y niegue de aquesta suerte!

LAURENCIA
2220 ¡Bravo pueblo!

FRONDOSO

>   Bravo y fuerte.

JUEZ

> ¡Esa mujer al momento
>   en ese potro tened!
> Dale esa mancuerda luego.

LAURENCIA

> Ya está de cólera ciego.

JUEZ
2225 Que os he de matar, creed,
>   en este potro, villanos.
> ¿Quién mató al Comendador?

PASCUALA

> Fuente Ovejuna, señor.

JUEZ

>   ¡Dale!

FRONDOSO

>   Pensamientos vanos.

LAURENCIA
2230 Pascuala niega, Frondoso.

2223 «El potro, que fue el procedimiento [de tortura] más corriente a partir del siglo XVI, suponía el ser atado fuerte-
mente a un bastidor o banqueta con cuerdas pesadas en
torno al cuerpo y las extremidades, y que eran controladas
por el verdugo que las iba apretando [dando mancuerda]
mediante vueltas dadas a sus extremos» (H. KAMEN, *La
Inquisición española*, Barcelona, Grijalbo, 1965, p. 188).

FRONDOSO
>Niegan niños; ¿qué te espantas?

JUEZ
>Parece que los encantas.
>¡Aprieta!

LAURENCIA
>>¡Ay, cielo piadoso!

JUEZ
>>¡Aprieta, infame! ¿Estás sordo?

PASCUALA
2235 Fuenteovejuna lo hizo.

JUEZ
>Traedme aquel más rollizo...
>¡Ese desnudo, ese gordo!

LAURENCIA
>>¡Pobre Mengo! Él es sin duda.

FRONDOSO
>Temo que ha de confesar.

MENGO
2240 ¡Ay, ay!

JUEZ
>>Comienza a apretar.

MENGO
>¡Ay!

JUEZ
>>¿Es menester ayuda?

MENGO
>¡Ay, ay!

JUEZ

     ¿Quién mató, villano,
al señor Comendador?

MENGO

  ¡Ay, yo lo diré, señor!

JUEZ
2245 Afloja un poco la mano.

FRONDOSO

  Él confiesa.

JUEZ

       Al palo aplica
la espalda.

MENGO

      Quedo, que yo
lo diré.

JUEZ

     ¿Quién le mató?

MENGO

  Señor, Fuente Ovejunica.

JUEZ
2250   ¿Hay tan gran bellaquería?
Del dolor se están burlando.
En quién estaba esperando,
niega con mayor porfía.
  Dejaldos, que estoy cansado.

FRONDOSO
2255 ¡Oh, Mengo, bien te haga Dios!
Temor que tuve de dos,
el tuyo me le ha quitado.

Salen con Mengo, Barrildo y el Regidor.

BARRILDO

¡Vítor, Mengo!

REGIDOR

Y con razón.

BARRILDO

¡Mengo, vítor!

FRONDOSO

Eso digo.

MENGO
2260   ¡Ay, ay!

BARRILDO

Toma, bebe, amigo.
Come.

MENGO

¡Ay, ay! ¿Qué es?

BARRILDO

Diacitrón.

MENGO

¡Ay, ay!

FRONDOSO

Echa de beber.

BARRILDO

Ya va.

_____

2261 *diacitrón*: «conserva hecha de la carne de la cidra. De este
término usan los boticarios en todas las cosas de que hacen
composición» (Covarrubias).

FRONDOSO
Bien lo cuela. Bueno está.

LAURENCIA
2265 Dale otra vez a comer.

MENGO
¡Ay, ay!

BARRILDO
Esta va por mí.

LAURENCIA
Solenemente lo embebe.

FRONDOSO
El que bien niega, bien bebe.

REGIDOR
¿Quieres otra?

MENGO
¡Ay, ay! Sí, sí.

FRONDOSO
2270 Bebe, que bien lo mereces.

LAURENCIA
A vez por vuelta las cuela.

FRONDOSO
Arrópale, que se hiela.

BARRILDO
¿Quieres más?

2263 Faltan cinco sílabas para completar el verso. Parece olvido
de Lope. En los textos de 1619 las redondillas están trans-
critas del siguiente modo:

> Bar. Vítor Mengo. Reg. Y con razón.
> Bar. Mengo vítor. Fr. Eso digo.
> Men. Ay, ay. Bar. Toma, bebe, amigo,
> come. Men. Ay, ay, qué es?
> Bar. Diacitrón. Men. Ay, ay. ·
> Fr. Echa de beber. Bar. Ya va.

MENGO

Sí, otras tres veces.
¿Ay, ay?

FRONDOSO

Si hay vino, pregunta.

BARRILDO
2275   Sí hay. Bebe a tu placer,
que quien niega, ha de beber.
¿Qué tiene?

MENGO

Una cierta punta.
Vamos, que me arromadizo.

FRONDOSO

Que le acueste[s] es mejor.
2280   ¿Quién mató al Comendador?

MENGO

Fuente Ovejunica lo hizo.

Vanse.

FRONDOSO

Justo es que honores le den.
Pero decidme, mi amor,
¿quién mató al Comendador?

_____

2277 «Está avinagrado».
2278 *arromadizo:* «acatarro».
2279 *Que lea, que éste es mejor* en *A* y *B*. Hartzenbusch, demasiado ingeniosamente, corrige en *Es aloque; éste es mejor;* Américo Castro *Que [beba], que éste es mejor;* y López Estrada, que mantiene la lección primitiva, sugiere *Que [v]ea que éste es mejor,* admitida por Profeti. La enmienda que propongo, a través de una grafía *que leaquestes es,* es más económica, y, sobre todo, encaja con el sentido, puesto que Mengo «se arromadiza», y ya antes, v. 2272, Frondoso se preocupa por él y pide a Barrildo que le arrope.

LAURENCIA
2285   Fuente Ovejuna, mi bien.

FRONDOSO
     ¿Quién le mató?

LAURENCIA
                ¡Dasme espanto!
     Pues Fuente Ovejuna fue.

FRONDOSO
     Y yo, ¿con qué te maté?

LAURENCIA
     ¿Con qué? ¡Con quererte tanto!

     Vanse, y salen el rey y la reina, y Manrique.

ISABEL
2290   No entendí, señor, hallaros
     aquí, y es buena mi suerte.

REY
     En nueva gloria convierte
     mi vista el bien de miraros.
     Iba a Portugal de paso,
2295   y llegar aquí fue fuerza.

ISABEL
     Vuestra Majestad le tuerza,
     siendo conveniente el caso.

REY
     ¿Cómo dejáis a Castilla?

ISABEL
     En paz queda, quieta y llana

2296 Se sobrentiende *el paso.*

REY
2300   Siendo vos la que la allana,
          no lo tengo a maravilla.

               Sale don Manrique.

MANRIQUE
          Para ver vuestra presencia
          el Maestre de Calatrava,
          que aquí de llegar acaba,
2305   pide que le deis licencia.

ISABEL
          Verle tenia deseado.

MANRIQUE
          Mi fe, señora, os empeño
          que, aunque es en edad pequeño
          es valeroso soldado.

               [Vase.]

               Sale el Maestre.

MAESTRE
2310   Rodrigo Téllez Girón,
          que de loaros no acaba,
          Maestre de Calatrava,
          os pide, humilde, perdón.
          Confieso que fui engañado,
2315   y que excedí de lo justo
          en cosas de vuestro gusto,
          como mal aconsejado.
          El consejo de Fernando,
          y el interés, me engañó,
2320   injusto fiel; y ansí yo
          perdón humilde os demando.

2307 «Os empeño mi fe de que es valeroso soldado...».
2320 Parece que se refiere a que el interés no es un justo fiel
     de la balanza del comportamiento. Los editores nada dicen
     al respecto.

Y si recibir merezco
esta merced que suplico,
desde aquí me certifico
2325 en que a serviros me ofrezco.
Y que en aquesta jornada
de Granada, adonde vais,
os prometo que veáis
el valor que hay en mi espada;
2330 donde, sacándola apenas,
dándoles fieras congojas,
plantaré mis cruces rojas
sobre sus altas almenas.
Y más, quinientos soldados
2335 en serviros emplearé,
junto con la firma y fe
de en mi vida disgustaros.

REY

Alzad, Maestre, del suelo,
que siempre que hayáis venido,
2340 seréis muy bien recebido.

MAESTRE

Sois de afligidos consuelo.

ISABEL

Vos, con valor peregrino,
sabéis bien decir y hacer.

MAESTRE

Vos sois una bella Ester,
2345 y vos, un Jerjes divino.

Sale Manrique.

MANRIQUE

Señor, el pesquisador
que a Fuente Ovejuna ha ido,

2330 *sacándola apenas:* «nada más la haya sacado».

con el despacho ha venido
a verse ante tu valor.

REY
2350

    Sed juez de estos agresores.

MAESTRE

    Si a vos, señor, no mirara,
sin duda les enseñara
a matar comendadores.

REY

    Eso ya no os toca a vos.

ISABEL
2355

Yo confieso que he de ver
el cargo en vuestro poder,
si me lo concede Dios.

Sale el Juez.

JUEZ

    A Fuente Ovejuna fui
de la suerte que has mandado,
2360   y con especial cuidado
y diligencia asistí.
    Haciendo averiguación
del cometido delito,
una hoja no se ha escrito
2365   que sea en comprobación;
    porque, conformes a una,
con un valeroso pecho,
en pidiendo quién lo ha hecho,
responden: Fuente Ovejuna.

2356 No sé si alude al cargo de juez o al de comendador.

2370   Trecientos he atormentado
con no pequeño rigor,
y te prometo, señor,
que más que esto no he sacado.
     Hasta niños de diez años
2375   al potro arrimé, y no ha sido
posible haberlo inquirido
ni por halagos ni engaños.
     Y pues tan mal se acomoda
el poderlo averiguar,
2380   o los has de perdonar
o matar la villa toda.
     ·Todos vienen ante ti
para más certificarte;
de ellos podrás informarte.

REY
2385   Que entren, pues vienen, les di.

*Salen los dos alcaldes, Frondoso, las mujeres y los villanos que
quisieren.*

LAURENCIA
        ¿Aquestos los Reyes son?

FRONDOSO
        Y en Castilla poderosos.

LAURENCIA
        Por mi fe, que son hermosos:
¡bendígalos San Antón!

ISABEL
2390   ¿Los agresores son éstos?

ALCALDE ESTEBAN
        Fuente Ovejuna, señora,
que humildes llegan agora
para serviros dispuestos.

La sobrada tiranía
2395 y el insufrible rigor
del muerto Comendador,
que mil insultos hacía,
fue el autor de tanto daño.
Las haciendas nos robaba
2400 y las doncellas forzaba,
siendo de piedad extraño.

FRONDOSO

Tanto, que aquesta zagala
que el cielo me ha concedido,
en que tan dichoso he sido
2405 que nadie en dicha me iguala,
cuando conmigo casó,
aquella noche primera,
mejor que si suya fuera,
a su casa la llevó.
2410 Y a no saberse guardar
ella, que en virtud florece,
ya manifiesto parece
lo que pudiera pasar.

MENGO

¿No es ya tiempo que hable yo?
2415 Si me dais licencia, entiendo
que os admiraréis, sabiendo
del modo que me trató.
Porque quise defender
una moza de su gente
2420 que, con término insolente,
fuerza la querian hacer,
aquel perverso Nerón
de manera me ha tratado,
que el reverso me ha dejado
2425 como rueda de salmón.
Tocaron mis atabales
tres hombres con tal porfía,
que aun pienso que todavía
me duran los cardenales.

2430   Gasté en este mal prolijo,
           porque el cuero se me curta,
           polvos de arrayán y murta,
           más que vale mi cortijo.

ALCALDE ESTEBAN
               Señor, tuyos ser queremos.
2435   Rey nuestro eres natural,
           y con título de tal
           ya tus armas puesto habemos.
               Esperamos tu clemencia,
           y que veas esperamos,
2440   que en este caso te damos
           por abono la inocencia.

REY
               Pues no puede averiguarse
           el suceso por escrito,
           aunque fue grave el delito,
2445   por fuerza ha de perdonarse.
               Y la villa es bien se quede
           en mí, pues de mí se vale,
           hasta ver si acaso sale
           comendador que la herede.

FRONDOSO
2450   Su Majestad habla, en fin,
           como quien tanto ha acertado.
           Y aquí, discreto senado,
           Fuente Ovejuna da fin.

2432 *arrayán y murta.* Eran muy frecuentes los medicamentos
     extraídas de las raíces de ambas plantas.
2433 *cortijo:* «Obsérvese que es la casa de los labradores humil-
     des» (López Estrada).
2439 *veas.* Probablemente tiene aquí la acepción de «oigas el caso»,
     de *ver* que «en lo forense vale asistir a la relación de algún
     pleito e informe del derecho de las partes para la sentencia»
     (*Autoridades*).

Indice

El Libro de Bolsillo   Alianza Editorial   Madrid

Libros en venta